Don Both

Deep Instinct

A.P.P.

Deutsche Erstausgabe September 2015

Kontakt: bethy86@hotmail.de
https://www.facebook.com/pages/DonBoth/248891035138778
Lektorat: Belle Molina
Korrektorat: WORTplus
Weitere Mitwirkende: Nicole Zdroiek
Cover: Babels Art
Erschienen im A.P.P.-Verlag
Peter Neuhäußer
Gemeindegässle 05
89150 Laichingen
978-3-946222-38-5 – mobi
978-3-946222-39-2 – epub
978-3-946222-40-8 – print

Über das Buch:

Ein unerschütterliches Selbstbewusstsein und die pure Verführung – das ist Jesse Porter. Als er auf der Hochzeit seines Bruders die scheue Adriana Flores beim Nacktbaden im Meer beobachtet, ist für ihn klar: Diese atemberaubende Nixe wird seine nächste Beute. Leider reagiert sie aber keineswegs so wie die anderen Frauen, die sich ihm scharenweise vor die Füße werfen. Sie geht auf Abstand, obwohl sie ihn spürbar begehrt. Damit bringt sie ihn so durcheinander wie keine jemals zuvor, denn was zu Beginn allein dem Jagdtrieb geschuldet ist, wird nach und nach durch seinen Beschützerinstinkt ersetzt.

Als Adriana den attraktiven Jesse Porter das erste Mal sieht, ist sie sich sicher: Er ist ein Engel – wunderschön und absolut atemberaubend, herabgestiegen, um ihr zu zeigen, was der Himmel auf Erden ist. Er ist keine Bestie, so wie die anderen Männer. Denn er rettet sie vor ihrem gewalttätigen Ehemann, will sie aus der tristen Welt entführen, die zu einem Gefängnis für ihre Seele und ihren geschundenen Körper geworden ist. Doch wie hoch ist der Preis, den sie zahlen muss? Denn Jesse Porter tut niemals etwas ohne Gegenleistung, und er macht ihr ein Angebot, das ihr Verstand sofort abschlagen will: Am Tag soll sie auf seiner Ranch arbeiten. Schön und gut, doch in der Nacht soll sie ihm dienen – mit ihrem Körper. Wird er es schaffen, der gebrochenen Frau zu zeigen, wie schön es sein kann, sich der Lust hinzugeben? Und wird es ihr gelingen, seine

harte Schale zu knacken und ihm zu zeigen, dass Liebe noch viel besser ist als Lust? Werden beide erfahren, dass Sex so viel mehr sein kann als nur eine Befriedigung der Körper? Oder werden sie sich bei dem Versuch, den anderen zu heilen, gegenseitig zerstören?
Wenn der Cowboy seine weiche Seite zeigen muss, um das Herz seiner Nixe zu erobern.

Wenn aus brennendem Verlangen die einzig wahre Liebe wird ...

Die Dark Love Reihe – Liebe ohne Hard Limits.

Romantisch/erotische Geschichten über Dominanz und Unterwerfung, Grenzüberschreitungen, falsche Motive, die einzig wahre Liebe und wie sich Menschen für diese ändern können.
Alle Teile handeln von anderen Protagonisten und sind in sich abgeschlossen.

Kapitel 1

Das Wasser perlt träge über ihren Rücken, schimmert leicht im Mondschein, läuft ihre Wirbelsäule hinab bis zu ihrem festen, runden Hintern. Sie steht mitten im Meer, die anmutigen Arme hängen locker hinab, und blickt auf zum Mond. Schließlich dreht sie sich um … offenbart mir ein wunderschönes Gesicht. Ein Gesicht, das ich sonst nur beim Lesen des *Penthouse* oder des *Playboys* zu sehen bekomme. Aus der Entfernung kann ich es nicht genau ausmachen, aber ich weiß, dass die Lippen voll und die Augen groß sind, die Nase klein und fein und die Wangenknochen hoch. Und ihr natürlicher Körper steht dieser Perfektion in nichts nach. Wie eine Nixe steigt sie aus den Fluten.

Ihr Körper ist lang gezogen, wirkt aber dennoch weiblich und anmutig. Kleine, kecke Brüste sitzen an genau der rechten Stelle, teilweise verdeckt durch dunkles dickes Haar, während aus den Spitzen noch mehr kühles Nass tropft, das über ihren flachen Bauch rinnt …

Direkt zwischen ihre glatt rasierten Beine, wo es ihren Venushügel so umschmiegt, wie ich es mit meiner Hand tun will. Ein paar ganz wagemutige Tropfen gleiten weiter ihre langen Beine hinab, um sich dann mit den Fußspuren zu vermischen, die sie im kühlen Sand hinterlässt.

Sie wirkt wie ein Traum. Kurz möchte ich mich kneifen, obwohl ich mir sicher bin, dass dies die Realität ist. Sie badet tatsächlich völlig nackt und alleine im Meer.

Alle anderen Zimmer der Villa, in der ich mich befinde, liegen im Dunkeln, alle Bewohner schlafen tief und selig. Nur ich nicht – so wie immer –, stattdessen bin ich rastlos, wo andere schön schlummern, und aufgestanden, um ein wenig hinaus in die heiße Nacht zu schauen.

Dann habe ich sie erblickt, ein schwarzer Punkt, der einsam durchs Wasser schwamm und immer näherkam. Ich konnte meine Augen nicht mehr von ihr nehmen. Wer ist sie? Zu wem gehört sie? Ist sie alleine hier? Wie kann ich sie bekommen? Dass ich sie will, steht außer Frage.

Zwischen meinen Beinen wird es ziemlich deutlich, während ich sie weiter dabei beobachte, wie sie zu dem strahlend weißen Handtuch geht und sich damit leicht abtrocknet. Ich will dieses Tuch sein.

Ein heiseres Stöhnen entkommt mir, und ich lehne meine Hand gegen die Scheibe, balle sie zur Faust – irgendwie muss ich verhindern, dass ich hinuntergehe und sie mir hole. Schließlich könnte es ja tatsächlich sein, dass sie zu jemandem gehört, der David Porter – meinem zweieiigen Zwilling – wichtig ist.

Verdammt, das hier ist die Hochzeit meines Bruders, die auf einer malerischen Insel in der Nähe von Mexiko stattfindet, und ich kann an nichts anderes denken, als diese Nixe zu vögeln. Was total normal ist, schließlich vergeht kaum eine Woche, in der ich keinen Sex habe und eine Frau wild kreischend unter mir liegt. Jetzt bin ich bereits drei Tage hier und habe immer noch nicht die Passende gefunden – bis jetzt.

Aus einem Impuls heraus entscheide ich mich dazu, meinem Schwanz nachzugeben und sein Schicksal in die eigenen Hände zu nehmen. Also drehe ich um, gerade als sie auf die Villa zugeht, und verlasse dieses Zimmer, trete hinaus in den dunklen Flur, mache allerdings kein Licht an, und schlendere in nichts weiter als meinen Shorts die Treppen hinab, um im ausschweifenden Wohnraum auf sie zu warten.

Denn eins ist so sicher wie das verdammte Amen in der Kirche. Sie wird mir gehören.

Noch heute Nacht.

SIE

Das hat gut getan! Mir endlich den Schweiß des Tages vom Körper zu waschen, endlich abzuschalten, in den Wellen zu schwimmen und an nichts zu denken. Ich liebe das Meer – besonders bei Nacht, wenn keine Menschenseele hier ist, nur das Rauschen die einzige Geräuschkulisse bildet und der Mond anstatt der heißen Sonne herabscheint. Hier kann ich abschalten, entspannen, mich treiben lassen – nur hier. In mein weißes Handtuch gewickelt betrete ich die pompöse Villa und will sofort nach rechts in den Gang der Angestellten biegen, doch ich habe Durst und so entscheide ich mich, etwas zu tun, was mir eigentlich streng verboten ist! Ich will mir einen Orangensaft aus der Küche holen! Für mich! Nicht für einen der Gäste, deren Betreuung meine Aufgabe ist. Also betrete ich den riesigen Raum, mache natürlich kein Licht an und schleiche schnell durch das im Dunkeln liegende Wohnzimmer, als mich ein Räuspern mitten im Schritt verharren lässt.

Oh Gott! Jemand ist hier und hat mich erwischt!

Mich ertappt fühlend wirbele ich herum und … der Atem stockt in meiner Kehle, denn dort im Schatten direkt neben dem Kamin steht jemand. Groß und dunkel. GEFÄHRLICH – das schießt mir sofort durch den Kopf. Ich kann gerade so dem Impuls widerstehen, wegzulaufen, bleibe stattdessen nur wie erstarrt stehen und fasse an meine Brust, um mein wild schlagendes Herz zu beruhigen. Der Schatten regt sich. Er streckt eine Hand aus und … schaltet die winzige Lampe an, die auf einem Beistelltischchen neben dem Kamin steht und die nun schummriges Licht auf das Zimmer wirft. Gleichzeitig erhellt sie den schönsten Mann, den ich jemals gesehen habe – was ihn nur umso gefährlicher macht. Denn Männer sind nicht schön – Männer sind Bestien, und wenn sie gut aussehen, dann sind sie nur besonders gut getarnt. Diese Bestie hat blondes Haar, an den Seiten kurz geschoren, oben etwas länger … und strahlend grüne, wachsame Augen. Augen, die an einen Adler erinnern, kurz bevor er sich auf seine Beute stürzt. Eiskalte Augen, die jedoch brennen, als er seinen Blick ziemlich offenkundig über meine Rundungen gleiten lässt …
Von meinem Gesicht über mein Schlüsselbein, meine bebenden Hände, die sich in das Handtuch krallen und es an Ort und Stelle halten, weiter meine Beine entlang und wieder zurück. Als er erneut mein Gesicht betrachtet, sind seine Augen alles andere als kalt, im Gegenteil: Sie funkeln noch gefährlicher und ich überlege, ob ich es noch rechtzeitig aus dem Zimmer schaffe, um mich ihm zu entziehen. Er grinst auch noch selbstgefällig, als würde er meine Gedanken kennen, und als er spricht, steht seine Stimme dem Rest seines Auftretens in nichts nach. Sie ist wunderschön, tief und samtig, was diese Bestie im Großen und Ganzen nur *noch* bedrohlicher macht. Noch niemals habe ich einen Mann

getroffen, auf den ich schon beim ersten Blick so heftig reagiert habe. Genau genommen reagiere ich normalerweise überhaupt nicht.

»Flucht ist zwecklos … denk nicht mal daran!«, verkündet er fast schon gelangweilt und setzt sich in Bewegung. Erst jetzt kann ich mich von seinen Smaragd-Augen lösen und keuche, als ich seinen Körper betrachte. Denn er ist nackt – zumindest fast … Er trägt lediglich eine schwarze, enge Shorts, die nicht verbergen kann, wie sehr ihm mein Anblick gefällt. Er ist braun gebrannt und tätowiert. Verschiedene Motive schmücken einen seiner muskulösen Arme, ziehen sich bis zu seiner Schulter, seiner Brust, und seiner Leiste, wo sie durch zwei Cowboy-Colts auf seinem muskulösen Unterbauch komplettiert werden, so, als hätte er sie sich in die Hose gesteckt … *Haha, sehr witzig*, denke ich trocken, bin aber immer noch bereit, sofort die Flucht zu ergreifen, während ich meinen Blick nicht von ihm nehme.

Als er an mir vorbeigeht, um die Bar anzusteuern, bemerke ich, dass eine weitere Tätowierung seinen breiten Rücken ziert. Angespannt verfolge ich, wie er goldene Flüssigkeit in zwei Gläser einschenkt und anschließend damit auf mich zukommt. Ich mache einen Schritt zurück, kralle mich immer noch in mein Handtuch und weiß, dass man mir meine Gefühle ansehen kann – so wie immer. Er hebt eine scharf geschnittene dunkle Augenbraue.

»Was?«, fragt er provokativ … Ich schüttle den Kopf. Natürlich würde ich ihm niemals sagen, dass ich Angst habe, dass er mich bitte nicht berühren und bloß nicht näherkommen soll. »Kannst du nicht sprechen?«, bohrt er weiter, stoppt aber nicht seine Schritte.

Ich weiche weiter zurück, und keuche auf, als ich in meinem Rücken plötzlich eine Wand spüre.

Mist!

»Oder ist das eine neue Art von Spiel? Zuerst nackt baden, deinen göttlichen Körper mit Wasser drapiert im Mondlicht präsentieren und dann auf rassige Unschuld machen?«

MIST! Mich hat noch NIE jemand bei meinen nächtlichen Badeausflügen gesehen! NIE! Wieso dann jetzt er? Ich merke, wie mir vor Scham das Blut in die Wangen steigt, weiß aber immer noch nicht, was ich sagen soll. Aus Gewohnheit schweige ich, außerdem ist meine Kehle sowieso wie zugeschnürt. Das Kribbeln, das immer stärker wird, je näher er mir kommt, macht mich völlig sprachlos.

»Baby … wenn du es so haben willst, kannst du es natürlich auch so haben.« Er stellt die Gläser weg, bleibt aber zwei Schritte vor mir stehen und verschränkt die Arme. Die Tätowierung auf seinem Arm blitzt auf, seine Muskeln sind imposant und er im Großen und Ganzen wirklich der schönste Mann, den ich jemals getroffen habe – und der gefährlichste. Ich will gar nicht wissen, zu was er fähig ist … »Du … bist die verführerischste kleine Nixe, die ich je gesehen habe, besonders wenn du mich so ängstlich mit deinen großen braunen Bambiaugen ansiehst … Dieses Spiel gefällt mir!«, wispert er mit einem Mal kaum hörbar und streckt die Hand nach mir aus.

Automatisch zucke ich zurück, höre mich selbst keuchen und schließe die Lider, presse die Lippen zusammen und drehe meinen Kopf von ihm weg, presse meine Wange gegen die Wand.

BITTE BERÜHR MICH NICHT!, schreie ich ihn in Gedanken an, weiß aber, dass er es dennoch tun wird. Was ich will, ist diesen Bestien egal. Ich muss machen, was sie sagen … muss hinnehmen, was sie verlangen … doch … die mit Horror erwartete Berührung erfolgt nicht.

Sekunden werden zu Minuten und Minuten zu Stunden, in denen ich warte … aber tatsächlich, er fasst mich nicht an. Also öffne ich vorsichtig wieder ein Auge, linse zu ihm, nur um zu erkennen, dass er mich mit gerunzelter Stirn ansieht, als müsste er ein Rätsel lösen. Seine Arme jedoch sind wieder verschränkt und den Kopf hat er schief gelegt.

»Du willst ehrlich nicht, dass ich dich anfasse, hm?«

Ich nicke.

»Okay … kein Problem. Das muss nicht sein, dann öffne du dein Handtuch für mich.« Und der nun so raue und vor allem dominante Klang seiner Stimme löst eine merkwürdige Reaktion in meinem Körper aus. Zwischen meinen Beinen beginnt es, sanft zu pochen, während mich dort Hitze durchströmt. Gleichzeitig spüre ich, wie mein Herz wieder schneller schlägt und mein Magen schwirrt. Sein Blick ist so dunkel geworden – so verlangend –, trotzdem stürzt sich die Bestie immer noch nicht auf mich. »Wird's heut noch was?«, fragt er eindeutig etwas ungeduldig und ich beeile mich, seinem Befehl nachzukommen.

Meine Hände zittern, als sie das Handtuch öffnen.

Es ist demütigend, auch wenn ich bei dem, was ich alles schon erlebt habe, dieses Gefühl als normal empfinden müsste. Dennoch tue ich es und präsentiere ihm meinen Körper.

Dabei sehe ich zu Boden, kann es anders nicht ertragen. Und als er mich nun doch berührt, zucke ich nicht zurück, denn … denn … es kribbelt – *angenehm.*

Einen Zeigefinger legt er unter mein Kinn und hebt es an, zwingt mich ihn anzusehen, und das, was ich in seinem Blick erkenne, bringt mich zum Keuchen.
Dieser wunderschöne Mann sieht mich zwar verlangend und absolut begehrend an, aber da ist noch etwas anderes – etwas Warmes, Weiches und Mitfühlendes, aber vor allem *Respekt.*
»Du hast den schönsten Körper, den ich je gesehen habe. Es ist nicht nötig, den Blick zu senken«, wispert er … berührt mich sachte mit der Hand und streicht meinen Kiefer entlang. »Aber du magst es nicht, ihn mir so zu zeigen, nicht wahr?«

NEIN!

JA!

Na ja …

Ich zucke mit den Schultern, beiße mir auf die Unterlippe und erschauere, als er ein paar Strähnen hinter mein Ohr streicht. Er lächelt, worauf sich das warme Gefühl in meinem Bauch sowie zwischen meinen Beinen intensiviert. Zwar ist meine Angst noch vorhanden, aber ich glaube nicht, dass er sich gleich auf mich stürzen wird. Obwohl … die Bestien mögen es, mit einem zu spielen, einen in Sicherheit zu wiegen nur um ihre Folter perfekt zu machen. Ich erschauere, erwarte seinen Überfall und schließe die Augen. Doch als er seine Hand zurückzieht, öffne ich sie wieder. Sein Kiefer verhärtet sich und er verschränkt erneut die Arme.

»Dann musst du es auch nicht. Bedeck dich wieder.«
Ehrlich?! Oh, Gott sei Dank! Schnell folge ich dem Befehl, bevor er es sich anders überlegt.

Hilflos stehe ich vor ihm, starre auf den Boden und weiß nicht, ob ich mich vielleicht entschuldigen sollte – für was auch immer. »Geh …«, wispert er mit einem Mal noch heiserer und ich sehe unsicher zu ihm hoch. Er wirkt ziemlich angespannt. »Ich meine es ernst! Geh, bevor ich mich nicht mehr beherrschen kann und dich hier gegen die Wand ficke!« Vor Schreck zucke ich zusammen, jetzt kommt die Bestie in ihm raus, doch … er hält sie tatsächlich zurück!

Wieso? Wenn er mich gegen die Wand ficken will, kann er das doch tun! Ratlos sehe ich ihn an. Ich verstehe ihn beim besten Willen nicht, zumal er immer wütender wirkt.

»Was verstehst du an dem Wort *GEH* nicht?«, zischt er mich mit einem Mal an. »Wenn du nicht von mir gefickt werden willst, dann nimm deine verdammt langen, perfekten Beine in die Hand und verschwinde! Vergewaltigen musste ich eine Schlampe noch nie!« Das sitzt! Mir treten Tränen in die Augen und ich keuche auf – ich weiß nicht so recht wieso … aber sie gehorchen mir nicht, als er mich so betitelt. Ich bin so dumm, dabei sollte ich so etwas nun wirklich schon gewöhnt sein.

Mein Handtuch festhaltend umrunde ich ihn und laufe davon – direkt durch den Flur für die Angestellten in mein winziges Zimmer. Dort knalle ich die Tür viel zu laut hinter mir zu, aber Miguel wacht zum Glück nicht auf. Mit dem Rücken lehne ich mich dagegen und schnaufe wild.

Mein Herz rast in meiner Brust wie noch niemals zuvor in meinem Leben und … Tränen laufen über meine Wangen. Tränen, die ich nicht verstehe, genauso wenig wie die ganze Situation eben. Dennoch … dieses warme Gefühl in meinem Bauch … es ist noch da.

ER

Ich will sie kontrollieren und mir unterwerfen, aber sie soll es selber wollen.

Völlig verängstigt steht sie stattdessen vor mir, öffnet das Handtuch mit bebenden Fingern. So einen perfekten Körper habe ich ehrlich noch nie gesehen, doch gleichzeitig offenbart sie mir etliche Verletzungen.
Meine Hände ballen sich ganz von selbst zu Fäusten. Das kann doch nicht wahr sein! Sind das Brandblasen unter ihren Brüsten, Striemen an ihrem Bauch und … blaue Flecken auf ihren Hüften? Diese Male machen mich so sauer wie noch niemals etwas zuvor. Am liebsten würde ich sie packen, schütteln und anschreien, damit sie mir verrät, wer ihr das angetan hat. Und dann bringe ich den Bastard um.

Aber das würde sie noch mehr erschrecken, als es mein Auftauchen sowieso schon tut, und ich will von einer Frau sicherlich vieles, aber nicht, dass sie Angst hat, dass sie meine Berührungen nur erträgt und nicht herbeisehnt und dass sie am liebsten vor mir flüchten will, anstatt sich zu wünschen, dass ich ihr näherkomme. Das einzige Geräusch, das ich von ihr hören möchte, ist ein erregtes Stöhnen und kein ängstliches Keuchen. Sie soll vor Lust zittern, nicht vor Panik.

Also schicke ich sie fort, auch wenn ich mich fühle, als würde sie einen Teil von mir mit sich nehmen. Gleichzeitig ist mir klar, dass ich diese faszinierenden türkisen Augen, die bis auf meine Seele blicken, niemals vergessen werde.

Kapitel 2

SIE

Ich kann es nicht glauben, aber tatsächlich: Am Abend der Hochzeit ist dieses warme Gefühl immer noch da … allein, wenn ich ihn nur betrachte! Und das tue ich. Die ganze Zeit. Er ist einer der Gäste der Hochzeitsgesellschaft – genau genommen der Bruder des Bräutigams – und trägt einen weißen Leinenanzug, der ihm einfach nur vorzüglich steht und seine männlichen Merkmale perfekt betont. Die breiten Schultern, die schmalen Hüften …

Er lacht und scherzt, egal, ob mit Mann oder Frau; er unterhält sich hier und dort. Und jedes Mal, wenn er grinst, was absolut echt und atemberaubend wirkt, fühle ich selber, wie sich ein Lächeln in mein Gesicht schleicht. Seine strahlend weißen Zähne, die dank der gebräunten Haut regelrecht hervorstechen, komplettieren seine Attraktivität.

Außerdem lässt er es zu, dass die Braut ihm mit ihrem Strauß auf den Kopf haut, wieso auch immer. Alle lachen darüber, während er lediglich die Augen verdreht. *Diese Bestie ist anders als die anderen, die ich kenne,* denke ich, während ich ihn beim Abspülen durch das geöffnete Fenster beobachte.

Nun schlendert er mit den Händen in den Hosentaschen zu einer blonden Frau, die ein knappes schwarzes Kleid trägt und wunderschön ist. Von hinten tritt er an sie heran und wispert etwas in ihr Ohr. Sie zuckt zusammen, wirbelt herum, sieht ihn und … ihre Augen werden groß. Ja … so eine Wirkung hat er auf die Frauen. Man ist gegen sein Äußeres nicht immun. NICHT EINMAL ICH! Er grinst sie schelmisch an, legt den Kopf leicht schief und sagt etwas – etwas Wunderbares, mit dieser noch tolleren Stimme … Sie lächelt, tritt an ihn heran. Ihre Hand fährt über seine Brust in seinen Nacken, dann zieht sie ihn zu sich herab und schmiegt sich an ihn …

Das Glas, das ich gerade abgewaschen habe, schlägt gegen die Spüle und zerbricht in meinen Händen. Die Scherben schneiden fast in meine Haut, weshalb ich fluchend zurückweiche.

»Verdammt, Adriana! Was soll das?« Miguel, mein Mann sowie mein Chef, steht sofort hinter mir und brüllt mich an. Um keine Aufmerksamkeit auf uns zu ziehen, reißt er mich am Arm herum und will das Fenster schließen.

Aber es ist zu spät:

Von dem Gebrüll alarmiert sieht die halbe Partygesellschaft zu uns in die Küche – auch er. Seine Augen weiten sich, als er mich wahrnimmt, dann verengen sie sich und er starrt Miguels Hand schier tödlich an.

Gänsehaut schießt meinen Rücken hinab. Miguel bemerkt seinen Blick, der mir gilt, und mein Herz bleibt stehen. Mit einem Ruck knallt er das Fenster zu, packt mich fester am Arm und zerrt mich hinaus in den Gang.

»Ach, so ist das?«, zischt er dabei und ich ahne, dass mein letztes Stündlein geschlagen hat! Gerade hat er mich dabei erwischt, wie ich einen anderen Mann betrachtet habe!

»Du denkst lieber daran, wie dich andere Schwänze ficken, als deine Arbeit ordentlich zu erledigen, du kleines, dämliches Stück Scheiße?«, knurrt er und drückt mich gegen die Wand. Es würde nichts bringen, mich gegen ihn zu wehren, das würde alles nur schlimmer machen, also versuche ich panisch, mich an *meinen Ort* zu flüchten. Ins Meer, zwischen die rauschenden Wellen.

»Ich habe dich was gefragt!«, brüllt er plötzlich und presst seine Hand auf einen blauen Fleck von gestern, was mich wieder ins Hier und Jetzt reißt, und mich aufschreien lässt.

»Genauso eine Schlampe wie deine stinkende Schwester!«, knurrt er weiter und hebt dabei auch schon meinen Rock hoch. Diese Worte lassen eine Sicherung in meinem Inneren durchbrennen … die Stromkreise haben einen Kurzschluss und ich fühle RASENDEN ZORN, der mich flutet.

Er hat sie auf dem Gewissen, wegen ihm ist sie gestorben und ich musste an ihrer Stelle in diese lieblose Ehe heiraten. Das ist schon grausam genug, etwas, was ich ihm niemals vergeben werde, doch dass er sie jetzt auch noch beschimpft und ihren Namen in den Dreck zieht, gibt mir den Rest.

»Rede nie wieder so über sie, du impotenter Bastard!«, knurre ich ihn an und er stockt – noch niemals habe ich so etwas zu ihm gesagt oder auch nur meine Stimme erhoben. Seinen Handrücken habe ich daraufhin schneller im Gesicht, als ich sprechen kann.

Mein Kopf fliegt zur Seite, dröhnt bereits, aber das war erst der Anfang. Alles in mir vibriert und pulsiert, bereit, sich zu entladen.

Gerade will ich mich auf ihn stürzen, da wird er von mir fortgerissen.

»DU WICHSER!«, brüllt eine mir nur allzu bekannte Stimme. Dann sehe ich nur noch, wie Miguel einen Hieb in den Magen bekommt, gleich noch einen Kinnhaken hinterher und wie er dann am Kragen gepackt und an die Wand mir gegenüber gedrückt wird. Miguel sieht IHN mit großen Augen an und weiß gar nicht, was er tun soll. Blut läuft aus seiner aufgeplatzten Lippe und er hat absolut keine Chance. Mein fetter Mann wird geschüttelt, mit Flüchen belegt und anschließend in die Angestellten gestoßen, die sich versammelt haben.

»HAUT AB!«, knurrt ER ihnen zu, dann dreht er sich zu mir. Sein Gesicht ist so besorgt, so voller Gefühl, so absolut … *ehrlich*, dass ich es kaum ertragen kann. Er tritt auf mich zu, einem Engel gleichend, nimmt mein Gesicht zärtlich zwischen seine großen Hände und beugt sich zu mir herab.

»Alles okay?«, fragt er aufgewühlt, und das ist der Moment, in dem mir eine weitere Sicherung durchbrennt.

»NICHTS IST OKAY!«, kreische ich mit einem Mal und will ihn von mir stoßen. Er ist total verwirrt und regt sich nicht, weicht auch nicht zurück, als ich anfange, aus vollem Halse zu heulen und zu schreien. »NICHTS AN MEINEM VERSCHISSENEN LEBEN IST OKAY!« Wie kann er es wagen, mich so etwas überhaupt zu fragen!? Wie wild trommle ich auf seine Brust ein, zwischen jedem Wort ein Schlag, und er ist zu schockiert, um zu reagieren. Vorerst. Blitzschnell greift er plötzlich nach oben und ich zucke zurück, weil ich denke, dass er mich schlagen wird, aber er fängt nur meine Handgelenke ein.

»Ich weiß! Es tut mir leid!«, wispert er, was mich nur noch rasender macht, und so versuche ich, mich aus seinem Griff zu winden und knurre:

»Als ob es dich interessieren würde! Als ob es *irgendwen* interessieren würde!« Mir ist klar, dass ich ein erbärmliches Bild abgebe: Die Rotze läuft mir aus der Nase und ich kämpfe gerade gegen einen Mann, brülle, knurre, spucke und fauche und … habe doch keine Chance – bis sie kommt.

Schneller, als ich reagieren kann, hat sie sich auf ihn gestürzt und tritt ihn von hinten. Als er vor mir auf die Knie fällt, tritt sie ihm mit ihren Heels auch noch in sein wunderschönes Gesicht. Das ist der pure Horror und will nur noch schreien: *TU IHM NICHT WEH!*

Aber ich bleibe still, bin viel zu entsetzt.

Aus diesem Schock kann ich mich erst lösen, als weitere Gäste auftauchen und der Bräutigam seine Hand gegen ihn erhebt. *Der* könnte ihm erheblichen Schaden zufügen, dabei … dabei … hat er gar nichts Böses getan! Er hat mich gerettet!

Mein »NEIN!«, das ich ausrufe, kommt aus tiefstem Herzen, wenn auch nicht so laut wie beabsichtigt. Alle erstarren, während ich NUR IHN ansehen kann. Diese Bestie – die mich gerettet hat …

Was ich auch allen sage, doch sie sind schockiert, was ich gar nicht verstehe. Sehen sie denn nicht, wie GUT er ist? Noch niemals stand jemand für mich ein oder hat es gewagt, sich mit Miguel anzulegen. Noch nie in meinem ganzen Leben. Egal, ob die Lehrer in der Schule, die meine Verletzungen sahen, meine eigene Mutter oder irgendein anderer Verwandter oder Freund. Ich war nur ein Niemand, aber bei ihm fühlt es sich so an, als könnte ich JEMAND sein.

Er hat mich beschützt …

Wie ein Engel ist er herabgestiegen aus dem Himmel. Selbst sein Äußeres hält diesem Vergleich stand – das weiße Outfit, die blonden Haare und hellgrünen Augen. Nur die Blutspritzer stören das Gesamtbild.
Er kommt auf mich zu, fragt mich wieder irgendwas mit dieser göttlichen Stimme, aber ich verstehe seine Worte nicht, kann ihn nur anstarren … wie einen Heiligen. Dann packt er mich am Arm, doch seine Berührung macht mir keine Angst – ich fühle mich das erste Mal in meinem Leben sicher, als er mich davonzieht. Über meine Schulter schaue ich noch zu dem anderen Engel und winke ihr schüchtern zu. Die wunderschöne Braut grinst von einem Ohr zum anderen, und zwinkert, worauf ich knallrot werde – wieso auch immer –, da schleift er mich schon die Treppen hoch, direkt in irgendein Zimmer, in dem ich bisher nur war, um es zu putzen.

Dort setzt er mich auf einen Stuhl vor einem kleinen Tischchen am Fenster, macht das Licht an und nimmt mein Gesicht in seine Hände. Sanft – nicht grob – dreht er es herum und betrachtet meine schmerzende linke Gesichtshälfte. »Der Bastard!«, knurrt er dabei, und obwohl er eindeutig wütend ist, weiß ich, dass er mir nichts tun wird. Ich zucke nicht einmal zusammen. Seine Haare sind zerzaust, seine Augen dunkel und bedrohlich, er atmet sogar schneller. Und ich bin … na ja … nicht völlig entspannt, dafür ist seine Nähe zu intensiv, aber ich bin auf keinen Fall verängstigt.

»Wieso hat er das getan? Verdammt!«, zischt er mich an und ich sehe in meinen Schoß, es ist zu peinlich, das zuzugeben.

»Ich habe dich beobachtet …«

»Mich?«

»Ja.« Er antwortet nicht, und so linse ich vorsichtig zu ihm hoch, bemerke, dass er lächelt – selbstzufrieden und so … schön … steht er vor mir und legt den Kopf schief. Anscheinend eine Angewohnheit von ihm. »Wieso hast du mich beobachtet?«

»Weil ich dich schön finde«, gebe ich ehrlich zu, denn etwas in mir drängt mich dazu, ihm immer die Wahrheit zu sagen. Es ist, als wäre der Schalter immer noch umgelegt.

»Du findest mich schön, hm?« Er lässt sich auf den anderen Stuhl gleiten – elegant und nur auf mich fixiert – und grinst mich fast schon verschmitzt an. »Und du kannst sogar sprechen! Dieser Dialekt ist göttlich …« Meine Wangen werden bei diesen Worten heiß. Ich weiß nicht mehr, was ich sagen oder tun soll, also starre ich lieber auf den Boden. Dann fällt es mir ein …

»Du bist verletzt!«

Wie eine Wilde stürze ich mich auf ihn und beginne, sein Hemd zu öffnen, dort, wo der Bräutigam ihm einen Hieb in den Magen verpasst hat, doch er lacht nur, als ich seine braun gebrannten Bauchmuskeln freilege und die zwei Colts …

»Also gestern bist du nicht so rangegangen.« Damit lehnt er sich lässig zurück und lässt es geschehen, beobachtet mich fasziniert. In dem Moment wird mir klar, was ich überhaupt tue! Ich ziehe ihn aus! Dabei hat er das nicht gefordert! OH GOTT! Als hätte ich mich verbrannt, erstarren meine Hände und ich sehe mit roten Wangen zu ihm auf.

»Oh, tu dir keinen Zwang an. Du darfst gerne weitermachen, meine kleine Nixe …« Mit einer Bewegung zeigt er mir, dass ich freie Hand habe, woraufhin ich mir auf die Lippe beiße, erneut nach unten schaue und … weitermache.

Jetzt viel langsamer knöpfe ich sein Hemd auf, während ich den Atem anhalte. Noch niemals habe ich so einen schönen männlichen Körper gesehen. Miguel hat einen Bierbauch, mein Vater hatte auch einen, mein Opa sowieso … ansonsten gibt es nur uns Schwestern …

Er ist nicht offensichtlich verletzt, was mich im ersten Moment beruhigt, als ich das weiße Hemd völlig geöffnet habe. An seiner rechten Seite, genau auf dem Rippenbogen, befindet sich eine Tätowierung. Ein Adler … fliegt dort scheinbar um seinen Körper und beobachtet sein Herz. Er ist wunderschön ausgearbeitet. In jeder einzelnen Linie ist das Talent des Künstlers zu sehen. Ehe ich mich zurückhalten kann, habe ich die Finger ausgestreckt und seinen Schnabel berührt, der sich ein paar Zentimeter unter seiner linken Brust befindet. Sein Atem stockt spürbar und ich sehe, wie seine Bauchmuskeln zucken, wie Gänsehaut seine Nippel steif werden lässt, während mir klar wird, wie sehr ich mich vergessen habe. »Es tut mir leid!«, nuschle ich. Wieder errötend will ich meine Finger zurückziehen, aber er hält sie auf, und als er meine Hand in seine nimmt, durchfährt ein kleiner Stromstoß meinen Körper.

»Nein …«, murmelt er zärtlich. »Schon okay … du darfst mich anfassen, wenn du willst.« Zaghaft sehe ich zu ihm hoch, aber das ist keine List, er ist ehrlich zu mir … und völlig entspannt. Er wird mich nicht gleich an den Haaren in das Bett schleifen und sich dort an mir zu schaffen machen. Er hat seine Bestie unter Kontrolle – eindeutig – und so wage ich es, fahre den Schnabel nach, das stechend gelbe Auge und die ausgebreiteten Flügel.

Es ist, als würde der Adler über seinen Körper hinwegfliegen … als wäre dies sein Gebiet, auf das er achtet …

»Er ist wunderschön.«

»Danke.« Ich höre das Schmunzeln in seiner Stimme, doch er sagt nichts weiter … Zärtlich streiche ich weiter … bis zu seinen Klauen, die sich kurz über den Colts befinden. Mit einem Mal weiß ich nicht mehr, was ich tun soll, nur, dass ich nicht aufhören will, ihn zu berühren. Seine Haut ist so weich und sie kribbelt angenehm unter meinen Fingern.

»Ich … ich wollte mich bedanken …«, sage ich schließlich und ziehe meine Hand schweren Herzens zurück. »Dafür … dass du mir geholfen hast.«

»Wer war der Bastard?« Seine Stimme klingt hart und ich sehe nur auf meine Hände, die ich in meinem Schoß falte.

»Miguel, mein Ehemann …«, gebe ich zu und höre, wie er die Zähne aufeinanderbeißt.

»Tut er so was öfter?«

»Was?«

»Dir seinen Willen aufzwingen!«

Ich zucke mit den Schultern.

»Antworte!«, knurrt er und ich gehorche – natürlich. Denn langsam wird er wieder wütend – diesmal auf mich – und das darf ich auf keinen Fall zulassen.

»Miguel tut, was Miguel tun will, und ich habe es hinzunehmen. Er ist schließlich mein Mann.« Sein darauf erklingendes Lachen ist hart und spöttisch.

»Okay!«, meint er plötzlich und erhebt sich. Ängstlich folge ich ihm mit meinem Blick. Jetzt wird er mich natürlich wieder zu ihm zurückbringen, was ich nicht will – viel lieber möchte ich hier bei ihm bleiben –, doch selbstverständlich werde ich mich fügen.

Verzweifelt sehe ich zu ihm hoch, während er in das angrenzende Bad schlendert und von dort mit etwas Desinfektionsmittel und ein paar Wattebäuschen zurückkommt. Ich möchte fragen, was er denn mit *Okay* meint, aber ich lasse es. Es ist nicht an mir, Fragen zu stellen. Wenn er mir etwas sagen will, dann wird er das tun. Er packt sich den anderen Stuhl, zieht ihn näher zu mir und nimmt mein Kinn wieder sanft in seine Hände.

»Beug den Kopf ein bisschen zurück.« Ich gehorche und fühle dann, wie er die Wunde an meiner Lippe versorgt. Dabei kommen mir fast die Tränen, denn noch niemals hat sich jemand um mich gekümmert.

»Du wirst nicht mehr zu ihm zurückkehren«, meint er plötzlich, und ich denke, mich verhört zu haben. Habe ich aber nicht, denn er murmelt weiter: »Du wirst stattdessen mit mir kommen und auf meiner Ranch arbeiten. Meine Mutter wird sich über ein bisschen Hilfe freuen.« WIE BITTE? Ich sehe ihn skeptisch mit einem Auge an.

»Zu welchem Preis?«, frage ich, denn wenn das Leben mich eins gelehrt hat, dann, dass nichts umsonst ist. Besonders nicht das Glück.

»Du wirst mir dienen …« Die verbissene, konzentrierte Art, wie er das ausspricht, macht mich nervös. Er tut so, als würde er es gar nicht merken, während er weiter meine Wunden versorgt. »Am Tag wirst du auf der Ranch arbeiten und in der Nacht wirst du mir zu Diensten sein – im Bett.«

Und da ist es wieder – natürlich. Selbstverständlich ist er auch eines dieser Monster, die nur DAS im Sinn haben. Wie konnte ich jemals etwas anderes annehmen? Ich bin so dumm und so naiv, dabei müsste ich es mittlerweile besser wissen! Es ist klar, dass er DAS von mir will. Keiner wollte jemals etwas anderes, für etwas anderes sind wir Frauen doch gar nicht da! Geschlagen schließe ich die Augen, weil sie plötzlich wieder brennen.

»Hey! Mach die Augen auf, sieh mich an!«, befiehlt er mit einem Mal wieder völlig sanft. Doch ich schüttle den Kopf, ich möchte ihm nicht zeigen, wie sehr er mich gerade verletzt hat – wieso weiß ich ja selber nicht! »Es wird nicht so sein wie mit deinem Mann. Das verspreche ich dir!« HA! Ich möchte ihn auslachen, kann mich aber gerade noch so davon abhalten. Sie sind alle GLEICH und immer grausam! Wieso muss er alles zerstören und mich anlügen? Ich dachte wirklich, er wäre anders … »Du glaubst mir nicht, aber ich werde es dir beweisen!«

Und dann … mit einem Mal senkt sich sein Mund auf meinen. Seine warmen, weichen Lippen streichen über meine – zärtlich, nicht hart … bittend, nicht fordernd … und absolut … *anders*, als ich jemals einen Mund auf mir gefühlt habe. Natürlich erstarre ich völlig. Doch er bewegt sich sanft weiter, lässt nicht nach … beugt sogar den Kopf ein wenig. Ich seufze leise, ohne zu wissen, woher dieser Ton kommt, aber es geschieht. Dann spüre ich sein Grinsen, gefolgt von seiner Zunge.

Seine warme, weiche Zunge, die langsam über meine Unterlippe streicht, doch nicht mehr. Er küsst mich noch einmal, wobei er ganz sanft seine vollen Lippen auf meine drückt, dann weicht er zurück. Damit zeigt er mir, wie es sein könnte, gibt mir einen kleinen Vorgeschmack. Als er direkt an meinem Mund haucht, spüre ich ihn immer noch auf meinen Lippen. »So ist es mit mir.«

Elegant steht er auf und geht …

Irgendwann öffne ich wieder meine Augen, aber da hat er das Zimmer bereits verlassen, sodass ich allein im schummrigen Licht sitze. Mein Kopf ist völlig benebelt, mein Herz rast, mein Bauch schwirrt, und gleichzeitig fühle ich mich so … lebendig, aber auch zittrig. Bis in meine Grundfesten erschüttert.

Kann es tatsächlich sein, dass das hier SCHÖN war? Vorsichtig gleite ich mit meiner Zungenspitze über meine Unterlippe. Als ich auf seinen Geschmack treffe, den er auf mir hinterlassen hat – so süß und doch ein wenig herb, so anziehend, so … berauschend –, entkommt mir ein winzig kleines sehnsüchtiges Stöhnen. Ja … es war tatsächlich schön – genau genommen das Schönste, was ich jemals erlebt habe und ich will mehr davon …

Kapitel 3

Die Nacht habe ich in einer abgelegenen Bucht am Strand verbracht, an dem ich nun völlig ausgelaugt und müde sitze, die Zehen im kühlen Sand vergraben, während ich dabei zusehe, wie die Sonne aufgeht. Der Anblick, wie sie scheinbar aus dem beinahe schwarzen Meer emporsteigt und ihr orangefarbenes Glühen allem einen mystischen Hauch verleiht, ist wunderschön. Es ist, als fände ein Wechsel der Welten statt. Licht und Wärme lösen Dunkelheit und Kälte ab, bringen Hoffnung auf einen besseren Tag.

Aber so sehr ich auch daran glauben möchte, ich kann es nicht. Das Leben hat es mich vor langer Zeit gelehrt. Also nein, ich kann unmöglich mit ihm gehen – egal, was geschehen ist. Schließlich habe ich hier meine ehelichen Pflichten. Und selbst wenn ich es täte, es würde nichts ändern. Vom Regen in die Traufe.

Denn alle Bestien sind gleich.

Trotzdem … ist da immer noch dieses Kribbeln auf meinen Lippen und das Schreien meines Herzens – was verlangt, nein, geradezu fordert, dass ich es tun soll. Dass ich ihm vertrauen und es wagen soll, aber was dann?

Dann bin ich wieder gefangen, auf seiner Ranch, und muss ihm in der Nacht dienen …

Doch … wäre es mit ihm nicht leichter zu ertragen als mit Miguel, egal, was er tut? Miguel, der an Grausamkeit kaum zu überbieten ist? Ich weiß es einfach nicht.

Obwohl ich mich mit diesem Schicksal schon lange abgefunden habe, so ist mir gestern eine Sicherung durchgebrannt; vielleicht ist auch ein Schalter gedrückt worden, der eine Reaktion ausgelöst hat, die nicht rückgängig zu machen ist. Wie etwas, was zerstört wurde … Ich habe meine Stimme gegen Miguel erhoben, habe ihn beschimpft. Wahrscheinlich wird er mich in dem Moment umbringen, in dem ich das kleine Zimmer dieser Luxusvilla betrete, in der wir beide arbeiten.

Und auch wenn ich mein Schicksal akzeptiere, so will ich nicht sterben. Vor allem nicht jetzt, wo ich erfahren habe, dass es noch so viel mehr auf der Welt gibt. Dass es sich so anfühlen kann, geküsst zu werden, dass … ich einen männlichen Körper auch ohne Ekel berühren kann. Ganz im Gegenteil, es war faszinierend, *ihn* unter meinen Fingerspitzen zu fühlen und ALLES mit ihm tun zu dürfen …

Doch diese mir völlig unbekannten positiven Empfindungen wären vorbei, wenn er zu mir ins Bett käme und seinen widerlichen Penis in mich schieben würde. Dann gäbe es nur noch Schmerzen, so wie immer. Aber vielleicht, nur vielleicht – und ich kann nicht glauben, dass sich tatsächlich die kleine Stimme der Hoffnung in mir höre, die seit Jahren verstummt ist – würde er mich ansonsten besser behandeln als Miguel.

Früher habe ich immer davon geträumt, aus meinem Leben auszubrechen, und mir vorgestellt, wie es wohl wäre, so eine Frau zu sein – so eine wie im Fernsehen.

Mutig, selbstbewusst und stark … Irgendwann resignierte ich, denn mir wurde klar, dass ich nie eine Chance hatte. Doch diese Chance bietet sich mir jetzt. Also warum sollte ich sie nicht nutzen?

Wahrscheinlich ist es überall besser als bei meinem Ehemann!

Und trotzdem habe ich mich ihm verpflichtet.

Außerdem weiß ich nicht einmal den Namen meines Engels …

Seufzend umfange ich meine Knie und bette meine Wange darauf, sauge tief den salzigen Geruch nach Meer und Freiheit in mich auf und … erschrecke zutiefst, als neben mich plötzlich zwei weibliche Füße treten, mit knallblau lackierten Zehen. Ich sehe braun gebrannte Beine hoch, ein weißes flattriges Kleid und in das Gesicht jener Frau, die mir gestern zu Hilfe kam.

Die Braut.

Mit wallenden braunroten Haaren und einem Gesicht, das an eine Raubkatze erinnert, schaut sie mich fragend an. »Darf ich mich zu dir setzen?« Ich nicke und sie lässt sich neben mir in den Sand plumpsen. Dann grinst sie mich an. »Ich musste nämlich vor dem unbändigen Zorn meines Ehemannes fliehen.«

Oh Gott!

Das kenne ich zu gut und so blicke ich sie mitleidig an.

»Das tut mir leid …«, murmle ich ehrlich, denn ich habe keine Ahnung, was ich weiter sagen soll und sehe wieder raus aufs Meer. Ein paar Sekunden schweigen wir.

»Das muss es nicht! Der Sex wird so genial werden!«, durchbricht sie die Stille. Ich werde sofort knallrot, da kichert sie auch schon.

»Oh Mann, tut mir leid, ich hab anscheinend noch ein bisschen Alkohol von gestern intus … sonst bin ich nicht so … offenherzig.« Auch darauf weiß ich nichts zu antworten, also lasse ich es. Und nach einiger Zeit brabbelt sie weiter … »Okay … du redest wohl nicht viel?« Wieso fragt mich das jeder? Was soll ich denn groß sagen? Die meisten Menschen reden die ganze Zeit und es kommt nichts als Blödsinn raus. Und wie heißt es so schön?

Reden ist Silber, Schweigen ist Gold! Ich zucke mit den Schultern, denn ich rede nur, wenn ich etwas Wichtiges zu sagen habe.

»Okaaay …«, meint sie und dann platzt es einfach aus ihr raus. »Woher kennst du Jesse?«

»Jesse?«, frage ich sofort und sehe sie an. »So heißt er?« Sie kichert, wieso, weiß ich nicht genau.

»Japp, der Arsch heißt Jesse, und er steht total auf dich!« Sofort fühle ich, wie erneut Blut in meine Wangen schwappt, und blicke von ihr weg, auf meine Zehen. Eigentlich sollte mir dieses Gespräch unangenehm sein – ist es auch –, aber gleichzeitig ist da schon wieder diese verräterische Hitze in meinem Bauch.

»Er ist zwar ein Macho und steht auf so gut wie jede, aber … er macht sich seine Hände sicher nicht für jede schmutzig!« Natürlich ist er ein Weiberheld – mit diesem Aussehen sollte mich das nicht wundern und trotzdem versetzt mir diese Information einen Stich in der Herzgegend. »Wie auch immer, stehst du auch auf ihn?«, fragt sie mich geradeheraus und ich weiß echt nicht, was ich tun soll.

»Ähm …« Ich kaue auf meiner Unterlippe. »Ich … ich … bin verheiratet …«, erwidere ich also erst mal und sie knurrt. »VERDAMMT! Mit wem?«

Ich sehe blicklos aufs Meer, als ich antworte: »Mit dem Mann, vor dem er mich gestern gerettet hat.«

»Oh.«

»Ja.«

»Ist er … also … musst du öfter vor deinem Mann gerettet werden?« Ich weiß nicht, was es sie angeht! Aber sie hat mir gestern auch geholfen und ich bin ihr zu dankbar, als jetzt zickig zu werden, weil sie so in meine Privatsphäre eindringt. Also bin ich ehrlich. »Eigentlich schon, aber es tut keiner.« Sie schweigt betreten. Mir ist klar, dass sie Mitleid mit mir hat. Aber das muss sie nicht. »Es ist nicht so schlimm.« Sie scheint nicht zu verstehen, denn mit einem Mal treten Tränen in ihre Augen, bevor es herausplatzt.

»Stimmt es, dass du mit ihm gehst?« Woher weiß sie davon, und vor allem …

»Hat er das gesagt?«

»Ja!« In mir regt sich etwas … es ist nur ein kleiner Funken, der aber trotzdem hell leuchtet. Irritation schwappt durch mich hindurch und ich presse meine Zähne aufeinander.

»Ich habe nicht zugestimmt, ihn zu begleiten – noch nicht.«

»Für ihn stand das außer Frage … typisch Jesse … das Arschloch!« Sie kichert und verdreht die Augen dabei.

Und mir fällt das Herz ins Höschen! *Wusst ich's doch!* »Er denkt, er kann jede haben – was leider auch überwiegend stimmt. Aber genau deswegen wundert mich, dass er … dich mit auf die Ranch nehmen will.

Denn so etwas ist völlig untypisch für ihn. Normalerweise muss er nur schnippen und die Südstaatenschönheiten kommen sofort angerannt und werfen sich ihm an den Hals.

Er ist vermögend und verdammt gut aussehend … und das weiß er. Aber die Porter-Männer haben das Herz am richtigen Fleck … Du … bist so anders als die Frauen, die er sonst bevorzugt, und du brauchst eindeutig Hilfe. David denkt das übrigens auch …«

»David?«

»Mein Ehemann … seit gestern. Oh mein Gott! Wie verrückt sich das immer noch anhört! Elisabeth Porter …« Sie kichert wieder, dann beugt sie sich vertrauensvoll zu mir rüber. »Er ist schon weggeflogen, hat einen wichtigen Pressetermin. Dort sitzt er nun mit dem Schnauzbart, den ich ihm gestern verpasst habe, wie ein Mexikaner im Sombrero, aber er weigert sich standhaft, mit Dialekt zu sprechen, der Spielverderber! Du weißt schon … so wie der Kater von Shrek.«

Ich muss lachen, genau wie sie, wenn ich mir den hübschen Bräutigam so vorstelle, doch gleichzeitig ist es unbegreiflich, dass sie dafür nicht bestraft wurde.

Ein Leben ohne Gewalt hört sich in meinen Ohren fremd an, denn es ist eine Regelmäßigkeit in meinem Dasein. Aber diese Frau strahlt tiefste Zufriedenheit, Glück und Liebe aus. Also kann ihr Ehemann nicht gewalttätig sein, außerdem ist er Jesses Bruder. Somit stehen die Zeichen gut, dass auch er nicht gewalttätig ist.

Womöglich gibt es für mich tatsächlich Hoffnung – Hoffnung auf ein friedliches Leben. Das beruhigt mich. Immens … und ist so fernab meiner Realität, dass ich es mir kaum vorstellen kann.

Außerdem weiß ich nicht, ob diese Frau mich anlügt, oder ob sie nicht gar von ihm geschickt wurde.
Auch wenn sie nicht so wirkt wie eine Lügnerin. Aber was weiß ich schon … Ich bin nicht gut darin, Menschen einzuschätzen, überhaupt nicht. Darin fehlt mir einfach die Übung, schließlich bediene ich sie nur. Und mein Mann hat mich erfolgreich von jedem und allem ferngehalten. Ich bin auch nicht gut darin, meine eigenen Entscheidungen zu treffen.

»Hör mir zu …«, sagt sie plötzlich leise und eindringlich. »Wenn du von deinem Ehemann weg willst, wenn er nicht gut zu dir ist und du dir ein besseres Leben wünschst, dann geh mit Jesse, und wenn er dir irgendwelche Probleme macht, dann sag mir Bescheid.

Ich werde dir helfen und ihm bei Bedarf wieder mit dem höchsten Vergnügen in den Arsch treten, okay?« Sie gibt mir eine kleine Karte, auf der ihr Name, ihre Adresse und die Telefonnummer stehen, und ich sehe sie mit großen Augen an.

»Wieso?«

»Wir Frauen sollten zusammenhalten«, verkündet sie ernsthaft, dann erhebt sie sich und klopft sich den Sand vom Hintern. »Ich geh jetzt noch eine Runde schlafen … Denk in Ruhe drüber nach.« Somit verschwindet sie. Auf langen Beinen spaziert sie selbstbewusst über den Strand davon, und da ist wieder ein Stich in meinem Herzen. Ich wäre gerne ein kleines bisschen so wie sie … nur ein wenig.

Seufzend nehme ich die Karte und stecke sie in die Tasche meines schwarzen knielangen Dienstrockes. Den trage ich immer noch – genauso wie meine gleichfarbige Bluse.

Ich müsste mich waschen, aber ich will nicht nach Hause und dort auf Miguel treffen. Ich will eigentlich nur eins, wenn ich ganz ehrlich bin: zurück zu jenem Mann, der mich gerettet hat, und zu der Geborgenheit, die er ausstrahlt.

Kapitel 4

Keine Ahnung, wie lange ich hier schon sitze, aber die Sonne ist bereits weit oben am Himmel und glüht auf mich herab. Dank meiner etwas dunkleren Haut kein Problem … ich genieße ihre Wärme, nehme sie seufzend in mich auf, als ein weibliches Lachen die Idylle des Meerrauschens durchbricht. Genervt öffne ich ein Auge und … erstarre … denn ein paar Schritte von mir entfernt schlendert ER – in nichts weiter als einer schwarzen Badehose an diesem braun gebrannten, tätowierten Körper – wunderschön über den Strand. Und dabei hält er die Hand der blonden Frau, die schon auf der Party an seiner Seite war. Sie trägt nichts weiter als ein leichtes, buntes Tuch … und sie kommen auf mich zu! Oh Gott! Schnell springe ich auf und verstecke mich hinter einem der großen Felsen, linse dann dahinter hervor, um zu sehen, wie er sie lachend hochhebt, als würde sie nichts wiegen, mit ihr ins kühle Nass läuft und sie dort rücksichtlos ins Wasser schmeißt. Sie kreischt derart laut auf, dass mir fast das Trommelfell platzt, dann kommt sie wieder nach oben und bespritzt ihn mit Wasser. Kurz stockt mir wegen dieser bodenlosen Frechheit der Atem, aber er lacht lediglich – ist völlig losgelöst und so bezaubernd –, bevor er sie mit einem Knurren durchs Wasser jagt. Verträumt lehne ich meine Wange an den kühlen Stein.

Wie gerne würde ich auch nur ein Mal so lachen können – am liebsten mit ihm. Doch bevor sie ihm entkommen kann, ist er bei ihr und spätestens jetzt wird er sie für diese Ungehörigkeit bestrafen, doch anstatt das zu tun, nimmt er ihr hübsches Gesicht in seine Hände, beugt sich zu ihr und küsst sie, während die Wellen um seine Hüften schwappen.

Dieser Anblick versetzt mir einen Stich, ohne dass ich sagen kann, warum. Aber ich kann auch nicht wegsehen. Deshalb beobachte ich genau, wie sich sein Kiefer bei dem Kuss bewegt und wie sie sich vertrauensvoll enger an ihn schmiegt, höre ihr Stöhnen, während seine Zunge in ihren Mund eindringt.

Dann löst er sich von ihr und sieht ihr in die Augen, sie lächelt verschwörerisch, bevor er sie hochhebt und sie die Beine um ihn schlingt. Nicht eine Sekunde lässt er ihren Blick los, als er sie zurück auf den Strand trägt, und sie dort in den Sand legt, sodass ihre Füße noch die Brandung berühren … Sie stöhnt und rekelt sich unter ihm, weil er auf ihrem Hals Küsse verteilt. So etwas ist mir völlig neu … wieso tut er das? Macht ihn das etwa an?

Er zieht das Tuch schamlos herab, murmelt ihr etwas zu, was ich nicht verstehe, und bedeckt ihre riesigen Brüste mit seinen Lippen, spielt mit ihren Brustwarzen, bis sie vor Schmerzen stöhnt und sich noch mehr windet.

Doch er hört nicht auf, stattdessen gleitet er weiter nach unten, schiebt das Tuch einfach zur Seite und küsst sie zwischen ihren Beinen. Sie keucht lauter – es muss wirklich SEHR wehtun, was er mit ihr veranstaltet. Doch sie wehrt sich nicht, oh nein, stattdessen vergräbt sie ihre lackierten Fingernägel in seinem feuchten, nun dunkleren Haar und drückt ihn enger an sich. Ihr Rücken beugt sich durch. Ich kann nicht wegsehen – auch wenn mein Herz bricht und mein Magen ein einziger Knoten ist.

Diese Frau sollte mir leidtun, weil er sich ihr aufzwingt, aber irgendwie … scheint sie es … zu genießen … und zu wollen!
Denn mit einem Mal packt sie sein Gesicht und zieht ihn zu sich hoch, küsst IHN und berührt freiwillig das Ding unter seiner Hose. Er keucht und bewegt seine Hüften. Seine Muskeln am Rücken und an seinem Hintern spannen sich dabei an und das Wasser glitzert feucht auf seinem trainierten Körper. SIE zieht seine Hose hinab, befreit ihn und führt ihn in sich ein, und als er in sie eindringt, schreit sie seinen Namen, beugt ihren Rücken erneut durch. Auch ihm entkommt ein heiseres Stöhnen, bevor er anfängt sich langsam und genüsslich in ihr zu bewegen – fast schon sanft – und ihren Hals dabei immer noch mit zärtlichen Küssen bedeckt. Er muss sie nicht festhalten, damit sie sich nicht rührt, er beißt sie nicht, zwickt sie nicht, schlägt sie nicht … stattdessen ist er einfühlsam, zärtlich … und wunderbar. Ich schluchze auf … und er erstarrt.

Sofort weiche ich hinter den Felsen zurück und lege meine Hand auf mein schnell schlagendes Herz. Hoffentlich hat er mich nicht gehört! Während ich meine Augen schließe, die seltsamerweise brennen, versuche ich mir auf das, was ich gerade gesehen habe, einen Reim zu machen, aber es will mir nicht gelingen. Wie kann es sein, dass diese Frau keine Schmerzen hatte, und nicht nur das … sie ihn sogar wollte? Ihn in sich wollte – zumindest wirkte es so auf mich. Es ist völlig unverständlich und ich schüttle den Kopf. Verdrehte Welt …

»Was zum Fuck tust du hier?« Seine aufgebrachte, tiefe Stimme direkt neben mir erschreckt mich so sehr, dass ich leise aufschreie. Sofort springe ich auf und entferne mich ein paar Schritte von ihm, ins kalte Wasser. Dabei schüttle ich den Kopf, sehe immer noch vor mir, wie er sie küsst, wie er sich in ihr bewegt, wie er SIE anschaut, und merke, wie meine Augen wieder feucht werden. Sein Gesichtsausdruck verdunkelt sich, als ich immer weiter vor ihm zurückweiche.

»Hast du mich gerade beobachtet? Verdammte Scheiße!« Das macht ihn wirklich wütend und die Bestie kommt zum Vorschein! Es ist eindeutig, denn er ballt die Hände zu Fäusten und flucht vor sich hin, macht einen Schritt auf mich zu. »Hör mir zu!« Doch ich will es nicht hören und ich will auch nicht von ihm dafür geschlagen werden, dass ich ihn beobachtet habe, deswegen wirble ich einfach herum und laufe davon … direkt durchs Wasser und dann über die Felsen.

»WARTE!«, ruft er und stürmt mir hinterher, aber er hat keine Chance.

Ich bin es gewohnt, über die zackigen Felsen zu klettern. Da ich flink und wendig bin, fällt es mir leicht. Im Gegensatz zu ihm.

Er ist groß und rutscht permanent ab. So kann ich ihm schnell entkommen. Sobald ich die Felswand überwunden habe, laufe ich über den Strand direkt in die Villa, den Gang entlang und … in mein Zimmer.

Erst als ich die Tür hinter mir zuschlage, fällt mir ein, dass dies der letzte Ort ist, der mir Sicherheit bietet.

»VERFLUCHTE SCHEISSE!«, fluche ich, als ich zum x-ten Mal auf einem der glitschigen Scheißer ausrutsche und sie schon über alle Berge ist.

»VERDAMMT!«, brülle ich noch und schlage mit der Hand auf den unschuldigen Felsen ein.

Wieso musste sie DAS jetzt sehen?

Aber vor allem, wieso stört es mich so sehr?

Wie sie vor mir stand, im wehenden Wind mit ihren unsagbar hellen, wunderschönen türkisfarbenen Augen, die mich verletzt anblickten.

So, als hätte sie irgendein Vorrecht auf mich; so, als hätte sie das, was sie gesehen hat, tief in ihrem kleinen, reinen Herzen getroffen.

Und warum habe ich mich gefühlt wie der letzte Bastard auf diesem Planeten?

Ich kenne diese Frau nicht! Sie bedeutet mir nichts!

»Hey … was ist denn los?« Susi, oder Susan oder wie auch immer, tritt von hinten an mich heran und berührt mich an der Schulter.

»NICHTS!« Knurrend winde ich mich aus dieser im Grunde netten Geste, packe ihr Handgelenk und ziehe sie hinter mir her, während ich über den Strand stapfe.

Mir reicht's!

Kleine Nixen sind mir ab jetzt scheißegal!

Ich lasse mir von ihr doch nicht einen Fick verderben, den ich gerade wegen ihr wirklich dringend brauche!

Um von weiteren neugierigen Blicken verschont zu werden, verlagere ich alles in mein Zimmer und streiche diese Augen aus meinem Kopf, die mich vorwurfsvoll anstarrten.

Ich vergesse das Bild, wie sie verletzt vor mir stand, und unterdrücke die Erinnerung an ihre unsagbar verführerischen Lippen, die ich gestern noch auf meinen gespürt habe.

Ganz fucking einfach!

Kapitel 5

SIE

Miguel hat frei und sitzt mit einem Bier in der Hand in unserem alten Sessel vor dem Fernseher, der wie immer unmöglich laut aufgedreht ist. Die Vorhänge sind zugezogen und es stinkt nach alkoholischen Ausdünstungen. Er beachtet mich nicht, als ich eintrete, zuckt nicht mal zusammen oder sieht gar in meine Richtung. Er fragt mich auch nicht, wo ich die ganze Nacht war. Doch mir ist klar, dass ihm mein Erscheinen nicht entgangen ist. Vorsichtig sehe ich ihn an und versuche zu ergründen, was er tun wird. Noch bewegt er sich nicht einmal. Natürlich wiege ich mich keineswegs in Sicherheit. So dumm bin ich nicht. Die Anspannung in der Luft ist fast greifbar, und doch versuche ich normal zu atmen und vor allem so zu tun, als wäre alles normal.

»Ich gehe duschen, ich muss gleich den Tisch für das Mittagessen decken.« Er reagiert nicht, ich schlucke, betrachte das widerliche Bild von ihm, wie er in ausgeleierter Unterhose und mit Flecken verschmiertem Unterhemd auf seinem Sessel fläzt, und trete in das winzige angrenzende Bad. Dort kann ich ein bisschen freier durchatmen, weil ich seinem direkten Dunstkreis entkommen bin. Doch es ist nur Schein. Sicher bin ich hier auch nicht, da ich nicht mal absperren darf.

Während ich in der winzigen Dusche Wasser über meinen Körper laufen lasse, rechne ich jede Sekunde damit, dass er hereinplatzt, wie so oft. Doch die Tür bleibt dieses Mal zu. Ich putze mir die Zähne und betrachte dann mein Gesicht im Spiegel. Die eine Seite ist etwas geschwollen und auf Berührung empfindlich.

Das wird ein richtig großer blauer Fleck.

Meine wilden Locken muss ich zusammennehmen, wenn ich bediene, also muss ich die Rötung abdecken, damit die Gäste nicht darauf aufmerksam werden, ebenso wie meine Augenringe. Mehr Make-up verwende ich nicht, weder Wimperntusche noch Lippenstift, weil Miguel es nicht mag, wenn ich mich zurechtmache. Er beschimpft mich dann als Hure, die sich jedem willigen Mann an den Hals wirft, was meist in gewaltsamen Ausbrüchen seinerseits endet.

Ich fühle mich völlig ausgelaugt, habe zu wenig getrunken und noch gar nichts gegessen, aber ich muss in einer halben Stunde in der Küche antreten und so verlasse ich den Schrank, welcher sich Bad nennt, und husche an ihm vorbei zu dem Kleiderschrank, dessen Türknauf sofort abfällt, wenn man zu sehr daran zieht. Schnell schlüpfe ich in meine weiße Unterwäsche, beobachte dabei Miguels Hinterkopf mit der beginnenden Glatze, streife den Rock sowie die Bluse über und schließe tief durchatmend die Knöpfe. Nur noch zwei Minuten, dann bin ich draußen. Ich kann es kaum erwarten!

Sobald ich fertig bin und meine Haare mit einer Spange neu nach oben gebunden habe, gehe ich zur Tür.

Die Hand liegt bereits auf der Klinke. Das Herz schlägt mir bis zu meinem Hals und natürlich … natürlich ertönt *jetzt* seine Stimme. Schneidend …

»Adriana!«

»Ja?«

»Hast du nicht etwas vergessen?« Ich schließe geschlagen die Augen … und drehe mich dann zu ihm um. Er sitzt immer noch in seinem Sessel und starrt den Fernseher an, in dem irgendein Sportprogramm läuft.

»Was denn?«

»Mein Frühstück!«, blafft er mich an.

»Aber dafür ist jetzt keine Zeit mehr. Ich muss in fünf Minuten…«

»WAS?« NUN sieht er mich an, sein Blick aus den blutunterlaufenen Augen ist stechend und ich zucke innerlich zusammen.

»Natürlich, Miguel.« Mit gesenktem Haupt trete ich in die kleine Kochnische und bereite ihm sein gewohntes Frühstück zu. Eier mit Würstchen und Speck – schön fettig.

»Mach ein bisschen schneller!«, knurrt er und stellt den Fernseher so laut, dass es mir in den Ohren dröhnt. Ich beeile mich und nehme die Pfanne vom Gasherd, schalte ihn aus und bringe ihm sein Essen. Mürrisch reißt er es mir aus den Händen, ohne mich anzusehen. »Noch ein Bier!«, blafft er mich an und ich gehorche. »In ein Glas!«, verkündet er barsch und ich schlucke. Sonst will er niemals ein Glas, doch wenn er eins haben möchte, dann soll er es bekommen.

»Schenk ein!«, fordert er als Nächstes und ich tue auch das. »Ich will einen Strohhalm!« Jetzt ist er aber lächerlich … ich stocke im Umdrehen … und seufze.

»Miguel, ich weiß nicht …« Wieder trifft mich nur dieser eine Blick und ich verstumme sofort.

Während er laut schmatzt, durchforste ich die hässlichen grünen Schränke, die fast auseinanderfallen, nach einem Strohhalm und finde einen.

Erleichtert gebe ich ihn in sein Glas mit Bier, das auf dem winzigen Tischchen vor ihm steht, und wende mich ab, will dieses stinkende Horrorzimmer endlich verlassen, doch er knurrt: »Was soll das?«

»Was?«, frage ich etwas zu aufmüpfig und er schmeißt mir seinen Teller mit den Eiern und dem Speck vor die Füße. »Das schmeckt widerlich! Mach mir was Neues!« In mir pulsiert es, ganz leise und sanft, aber es wird immer stärker. Die Funken schnellen immer höher, während ich dabei zusehe, wie sich das Eigelb mit dem uralten Teppich vermischt. Ich balle die Hände zu Fäusten und atme einmal tief durch. Dann mache ich mich daran, die Schweinerei zu beseitigen. Direkt vor ihm gehe ich auf die Knie und schrubbe den Teppich, während ich spüre, dass er mich beobachtet. Seine Füße sind so widerlich – übersäht mit Hühneraugen und Warzen, ich könnte kotzen, allein wenn ich sie betrachte.

»Was hast du die ganze Nacht gemacht?«, fragt er zuckersüß, während ich seinen starren Blick auf mir fühle. Doch ich wage nicht, hochzusehen.

»Ich war am Strand, musste nachdenken.«

»Nachdenken also?« Mit einem Rülpsen beugt er sich vor, nimmt sein Glas Bier und schüttet es genau auf die Stelle des Teppichs, die ich gerade geputzt habe. »Kannst du so was denn überhaupt?«, wispert er auch noch, und seine Bierfahne trifft direkt auf mein Gesicht. Ich würge und will mich abwenden, aber seine Hand schnellt nach vorne und hält mich am Kiefer fest. Er beugt sich noch weiter vor, sodass seine großporige Nase, die voll mit schwarzen Mitessern ist, fast meine berührt, und seine Alkoholfahne gemischt mit seinem Mundgeruch gibt mir fast den Rest.

»Du … hast die Beine für ihn breit gemacht, gib es zu!« Ich schüttle den Kopf, Tränen treten in meine Augen, mir ist es nicht möglich, mich an meinen Ort zu retten. Es geht irgendwie nicht mehr und ich weiche vor ihm zurück.

»Lass mich in Ruhe!«, zische ich. Das war ein Fehler! Ein böser Fehler! Denn im nächsten Moment hat er mich am Hals gepackt und reißt mich auf die Beine. Ich schreie und kratze über seine Hand, aber er sieht mich starr an, scheint es gar nicht zu spüren und schleudert mich davon. Direkt auf den Tisch, von dem ich dann auf den Boden plumpse.

»ICH SOLL DICH IN RUHE LASSEN?«, brüllt er und tritt mir in den Bauch, bevor ich es schaffe, mich aufzurappeln.

Nebenbei registriere ich, dass mein Arm blutet – vermutlich bin ich auf das Glas gefallen –, während ich krümmend versuche, gegen die Übelkeit anzukämpfen, die mit jeder Schmerzwelle stärker wird. Er tritt mir noch einmal in die Nieren, mir wird schwarz vor Augen und ich weiß es … das hier ist mein Ende. Er wird mich tottreten! Einfach so!
Und keinen wird es interessieren – niemanden. Schützend schlage ich die Hände über den Kopf, doch mit einem Mal blitzen seine grünen Augen vor meinem inneren Auge auf und … ICH WILL NICHT STERBEN! ICH WILL LEBEN! RICHTIG LEBEN!

Mit einem Schrei rolle ich herum, weiche ihm aus, wobei er stolpert und fast das Gleichgewicht verliert. Das ist gut, dadurch gewinne ich etwas Zeit.

Während ich meine Seite halte, rapple ich mich am Sessel hoch und laufe zur Tür. Meine Fingerspitzen berühren fast die Klinke, da packt er mich plötzlich von hinten an den Haaren und reißt mich zurück.

Er schleudert mich in die Schränke der Kochnische, so hart, dass es mir fast die Luft aus den Lungen drückt.

Ein Blick über die Schulter zeigt, dass er auf mich zugeht. Die Augen von Wahnsinn erfüllt, die Hände zu Krallen geformt, den Blick starr auf mich gerichtet. Ich schluchze auf und sehe mich panisch um, versuche vor Schmerzen nicht ohnmächtig zu werden, irgendwoher Kraft zu sammeln. Da bemerke ich die heiße Pfanne auf dem Herd. Sie ist meine einzige Chance …

Ich lasse ihn noch näher kommen, während das Herz in meiner Brust trommelt wie wild, noch näher, noch näher, auch wenn in mir alles nach Flucht schreit. Er ist nur noch zwei Schritte von mir entfernt, und ich packe fest den hölzernen Griff und schütte ihm das heiße Öl ins Gesicht. Er schreit wie ein verwundetes Tier, grunzt und hält zum Glück inne. Dann intensiviere ich meinen Griff mit beiden Händen, so fest ich kann, und schlage ihm mit der Pfanne ins Gesicht …

Während er fällt, bin ich schon aus dem Zimmer gestolpert. Dabei halte ich mir die Seite, die so unsagbar brennt, weine und stütze mich an der Wand ab, während meine Beine sich bei meiner Flucht fast verheddern. Ich bin völlig hysterisch und weiß nicht, wohin ich wanke, nur, dass mich die Schmerzen beinahe umbringen, als ich mich die Treppen hochschleppe.

Alle sitzen draußen im Sonnenschein beim Essen, und ich begegne zum Glück niemandem …

Kopflos stürme ich durch den oberen wunderschönen Flur und reiße die einzige Tür auf, die mir als Zufluchtsort in den Sinn kommt … nur um meinen Retter … eindeutig beschäftigt und im Bett vorzufinden.

Kapitel 6

ER

»WAS zum Teufel!«, rufe ich aus, als meine Zimmertür plötzlich aufgerissen wird, und löse mich stinkewütend von der Frau unter mir. Und dann … erstarre ich … denn da steht sie! SCHON WIEDER! Einfach so in meiner Tür … mit blutendem Gesicht, blutendem Arm, verweint, käsebleich … zerzaust und völlig fertig. Sie stützt sich ab und bricht mit Sicherheit jeden Moment zusammen. Der Anblick sticht tief in meinem Herzen wie ein Messer, das man mir in die Brust gerammt hat. Ich keuche auf, und bin schon auf dem Weg zu ihr. Doch sie will zurückweichen – ängstlich sowie verletzt – und wirkt derart schockiert, als wüsste sie nicht, wie sie hierhergekommen ist.

»Nein!«, schluchzt sie, als ich sie berühren will, doch dann … verdrehen sich ihre Augen plötzlich nach oben, und ehe sie in sich zusammensacken kann, habe ich schon zugegriffen und halte sie vom Fallen ab.

»Verfickte Scheiße!«, fluche ich, während ich sie umständlich an den Hüften packe und an mich drücke. Sie ist völlig leblos, jagt mir damit einen verdammten Heidenschreck ein, und blutet aus der Nase und dem Mundwinkel.

»Jesse …!«

»NEIN!«, blaffe ich die Schlampe in meinem Bett an. »Verpiss dich. Sofort!« Sie zuckt zusammen, als ich sie anbrülle, und macht, dass sie davonkommt. Ist auch verdammt noch mal besser so für sie, denn ich bin gerade so wütend, dass ich jemanden killen könnte! AM BESTEN IHN!

Mit einigen Schwierigkeiten hebe ich sie auf meine Arme und trage sie zu meinem Bett. Dort lege ich sie vorsichtig ab, fühle ihren Puls, der stark und ruhig geht.

Zum Glück.

Mir wird ETWAS leichter ums Herz, dann nehme ich das Telefon und wähle die einzige Nummer, die mir in diesem Moment einfällt.

Die von Geoffrey, meinem großen Bruder …

***

Sie hat drei angebrochene Rippen, was ihr noch lange Probleme bereiten wird, und eine angebrochene Nase, was zwar schneller heilen wird, aber nicht minder wehtut! Außerdem ist ihr rechter Arm komplett verbunden.

Zum Glück hat sie keine inneren Verletzungen.

Die ganze Untersuchung ist ihr mehr als unangenehm, aber ich vermute, dass es weniger die Schmerzen sind, die ihr zusetzen.

Denn dabei sitzt sie auf meinem Schoß und hat die meiste Zeit das Gesicht an meinem Hals vergraben, als wäre sie ein kleines Mädchen.

Und das ist sie auch, sie ist MEIN. Und der Bastard wird für das bluten, was er ihr angetan hat.

Doch nicht jetzt, jetzt zählt nur sie.

»Sie braucht Ruhe und ich werde ihr Medikamente gegen die Schmerzen verschreiben«, verkündet der Arzt mit dickem spanischem Dialekt und ich bedanke mich knapp.

Ich kann es nicht erwarten, dass er verschwindet, weil ich weiß, dass sie Angst vor ihm hat, so wie sich ihre Hand in mein Hemd krallt, das ich mir in aller Windeseile genauso wie die Jeans übergezogen habe.

Er verschwindet und schließt die Tür leise hinter sich. Allein das Geräusch lässt sie zusammenzucken. Sie klammert sich immer noch an mich, sieht mich nicht an, spricht nicht mit mir und … sie trägt nur weiße, unschuldige Unterwäsche!

VERDAMMT!

Ich versuche ruhig zu atmen und mich nicht von ihrem süßen Duft, der mir so nahe ist, ablenken zu lassen. Ebenso von ihrem weichen Körper, der sich so vertrauensvoll an mich schmiegt. Nebenbei vermeide ich jegliche Bewegung, die sie verängstigen könnte, was gar nicht so leicht ist, denn in meinen Adern lodert die Blutlust.

»Hey …« Ich muss wissen, was passiert ist, und so streiche ich über ihren Rücken. Zuerst verkrampft sie sich, aber als sie merkt, dass sich meine Finger nicht verirren, entspannt sie sich deutlich und atmet tief durch.

Dann schluchzt sie auf und ich fühle kurz darauf, wie ihre heißen Tränen meine Haut benetzen. »Was ist passiert?« Sie schüttelt den Kopf. Ich verdrehe die Augen …

Okay … Taktikänderung.

Ich weiche etwas zurück, sodass sie mich ansehen muss, doch sie starrt nur zwischen uns auf meine Brust … Sanft lege ich meinen Finger unter ihr Kinn und hebe wieder ihr wunderschönes Gesicht an.

Ehrlich, ich habe noch NIEMALS so ein schönes Gesicht gesehen wie ihres, selbst wenn ihre Augen vom Weinen blutunterlaufen sind und salzige Perlen unentwegt fließen. Selbst wenn ihre Wange angeschwollen ist und ihre vollen rosa Lippen aufgeplatzt sind.

»Ich werde dir *niemals* wehtun.« Sie sieht mich schüchtern an und ich weiß, dass sie mir insgeheim glaubt. Sonst wäre sie nicht zu mir gekommen. Schließlich nickt sie und ich lächle leicht. »Okay … das war der erste Punkt … Wie heißt du?«

»Adriana Flores …«, wispert sie in ihrem bezaubernden spanischen Dialekt, während sich ihre vollen Lippen so verführerisch um die Silben schmiegen.

Es ist ein wunderschöner Name für eine wunderschöne Frau. Er strahlt so viel Kraft und Anmut aus. Etwas, was auch sie ausstrahlt, sie weiß nur nicht, wie stark sie wirklich ist.
»Ich heiße Jesse Porter …« Sie lächelt mich an und es lässt mein Herz schneller schlagen.

»Ich weiß …«, murmelt sie und will wieder wegsehen.

»Ah!«, mache ich und hebe ihr Kinn wieder. »Sieh mich an, Süße, nur in den Augen eines Menschen findest du die Wahrheit.«

»Ich kann mich aber nicht konzentrieren … wenn ich dir in die Augen sehe«, flüstert sie, während ihre Wangen flammend rot werden, und mein Herz bleibt fast stehen.

Fuck! Sie ist göttlich! Wirklich! Außerdem … »Okay … wenn du es nicht willst, musst du es natürlich nicht.«

»Danke.« Sie blickt wieder nach unten. Ich verdrehe meine Augen.

»Nichts zu danken!« VERDAMMT! Ich HASSE es, dass sie so unterwürfig ist. Ich meine, das ist irre, denn normalerweise verlange ich
GENAU DAS von meinen Frauen! Die volle Unterwerfung. Bei ihr macht es mich sauer, aber ich kann es verstehen – zumindest ansatzweise. »Hat er dir das angetan?« Sie nickt und ich beiße die Zähne aufeinander. »Wo ist er?«
»Wahrscheinlich noch in unserem Zimmer.«

»Okay … Wie bist du ihm entkommen?«

»Ich habe ihn … mit einer heißen Pfanne geschlagen.«

»Oh, wow!« Das erfordert Mut! Unbändigen Mut, und ich drücke sie eng an mich, lasse sie sich wieder an mir verstecken. »Ich bin stolz auf dich! Du bist eine Kämpferin!«

Sie antwortet natürlich nicht, sondern schmiegt sich nur an mich. So vertrauensvoll, was mir surreal erscheint, nach dem, was sie erlebt hat, aber ich bin der Letzte, der sie fragen würde, warum.

Ich habe jetzt eindeutig andere Probleme!

Zum Beispiel meinen Blutdruck!

»Kann ich dich eine halbe Stunde alleine lassen?« Sie klammert sich fester an mich. »Wirklich nur eine halbe Stunde, dann bin ich wieder da …«

Wenn er tot ist …

Sie schluchzt auf und ich seufze schwer … »Okay, dann nicht!« Fest umfange ich sie mit meinen Armen und verabschiede mich von dem Gedanken, sie die nächsten Stunden zu rächen.

Stattdessen sitze ich mit ihr auf meinem Bettrand, meine Beine schlafen ein und ich streichle ihre seidigen Locken und ihren Rücken, während sie leise an meiner Brust weint. Wieso … weiß ich nicht genau. Aber es ist auch scheißegal! Wichtig ist, dass sie hier ist – in Sicherheit, bei mir.

Kapitel 7

Ich muss nicht zu ihm. Er kommt selber. Sie schläft auf meinem Schoß – völlig entkräftet –, als es an meiner Tür klopft und ich »Was?« blaffe.

»Ist sie bei Ihnen?«, fragt der Bastard unterwürfig und ich fühle sofort, wie das Blut in meinen Adern wieder hochkocht. Besonders, weil sie sofort zusammenzuckt, als sie seine Stimme hört, und sich daraufhin in meinen Armen versteift.

»Shhhhh …«, beruhige ich sie und streichle ihren Rücken. »Wenn du nicht willst, dann lasse ich ihn nicht rein.« *Ich werde nur rausgehen und ihn killen …*

Sie sieht wieder zu mir hoch … eine kleine Ewigkeit, bevor sie wispert: »Wirst du mich wirklich mitnehmen?«

»JA!«

»Egal was passiert?« Ich verenge die Augen, aber auch darauf gibt es nur eine Antwort.

»Egal was passiert!«

»Versprochen?«

»JA!« Sie ist so misstrauisch, es bricht fast erneut mein Herz, aber schließlich tritt ein Funkeln in ihre Augen und sie strafft sich auf meinem Schoß, bevor sie aufsteht und auf die Tür zugeht.

»HEY, was hast du vor?«, rufe ich und folge ihr, da hat sie die Tür auch schon geöffnet – nur in ihrer weißen Unterwäsche, den Rücken gerade und den Blick auf ihn gerichtet.

»Was willst du?«, fragt sie. Ihr forsches Auftreten schockiert ihn für eine Sekunde, dann will er einen Satz auf sie zu machen, aber da hat er sich wirklich die falsche Gesellschaft ausgesucht. In dem Moment, als er nach ihr greifen will, schieße ich mit meiner Faust schon an ihr vorbei und treffe frontal auf seine hässliche, angeschwollene Visage. Er wird jetzt sterben, so viel ist klar! Er grunzt und taumelt zurück, ich folge ihm in den Gang und gebe ihm noch einen Kinnhaken.

»Hast du sie so geschlagen?«, knurre ich und verpasse ihm noch eine. Bereits jetzt kann er sich nicht auf den Beinen halten und fällt in sich zusammen. Das Weichei. Aber ich reiße ihn grob an seinem Hemd nach oben und drücke ihn gegen die Wand. »Oder etwa so?« Wieder will ich zuschlagen, aber mit einem Mal schließt sich ihre Hand um meine Faust.

»Nein …«, murmelt sie mir ruhig zu. »Ich will nicht, dass du wegen ihm zu so einem Mann wirst!« Schwer keuchend sehe ich sie an und versuche, aus dem rasenden Zorn zu finden, versuche wieder klar zu denken … Aber ihre Augen, mit denen sie mich offen ansieht, machen das nicht gerade leichter. Genauso wie die blauen Flecken in ihrem schönen Gesicht, die immer deutlicher herausstechen. Trotzdem beuge ich mich ihrem Willen.

»Wie du willst!«, knurre ich und lasse ihn los, woraufhin er fast nach vorne kippt. Im letzten Moment hält sie seinen Sturz auf und drückt ihn an der Brust zurück gegen die Wand. Seine Augen verdrehen sich etwas nach oben, dennoch entgeht mir das irre Funkeln in ihnen nicht. Oh wie gerne würde er ihr etwas antun – er braucht es nicht einmal auszusprechen –, mindestens so gern wie ich ihm, und ich bin stärker als er. Sein Blick gleitet zu mir, während ich mich mit verschränkten Armen hinter ihr aufbaue. Offenbar ist er nicht so dumm, wie er aussieht, denn er versucht es nicht noch einmal.

»Adriana …«, wispert er. »Was willst du hier? Komm zu mir zurück … zu deinem Ehemann … Du liebst mich doch!« Sie nimmt ihre Hand von seiner Brust, als hätte sie sich verbrannt.

Ein Beben erschüttert ihren Körper. Wahrscheinlich vor Angst, doch sie beugt sich vor und wispert in sein Ohr. »Liebe?«, fragt sie mit einem Mal ganz ruhig, nur ein leichtes Zittern verleiht ihrer Stimme einen unsicheren Klang. »Du wirst niemals eine Frau dazu bringen, aus Liebe bei dir zu bleiben. Denn du weißt nicht einmal, was Liebe ist. Du weißt nur, wie man zerstört. Du weißt nur, wie man andere quält und Ängste schürt. Du kannst eine Frau mit nichts anderem halten als durch Schmerz. Du bist kein Mann, du bist ein Wurm. Ich will dich nie wieder sehen und ich verfluche dich, Miguel. Dir soll dasselbe widerfahren, was du meiner Schwester und mir angetan hast. Noch zehn Mal schlimmer!«

Somit nimmt sie einfach meine Hand und zieht mich zurück ins Zimmer. Ein letzter Blick in seine Augen, den er starr wie ein Dämon erwidert – völlig bleich und sprachlos –, ehe sie ihm die Tür vor der Nase zuknallt. Ich bin genauso perplex wie er, vor allem aber bereite ich mich jetzt innerlich auf ihren Zusammenbruch vor. Doch nichts da.

Wortlos lässt sie mich im Raum stehen, hievt meinen Koffer aufs Bett und beginnt, meine Kleidung fein säuberlich zu packen.

»Wann fliegen wir?«, fragt sie und ihre Stimme ist immer noch völlig emotionslos. Ich verenge die Augen.

»In drei Stunden …«

»Gut«, antwortet sie nur und räumt weiter alles ein – mit sicheren Bewegungen, sie zittert nicht mehr. Nichts von ihr. Auch scheint es ihr komplett egal zu sein, dass sie nach wie vor in nichts weiter als ihrer Unterwäsche vor mir rumspringt und ich sie ungeniert dabei beobachte. Stattdessen tut sie so, als wäre ich gar nicht da. Wirkt unnahbar, fast schon kühl und vor allem … SIEHT SIE MICH NICHT AN!

»Sieh mich an, Adriana!«, blaffe ich und sie gehorcht. Absolut ungerührt. Ohne Scheu. Aber diese Scharade nehme ich ihr für keine Sekunde ab. Das ist nur eine Maske, es KANN nur eine Maske sein.

»Ja?« Eindeutig wartet sie auf weitere Anweisungen von mir und erstmals in meinem Leben weiß ich nicht, was ich machen soll!

»Nichts! Bleib hier in diesem Zimmer!«, knurre ich sie an und verlasse sie, um noch einige Dinge für unsere Abreise vorzubereiten.

Kapitel 8

Sie wirkt immer noch völlig abgeklärt, als wir nach einem arschlangen Flug und einer noch längeren Fahrt endlich bei mir daheim ankommen. Mich irritiert, dass sie sich von niemandem verabschieden wollte, dass es keinen gab, dem sie Bescheid sagen musste. Stattdessen hat sie einfach so sämtliche Stränge zu ihrer Vergangenheit gekappt, und ich bezweifle, dass das der richtige Weg ist.

Während des Fluges versuche ich, ein Gespräch anzufangen, aber sie gibt mir einen eiskalten Korb. Von mir aus. Schließlich bin ich nicht ihr verdammter Psychologe. Ich will sie nur ficken, rufe ich mir ins Gedächtnis und kann es kaum erwarten, bis wir endlich bei mir zu Hause und alleine sind.

Die Kleidung, die ihr Marie – meine Schwägerin – geliehen hat, steht ihr zu gut. Das leichte rote Kleid lässt sie förmlich strahlen.

Der Anblick ihres Schlüsselbeins alleine reicht schon, damit ich einen Ständer bekomme, und langsam, aber sicher beginnt es, wehzutun. Besonders, als wir eingepfercht in meinem Mustang sitzen und ihr Duft mich zusätzlich um den Verstand bringt.

Meine Mutter sieht mich schief von der Seite an, als wir zu zweit das Haus betreten, aber sie kommentiert es nicht weiter.

Obwohl sie natürlich sofort merkt, dass das aufgesetzte Strahlen der jungen Frau nicht echt ist. Bei der nächstbesten Gelegenheit wispert sie mir unheilvoll zu, dass wir uns unterhalten müssen – allein.

Klar.

Sie nimmt natürlich wieder mal das Allerschlimmste von mir an. Aber ist es nicht auch so? Ich verdrehe meine Augen, gebe ihr einen Kuss auf die Wange und murmle ein: »Ja, ja.«, bevor ich mir meine Koffer schnappe, die Hand der kühlen Nixe ergreife und die Treppen zwei Stockwerke nach oben sprinte. Denn ich bewohne die gesamte Etage direkt unter dem Dach der riesigen Ranch – inklusive Dachterrasse, einem eigenen kleinen Bad und einem großen Wohn- und Schlafbereich. Sie folgt mir völlig kommentarlos – natürlich. Dabei sieht sie sich nicht einmal um, als wäre ihr ihre Umwelt ganz egal. Vielleicht ändert sich das ja, sobald sie mein Reich betritt.

Aber sie setzt sich lediglich geduldig auf mein Bett, faltet die Hände in ihrem Schoß, blickt nach unten und … *wartet.* Auf verdammte Anweisungen! Verflucht, ich will, dass sie selber handelt, Fragen stellt, um verflucht noch mal zu erfahren, wie es weitergeht, wie ihr Leben hier aussehen soll! Es steckt doch in ihr, das hat sie mir deutlich bei der Abrechnung mit diesem Bastard gezeigt! Das ist die Frau, die ich will! Nicht dieses unterwürfige Weibchen, was nun auf meinem Bett sitzt! Es scheint, als wäre sie nicht anwesend und das macht mich wütend. Unsagbar wütend!

Ich brauche die Kontrolle! Vor allem über ihren Geist, aber der ist aktuell nicht zugänglich. Warum hat sie ihre Fesseln gesprengt, alles hinter sich gelassen, nur um jetzt in denselben Mustern weiterzuleben?

Verdammt! Doch nein, nach wie vor spricht sie kein Wort, es sei denn, es ist unbedingt nötig. Langsam, aber sicher geht meine Beherrschung über den Jordan. Diese devote Ader, die sie an den Tag legt, beginne ich mehr und mehr zu hassen, denn mir ist klar, dass sie dahinter ihre wahren Gedanken versteckt. So habe ich mir das verdammt noch mal nicht vorgestellt! Irgendwie läuft alles völlig falsch und ich werde ungemütlich, wenn etwas nicht nach Plan verläuft. Wo ist die Frau hin, die sich in MEINE Arme geworfen hat, um sich zu retten; die sich an MICH geschmiegt und so vertrauensvoll an meiner Haut geweint hat; die mich verteidigte, in diesem Flur, und die mich ansah, als wäre ich ihr persönlicher Gott?

Irgendwo in ihr ist sie noch. Da bin ich mir sicher. Tja … ich werde sie rauskitzeln müssen! JETZT!

***

»Steh auf«, fordere ich also, nachdem ich die Tür hinter uns geschlossen habe, und öffne mein Hemd. Ich laufe nämlich am liebsten mit offenem Hemd rum, hier ist es sonst zu verschissen heiß. Sie gehorcht umgehend, ohne mich anzusehen – stattdessen starrt sie zu Boden. Oh, verdammte Scheiße, das werde ich ihr austreiben! Indem ich sie zum Explodieren bringe. Das hat schon immer funktioniert, um jemanden aus der Reserve zu locken. Im Übrigen kenne ich auch gar keinen anderen Weg. Ja, ich weiß, es ist nicht die feine englische Art, aber etwas anderes fällt mir beim besten Willen nicht ein … vor allem, weil ich so verdammt wütend bin.

Die letzten zwei Tage, während wir hierher reisten, hat sie sich immer weiter von mir distanziert. Ist das der verfluchte Dank dafür, dass ich sie aus den Klauen ihres Mannes und ihrem elendigen Dasein befreit habe? Will sie mich verdammt noch mal verarschen? Außerdem hatten wir eine Abmachung!

»Zieh dich aus!« JA! Ich möchte sie dazu zu bringen, gegen mich zu kämpfen, sich zu wehren, für ihr Recht einzustehen, aber stattdessen fängt sie monoton an, die Knöpfe des Kleides zu öffnen, zieht es dann über den Kopf, faltet es und legt es penibel auf den Stuhl, der neben ihr steht. Darunter trägt sie keinen BH, nur ein enges Höschen, sodass ihre Kurven perfekt zur Geltung kommen, die mich ganz nebenbei völlig um den Verstand bringen, während ihre Haut appetitlich im Sonnenlicht schimmert. In meiner Hose zuckt es und ich verlagere *ihn*.

»Was würdest du tun, wenn ich dir befehle, mir einen zu blasen?«, frage ich, weil ich sie weiter provozieren will, doch sie antwortet nur, indem sie sich hinkniet!

Mit jeder ihrer ach so devoten Aktionen macht sie mich wütender, treibt mich weiter in den Wahnsinn!

Mit zusammengebissenen Zähnen gehe ich auf sie zu, öffne meinen Reißverschluss und hole ihn an die frische Luft. Total gleichgültig visiert sie ihn an, lehnt sich an meine Oberschenkel, beugt den Kopf vor und nimmt ihn in den Mund. Sofort saugt sie gekonnt, bewegt sich nach vorn und nach hinten. Verdammt, hat diese Frau keinen Würgereflex? Himmel!

Stöhnend lasse ich den Kopf nach hinten fallen, weil ihr warmer, weicher Mund um mich herum alles in mir in Brand setzt, während ich eine Hand in ihrem Haar vergrabe. »Oh fuck …«, murmle ich, aber sie reagiert nicht. Wie eine

Maschine konzentriert sie sich auf ihr Tun. Vor und zurück … vor und zurück … vor und zurück … vor und zurück …

»Hör auf«, blaffe ich sie an und sie gehorcht sofort, ein wenig atemlos. Ihre Wangen werden knallrot, wieso auch immer, doch sie sieht mich immer noch nicht an, presst nur die Lippen aufeinander. »Leg dich auf das verdammte Bett!«, knurre ich, und sie fügt sich auch jetzt ohne das geringste Aufbegehren oder gar einen eigenen Willen.

»Beine breit!« Ich folge ihr auf die weiche Matratze, während ich meinen Schwanz festhalte und ihr Höschen die langen, wunderbaren Beine herabziehe. Sie IST feucht! Schon mal ein gutes Zeichen, und auch noch rasiert!

Oh fuck!

Während ich mir einen runterhole, lasse ich meinen Blick über das gleiten, was ab jetzt mir gehört, wie sie wunderschön vor mir liegt. Die Schenkel gespreizt, das Gesicht von mir abgewandt, während sich ihre vollen Haare, die im Sonnenlicht glänzen, wie ein Fächer um ihren Kopf verteilt haben. Es ist so FALSCH!

»Adriana …«, wispere ich fast schon gequält und da … sie zuckt ETWAS zusammen … nur ein bisschen. »Sieh mich an …«, fordere ich sanft, denn mit einem Mal habe ich einen riesigen Brocken in der Magengegend. Mit allem, was ich habe, halte ich mich zurück und beuge mich über sie, als sie mir ihr Gesicht zudreht. Sie versteift sich nur ein wenig, als mein Körper sie berührt und sie mir in die Augen sieht. Ihre Beine beben kurz, dann entspannt sie sich, wie auf Befehl. Gleichgültig, fast schon tot.

»Ja«, haucht sie tonlos, und da ist etwas von diesem Funkeln, das mich so sehr an ihr fasziniert.

Gut verborgen, aber es glitzert unter der Oberfläche ihres emotionslosen Blicks, mit dem sie mich bedenkt, als wäre ich ein verfluchter Fremder.

»Willst du das?«, frage ich und hoffe, dass sie NEIN brüllt! Verdammt noch mal, weil sie es eben NICHT will! Ich kenne und vögle Frauen lang genug, um ihre Körpersprache lesen zu können, als wäre es meine eigene.

Sie ist zwar feucht, sie atmet schneller, sie hat gerötete Haut, es ist Lust und Begehren in ihrem Ausdruck zu erkennen, aber vor allem WIDERWILLEN. Wenn sie NEIN sagt, höre ich sofort auf …

Aber sie muss mir sagen, WAS SIE WILL! *BITTE SAG NEIN!*, flehe ich stumm, aber ihre Augen verlieren noch etwas an Glanz, bevor sie »Natürlich …« haucht, nach unten greift und sich für mich spreizt. »Tu es.«

GUT!

»WIE du willst!«, knurre ich, dann halte ich *ihn* mit einer Hand fest und schiebe einfach meine Hüften nach vorne, *ihn* tief in sie … und sie ist so verdammt eng. So etwas habe ich noch nie gespürt. Oh heilige Scheiße! Sie ist der pure Himmel! Sobald ich in ihr bin, schaltet sich mein gesunder Menschenverstand völlig aus, denn sie ist … so … verdammt … verfickt … perfekt.

»OH FUCK!«, knurre ich verbissen, weil die Leidenschaft mich völlig übermannt, beuge mich vor und vergrabe mein Gesicht in ihrem duftenden Haar, während ich mich zurückziehe und … wieder in sie stoße.

FEST!

Irgendwie werde ich ihr eine verdammte Regung entlocken und wenn es das Letzte ist, was ich tue! Zuerst liegt sie unter mir wie eine verdammte Leiche, aber mit jedem Stoß gibt sie mehr Lebenszeichen von sich.

»Komm schon, Baby …«, murmle ich verbissen, greife nach unten und berühre ihren Kitzler. Sie zuckt zusammen und bewegt sich ein bisschen, bevor sie ganz leise aufstöhnt. Noch einmal gleite ich aus ihr und wieder in sie, während ich sie mit zwei Fingerspitzen massiere. Sie ist immer noch stocksteif.

»Verdammt!«, fluche ich und richte mich auf ausgestreckte Arme auf, sehe sie an und stocke. Denn sie hat ihr Gesicht wieder weggedreht, sieht blicklos nach draußen in den blauen Himmel, während verdammte Tränen über ihre bleichen Wangen laufen. TRÄNEN!

»SCHEISSE!«, knurre ich und löse mich sofort völlig atemlos von ihr, auch wenn mein Schwanz jeden Moment zu explodieren droht. »Hey … Adriana … verdammt … ich …« Ich beuge mich vor, umfasse ihr Gesicht mit einer Hand und zwinge sie, mich anzusehen, streichle ihre Wange. »Hab ich dir wehgetan?«

Meine Stimme ist völlig rau, ich kann kaum klar denken, so nah am Orgasmus, mit ihrem zarten Körper unter mir und ihrer Feuchtigkeit so nah an meinem pochenden Schwanz.

Sie schüttelt den Kopf und dann hebt sie ihr Becken, reibt sich direkt an mir, während ihr Blick sich in meinen bohrt. Und da ist nicht nur ein kleines Funkeln.

Es ist HASS.

Reiner, glühender, mich verschlingender Hass, der mich geradezu anschreit.

Ich habe mir mehr Emotionen gewünscht. Jetzt bekomme ich die Quittung! Alles ist besser als dieser Ausdruck in ihren Augen!

»Bring es zu Ende, ich weiß, dass du es brauchst. Deswegen bin ich doch hier!«, gibt sie mit dieser toten Stimme von sich und spätestens jetzt ist mir klar, dass ich es verkackt habe.

Ich habe mich schlimmer verhalten als jeder Bastard auf diesem Planeten, also typisch für mich! »Oder soll ich es für dich zu Ende bringen?«, erkundigt sie sich sachlich.

Hauptsache, es ist schnell vorbei und du berührst mich nicht mehr! Bist nicht mehr in mir!

Genau *das* sagt sie mir und meine Kehle wird trocken, während ich sie einige Sekunden nur anstarren kann und mit mir kämpfen muss, um nicht auszuflippen.

Als ich nicht antworte, greift sie auch noch nach unten, umfasst *ihn* mit kalter, unpersönlicher Hand, beginnt, mir einen runterzuholen und ich … ich könnte kotzen!

GANZ EHRLICH!

»SO NICHT!«, knurre ich düster, reiße mich von ihr los, schlüpfe in meine Jeans und stürme aus dem verdammten Zimmer wie ein kleiner Teenie, der zu früh gekommen und völlig überfordert ist.

Kapitel 9

SIE

Endlich … ENDLICH ist er weg und ich kann den Tränen wieder freien Lauf lassen. Der Kloß saß schon die ganze Zeit in meiner Kehle, drohte mich zu ersticken, und jetzt kann ich ihn nicht mehr vom Explodieren abhalten.

Nun laufen sie unkontrolliert über meine Wangen.

Ich schluchze sogar, kann überhaupt nichts mehr dagegen tun und presse meine Hand auf meinen Mund, während ich mich aufsetze.

Mein gesamter Körper fängt an zu beben, auch das kann ich nicht mehr unterdrücken. Anfangs dachte ich … er würde es sich anders überlegen, mich vielleicht sogar verschonen.

Aber sobald ich mit ihm allein in diesem Zimmer, in seiner Höhle war, mutierte er zu genauso einer Bestie wie alle anderen.

Eine Bestie, die mich zerfleischt und meine Seele zerfetzt hat, während mein Körper schutzlos unter ihm lag.

Beim besten Willen konnte ich mich nicht an meinen Ort flüchten, auch wenn ich es versuchte, es gelang einfach nicht. Und so nahm ich *alles* von ihm wahr.

Jedes Stöhnen, jedes Keuchen, jeden Muskel, jede Berührung, jede Gefühlsregung, ich konnte mich nicht verschließen und kam mir nun *verraten* vor. Ich dachte, er wäre anders. Wirklich …

Doch natürlich hielt ich trotzdem mein Wort! Denn es ist nicht seine Schuld, dass ich so naiv bin! Schließlich hat er mir klargemacht, weshalb er mich mit auf diese Ranch nehmen würde.

Für Sex.

Nichts weiter!

Und doch habe ich gehofft, es wäre vielleicht doch mehr … Mit dieser Aktion hat er mir genau meinen Platz in seinem Leben gezeigt. Eigentlich bin für ihn nichts anderes als für Miguel, nur dass er mich nicht schlägt und foltert. Aber das kommt vielleicht auch noch.

Während er mich hielt und auf mich aufpasste, auf der Insel, fühlte ich mich anders – so kostbar. Nun hat er sein wahres Gesicht offenbart und mir verdeutlicht, dass ich auch für ihn ein Nichts bin. Nur ein Körper, geschaffen, um Männer zu befriedigen und ihnen zu dienen, so wie es sich für eine Frau gehört.

Auch okay …

Das nächste Mal muss ich mich aber mehr anstrengen, meine Gefühle besser verschließen! Denn ich habe ihn so wütend gemacht und das ist das Letzte, was ich will! Ich will ihm Gutes tun, schon allein, weil er mich von Miguel befreit hat!

Wieso hat er nur aufgehört? Und warum hat er nicht zugelassen, dass ich es wenigstens für ihn beende? Er war doch kurz davor, oder etwa nicht?

Bin ich wirklich so schlecht?!

So verachtenswert?

So widerlich?

Bin ich wirklich so, wie Miguel mich immer betitelt hat? Eine dumme kleine Schlampe, die nichts kann?

Miguel brachte ich immer innerhalb von Minuten zum Ende, besonders wenn ich ihm mit meinem Mund diente, aber Jesse hat es nicht mal zwei Minuten ertragen. Wahrscheinlich sind die Männer hier viel anspruchsvoller als die, die ich kenne. Ich fühle mich so … unzureichend. So dumm. So nutzlos. Gleichzeitig bin ich zutiefst von mir enttäuscht und nehme mir fest vor, es wiedergutzumachen, wenn er zurückkommt. Doch es gibt tatsächlich etwas Positives an dieser demütigenden Erfahrung: Es hat nicht wehgetan! Kein. Bisschen. Kein brennender Schmerz drohte mich zu zerreißen, als er in mich eindrang. Genau genommen … war ich da unten sogar irgendwie feucht, als er sich in mich schob, und das obwohl er einen viel größeren Penis hat als mein Mann.

Es war lediglich ungewohnt … ihn in mir zu haben, so ganz anders als mit Miguel, dass ich im ersten Moment geradezu schockiert war. Und dann verbrachte ich die Zeit nur noch damit, auf den Schmerz zu warten, aber er kam nicht. Im Gegenteil, als er mich zwischen meinen Beinen berührte, dort wo mich noch niemals jemand berührt hat, zog sich sogar mein Bauch zusammen, meine Nippel wurden steif und ein kleiner Blitz schoss durch meinen Körper. Mit aller Macht versuchte ich mich zu kontrollieren, reglos zu bleiben, um ihm den Sex mit meinen komischen Reaktionen nicht zu versauen. Doch Jesse wurde immer wütender und wütender, weil ich so schlecht war und es nicht schaffte. Ich stöhnte sogar!

Wenn ich jetzt daran zurückdenke, muss ich noch mehr heulen. Nichts hält mich mehr im Bett. Aufgebracht laufe ich durch das Zimmer und raufe mir die Haare. Er wird mich sicherlich zu Miguel zurückschicken, weil ich versagt habe.

Was soll ich nur tun?

Wie kann ich ihm so dienen, dass es ihm gefällt?

Wie kann ich ihn glücklich machen?

Ich will doch nur, dass er mit mir zufrieden ist!

Kapitel 10

ER

Es tat gut, ein wenig zu reiten, die Zäune zu kontrollieren und die Rinder zu zählen. Dabei konnte ich abschalten und … mich betrinken. Zumindest ein bisschen. Außerdem gelang es mir so, meiner Mutter aus dem Weg zu gehen, und ihrem Fragenkatalog, den sie schon sehr bald auf mich loslassen wird, und … ich konnte mich selber fertigmachen.

Denn ich bin wirklich der größte Idiot auf diesem Planeten! Wahrscheinlich … kennt sie Sex nicht so wie ich. Vielleicht wurde sie von ihrem Mann nicht nur geschlagen, sondern auch vergewaltigt, und dann komme ich daher, ihr elendiger Retter, und tue genau dasselbe! *Super, Jesse! Da hast du deinem Image als Oberarschloch alle Ehre gemacht!* Ich proste mir selber zu, während ich auf dem Zaun sitze und der Sonne dabei zusehe, wie sie hinter den gezackten Bergen untergeht, die unser kleines Tal säumen. *Alle wären stolz auf dich, würden sich wieder mal in ihrem Bild als gewissenlosem Bastard, das sie von dir haben, bestätigt fühlen, und ... tja ... ihr hast du jetzt auch endlich mal gezeigt, dass du nicht ihr verdammter Held bist, sondern der verfickte Bösewicht.*

Denn in Wahrheit habe ich sie nicht mitgenommen, um ihr zu helfen.

Ich habe sie mitgenommen, weil ich sie für mich wollte – ganz allein. Aber doch nicht so! Wie ein Stück Holz! Verdammt …

Kopfschüttelnd nehme ich wieder einen Schluck Whiskey und habe keine Ahnung, wie ich die Scheiße, die ich da gerade so grandios verbockt habe, je wiedergutmachen soll. Ich weiß, ich sollte da reingehen, vor ihr auf die Knie fallen und mich entschuldigen.

Aber das tut ein Jesse Porter sicher nicht! Bei keiner!

Ha!

Sie wusste doch, worauf sie sich einließ! Schließlich habe ich ihr genau gesagt, was ich mit ihr vorhabe, ohne ihr was vorzumachen! Wieso also … hat sie sich nicht verdammt noch mal seelisch darauf vorbereitet und fängt mitten beim Sex mit dieser Heulerei an! Mit so einer Gefühlsflut komme ich nicht klar! Vor allem, nachdem ich ihr genug Chancen gab, NEIN zu sagen! Zuerst die Wahrheit verschweigen und dann rumflennen – typisch Frauen.

Mit Jessica war es genau dasselbe. Ich kann mich noch erinnern, als ich ein pickeliger Teenie war und immer im Schatten meiner zwei perfekten Brüder stand. Immer haben sie mich regelrecht fertiggemacht, weil ich stets der Dumme war, der nichts konnte, nur Ärger provozierte und schlechte Noten mit nach Hause brachte. Das Ganze zog sich bis zur Highschool, dann bekam ich eine ab. Sogar die Schulschönheit! Die blonde wunderschöne Jessica Sanders.

Wir genossen eine wundervolle Woche zusammen, in der ich ihr Blumen und Pralinen kaufte, Lieder auf meiner Gitarre spielte, Picknick mit ihr machte, sie ins Kino ausführte …

Kurz gesagt wurde ich für sie zum Volldeppen, ehe sie mich bis auf die Knochen blamierte und es dann der ganzen Schule präsentierte! In dem Moment, als ein Video von mir auf jedem Handy jedes Schülers zu sehen war, wie ich mir auf ihren Befehl hin zuerst einen runterholte, und mir dabei von ihr den Arsch mit einem Lineal versohlen ließ, wusste ich, dass Frauen Miststücke sind!

Marie – meine Schwägerin – komplettierte dann auch noch dieses Bild vollends! Wegen ihr ging David, die wichtigste Person in meinem Leben, fort! Immer hingen wir beide zusammen, waren als Zwillinge unzertrennlich und wollten zusammen eine Pferdezucht aufziehen, die Ranch ausbauen, den Wunsch unseres toten Vaters erfüllen. Doch sie hat ihn vergrault, weil sie eine egoistische Schlampe war und einen Tag vor ihrer Hochzeit unbedingt mit Geoffrey ficken musste! Damit hat sie David völlig zerstört und ich schwor mir, dass mir das sicher niemals passieren würde! Denn das ist nicht alles, was Frauen wollen!

Sie wollen auch dein verdammtes Geld!

Mittlerweile habe ich so viel davon, dass ich damit unsere gesamte Herde bis ans Lebensende durchfüttern könnte. Deswegen schmeißt sich jede noch so kleine Schlampe in diesem Kuhkaff nun an meinen Hals und will meine Frau werden. Jessica allen voran, die mich nach der damaligen Aktion nicht einmal mit ihrer linken Arschbacke ansah, bis, ja, bis ich anfing zu trainieren, mit einem Mal der stärkste unserer Brüder war und mir den heißen Mustang besorgte. Ab da kamen sie ALLE angekrochen und kleben seitdem an mir wie die Schmeißfliegen. Doch ich schwor mir, mich nie wieder so verletzbar zu machen, nie wieder nach der Pfeife eines anderen Menschen zu tanzen.

Keiner würde jemals wieder Macht über mich haben!

***

Während ich die Mailbox meines Handys abhöre, kommt mir fast das Kotzen.

»*Hier ist Michelle ... ich dachte, du wolltest dich melden, wenn du wieder da bist. Der Baileys wartet ...*« Ja … genau, den durfte sie letztens von meinem Schwanz lecken. Ich lösche die Nachricht mit einem Schnauben, bevor die nächste grelle Stimme ertönt. »*Sweety ... Ich habe die Unterwäsche besorgt, die du wolltest, auch die Strapse ... Wann treffen wir uns, ich will es dir endlich vorführen*!?« Nichts könnte mich weniger reizen. Nachricht wird gelöscht.

»*Howdy, du heißer Cowboy, bereit für die nächste Reitstunde*?« Sie nennt keinen Namen, deswegen habe ich keine Ahnung, wer das ist. Also bleibt mir nichts anderes übrig, als die Augen zu verdrehen und auch diese Nachricht zu löschen. Genauso wie die drei restlichen, aber die höre ich mir nicht mal mehr an. Obwohl mein Schwanz das anders sieht, habe ich nicht vor, mich mit einer dieser Schlampen zu treffen.

Sie können mich mal! Alle!

***

Als ich wieder hochkomme, ist alles dunkel. Klar, sie muss total im Arsch sein und schläft sicher schon längst. Aber nicht im Bett. Das ist leer, was ich trotz des spärlichen Mondscheins erkenne, denn um sie nicht zu wecken, habe ich darauf verzichtet, das Licht anzuschalten. Stirnrunzelnd mache ich ein paar Schritte in das Zimmer und öffne dabei mein Hemd. Die Tür zur Dachterrasse ist auch zu … Wo … In dem Moment stolpere ich über etwas Weiches und falle vornüber laut fluchend in mein Bett. Dabei stoße ich mir den Kopf am Bettpfosten und sehe kurz Sterne. Sobald sich nicht mehr alles dreht, wirble ich herum und entdecke sie auf dem verfickten

Boden! Mit einer Überdecke sieht sie mich mit großen Augen an, die schwarz glänzen. Was zum Teufel? Genervt greife ich nach der Lampe und schalte sie an, sie schirmt ihre Augen vor der Helligkeit ab und springt dann auf die Beine.

»Was tust du da unten, verdammt noch mal?«, frage ich mit kaum verhohlener Wut. Da hüpft sie schon in das Bett – in nichts weiter als einem langen weißen Nachthemd – und streicht ein paar Haare aus meiner Stirn.

»Du hast dir wehgetan … Es … es … tut mir so leid …«

»Sag mal, wolltest du echt auf dem beschissenen Boden schlafen?« Rüde schlage ich ihre ablenkenden Hände weg und sie zuckt mit großen Augen zurück, hebt beide Arme und hält sie schützend vor ihr Gesicht.

Ich stocke mitten in der Bewegung und … starre sie ungläubig an. Das meint sie doch jetzt nicht ernst.

»Hör auf mit der Scheiße!« Grob reiße ich ihre Hände runter, auch wenn ich mich schon wieder wie ein Arsch verhalte, aber ich werde mich nicht verstellen – niemals! »Ich werde dich nicht schlagen, verdammt, und es gibt auch keinen beschissenen Grund, dass du auf dem kalten Boden schlafen musst oder dass du beim Sex unter mir liegst wie ein lebloses Stück Holz!« So. Das hat gesessen!

Sie wird sofort kreidebleich und Tränen sammeln sich in ihren Augen. Dann weicht sie zurück auf ihre Hacken – verdammt, ihre volle wunderbare Unterlippe bebt sogar – und will etwas murmeln, aber ich halte ihren Mund zu. »Wage es nicht, dich jetzt dafür zu entschuldigen!« Völlig verzweifelt schaut sie mich aus ihren wunderschönen großen Augen an, weiß anscheinend weder was sie tun noch sagen soll und erweicht ganz nebenbei mit diesem Blick einen Ort tief in meinem Inneren.

Sofort verpufft jegliche Wut, ich bin ihr hilflos ausgeliefert, wenn sie mich so ansieht. Seufzend nehme ich meine Hand von ihrem Mund und streiche zärtlich ein paar Haare aus ihrem Gesicht. Meine Stimme wird automatisch leiser und weicher, aber auch rauer …

»Ich weiß, dass ich dich nicht kalt lasse … Bei unserem ersten Kuss bist du sofort geschmolzen … und vorhin warst du feucht und bereit für mich. Du willst mich. Also warum?« Sie wird natürlich sofort knallrot und sieht wieder mal nach unten.

»Wie … wie meinst du das? Feucht und bereit?« Jetzt liegt es an mir, bleich zu werden und vor allem ratlos zu sein, was sich auch in ihrem Gesicht widerspiegelt, obwohl in ihrem Ausdruck auch Vertrauen zu finden ist. *Sie weiß nicht, was das heißt, du elendiger Vollidiot!* Mir schnürt sich die Kehle zu, bevor ich mich räuspere. »Feucht und bereit heißt: Du wolltest mich in dir. Du warst erregt, weil du mich begehrst. Du hast davor noch keinen Mann begehrt, hab ich recht?«

»Ja.«

OH FUCK! Sie ist … völlig unerfahren! Kennt ihre eigene Sexualität nicht, kennt keine *Lust.* Sie ist eine große, wunderschöne, weibliche Spielwiese, WENN ich mich darauf einstellen kann und vor allem, wenn ich weiß, womit ich es zu tun habe. Sie könnte ALLEIN mir gehören. Nur. Mir. Aber nicht so, wie ich es vorhin probiert habe! Vielleicht hätte ich davor mit ihr reden sollen, anstatt sie so zu überfallen. Ich bin WIRKLICH der größte Idiot auf diesem Planeten und möchte am liebsten meinen Schädel gegen die Wand dreschen!

»Hör mir zu … Hätte ich gewusst, dass du so … unerfahren bist, hätte ich es langsamer angehen lassen …«, murmle ich und streiche ihren Wangenknochen mit dem Daumen. Sie linst zaghaft zu mir hoch.

»Ich habe es doch falsch gemacht. Ich muss mich entschuldigen … weil … ich deinen sexuellen Wünschen nicht entsprechen konnte, weil ich dich nicht befriedigen konnte …«

Ich lache auf. »Adriana …«, murmle ich und sie sieht wieder zu mir hoch, ein bisschen so, als wäre ich wieder ihr Gott. »Ich will nur, dass du mich befriedigst, wenn du es auch willst. Willst du das?«

»Ich … ich weiß nicht …« Unsicher blickt sie weg.

»Sieh mich an!« Sie tut es. »Du musst ehrlich zu mir sein und dich nicht verstecken! Ich schwöre dir, ich werde dich nicht für deine Ehrlichkeit bestrafen oder es auf irgendeine Art ausnutzen … Vielleicht war es bis jetzt bei dir anders, aber ich will dich nicht als Untergebene. Ich will dich ebenbürtig, ich will dir Spaß bereiten, so wie du mir Spaß bereitest. Ich will dir Lust schenken, so wie du mir. Es ist ein Geben und Nehmen. An die Orte, wo ich mit dir hinwill, war bei dir noch kein Mann jemals zuvor, aber er macht sich durch Gleichberechtigung aus, nicht durch Unterdrückung – außer du willst es. Dann bist du schneller an mein Bett gefesselt, als du blinzeln kannst.« Okay, der letzte Satz war kein Spaß, dennoch muss ich schmunzeln. Vor allem, weil sie mich ansieht wie einen Außerirdischen.

»Du willst mich an dein Bett fesseln?« Es sticht wieder in meiner Herzgegend.

»Wenn du es willst!«, betone ich.

»W… wieso ich?«

»Wieso?« Ich muss einfach lachen. »Zuallererst bin ich verdammt oberflächlich und du bist die schönste Frau, die ich jemals getroffen habe!« Sie wird knallrot, aber ein kleines Lächeln spielt um ihre Mundwinkel. »Aber das ist nicht alles … Du hast mich süchtig gemacht … nach dem hier …«

Ich beuge mich wie von selbst vor und küsse ihre weichen vollen Lippen. Sie erstarrt genauso wie ich, als ich merke, was ich tue, aber dann … atmet sie tief durch und lässt ihre Lider zugleiten. Mit aller Kraft, die ich habe, zwinge ich mich dazu, zurückzuweichen, worauf sie mich mit großen Augen ansieht. »Tut mir leid, es ist schwer für mich, dir zu widerstehen.«

»Das musst du nicht …«

»Ich werde es aber, solange du es nicht willst. Ich habe dir versprochen, dass ich nichts tun werde, was du nicht …« Sie stürzt sich so schnell auf mich, dass ich kaum eine Möglichkeit habe, zu reagieren. Gerade eben sitzt sie mir noch gegenüber auf dem Bett, im nächsten presst sie ihre Lippen auf meine, hat ihre Arme um meinen Nacken geschlungen und … *küsst mich*. Sie bewegt ihre Lippen auf meinen mit einer Intensität, wie ich sie noch nie empfunden habe. Jetzt ist es an mir, völlig zu erstarren. Sie ist der absolute Wahnsinn, doch schon weicht sie zurück. »Oh mein Gott!« Sie hält sich schockiert die Hand vor den Mund. »Es tut mir …«

»Klappe!« Nun packe ich ihren Nacken, ziehe sie zu mir heran – und küsse sie *richtig*. Sofort schmilzt sie mit einem winzig kleinen Stöhnen wieder an meinem Mund, lehnt sich mir entgegen … und lässt meine Zunge in ihre süße Mundhöhle ein, während ich sie mit einer Hand festhalte und mit dem Daumen streichle. Zaghaft berühre ich ihre Zungenspitze mit meiner, nur ein kleines Antippen, und sie stöhnt erneut, diesmal lauter, dabei windet sie sich ein bisschen und ich lasse von ihren Lippen ab … »Fühlst du es? Ein Pochen zwischen deinen Beinen, eine Hitze … ein unbekanntes Verlangen, tief in deinem Bauch. Das ist es, meine Süße. Das ist Lust!« Ich küsse sie unter ihr Ohr und sie vergräbt ihre Finger tief in meinem Haar.

»Empfindest du so was auch gerade?«, fragt sie und ich lache heiser, nehme ihre Hand und lege sie auf meinen Schritt.
»Ja … bei mir kannst du es sehr leicht merken, wenn ich an nichts anderes denken kann, als mit meinem Schwanz in dich zu stoßen.« Sie keucht, wahrscheinlich wegen meiner Wortwahl und weil ich langsam mit ihrer Hand unter meiner über meinen pochenden Schwanz reibe. Sofort spüre ich, wie sie sich verspannt, und lasse sie schweren Herzens los. Mit verbissenem Kiefer weiche ich etwas zurück, lehne meine Stirn an ihre und halte ihr Gesicht in beiden Händen. »Er hat dir beim Sex wehgetan, oder?«

Sie schließt die Augen und ein Zittern geht durch ihren Körper, aber sie löst sich nicht von mir, sondern nickt nur. »Habe ich dir vorhin wehgetan?« Nun öffnet sie wieder die Lider und runzelt die Stirn, scheint darüber nachzudenken, bevor sie den Kopf schüttelt – fast schon ungläubig.

»Nein. Du hast mir nicht wehgetan …«

»Das werde ich auch nicht. Niemals! Ich werde niemals in dich eindringen, wenn du nicht bereit für mich bist.«

»Okay …« Ihre Stimme bebt, dann beugt sie sich wieder vor und küsst mich – überrumpelt mich damit völlig und krabbelt einfach so auf meinen Schoß, vergräbt die Hände in meinem Haar und nimmt mir jeglichen Atem. Sie ist so … vertrauensvoll und gleichzeitig so leidenschaftlich, obwohl sie so viel Scheiße erlebt hat.

»Danke!«, keucht sie. Schon allein deshalb will ich meine Augen verdrehen und gleichzeitig weinen, aber bevor ich dazu komme, überwältigt sie mich mit ihrer Leidenschaft. Sie stöhnt in meinen Mund, während sie ihren Schritt absolut sinnlich an mir reibt.

Dabei spielt ihre kleine Zunge mit meiner, erkundet sie, umschmiegt sie, macht mich völlig wahnsinnig. Ich habe das Gefühl zu sterben und balle meine Hand hinter ihrem Rücken zur Faust, um mich davon abzuhalten, sie auf das Bett zu werfen und mich mit einem Stoß tief in ihr zu versenken.

Immer ungezügelter wird sie und keucht schließlich … »Zeig mir mehr! Bitte!« Mit geröteten Wangen, geschwollenen Lippen und zerzaustem Haar blickt sie mich mit ihren Wahnsinns-Augen absolut offen und neugierig an – voller Begehren. Das lasse ich mir auf keinen verdammten Fall zweimal sagen! Atemlos weiche ich etwas zurück und sehe sie ernst an.

»Okay. Aber wenn es dir zu viel wird, musst du Stopp sagen. Laut und deutlich.«

Sie nickt.

»Sag: *Ja, ich werde Stopp sagen*, Jesse!«

»Ich werde Stopp sagen, Jesse!« Wie sie meinen Namen ausspricht! In meinem Kopf singt dabei ein ganzer Himmelschor! Ich lächle sie an und sie strahlt offen und ehrlich zurück, woraufhin mein verdammtes Waschweiberherz anfängt zu rasen.

»Okay, Miss Flores, halt dich fest. Ich werde dir jetzt zeigen, wie sich Lust anfühlt.«

Kapitel 11

SIE

Mein Herz trommelt bis in meine Schädeldecke, als er mich auf das Bett legt, langsam und behutsam, ohne den Blick von meinem Gesicht zu nehmen. Er ist so wunderschön, dabei weiß ich nicht, womit ich es verdient habe, dass er mich mit so viel … Ehrfurcht und Faszination ansieht, wie ein Gläubiger seine herabgestiegene Göttin.

Selbst als er sein Hemd auszieht, unterbricht er unseren Augenkontakt nicht. Da ist das Biest in seinen Augen, ein rohes, ungezügeltes Verlangen, aber ich vertraue ihm, weiß, dass er es für mich bändigen wird. Ich muss nur Stopp sagen. Wir sind ganz allein. Keiner könnte mir helfen. Ich bin ihm völlig schutzlos ausgeliefert. Doch der Anblick, wie er riesig und tätowiert über mir kniet, macht mir keine Angst, sondern weckt etwas tief in meinem Inneren. Noch weiß ich nicht, was es ist, nur, dass ich mehr davon will. Ich kann seine Berührung kaum erwarten, und je länger es dauert, umso mehr winde ich mich, bis er schief grinst und in seine Augen ein wissendes Funkeln tritt.

»Genau das ist es, Baby … du verzehrst dich nach mir … fühle es … Es wird immer stärker, je näher ich dir komme.«

Und so ist es tatsächlich! Langsam beugt er sich über mich, küsst mich wieder zärtlich und gründlich, während er sich auf seine Arme abstützt, bis sich mein Kopf dreht und mein Rücken durchbeugt. Seine Lippen sind so unendlich sanft, sein Dreitagebart kratzt mich ein bisschen, als er sich an meinem Hals hinabküsst, die empfindliche Haut unter meinem Ohr verwöhnt, sie zart einsaugt und daran knabbert, bis Gänsehaut meinen gesamten Körper bedeckt und mein Atem schneller geht. Er lässt sich so viel Zeit, berührt mich nur mit seinen seidigen Lippen, sonst nichts. Mir ist klar, dass er das nur für mich tut, und ich kann mein Glück kaum fassen.

Womit habe ich nur verdient, von ihm auf diese Art geehrt zu werden? Von diesem wunderschönen Mann so berührt zu werden, wo er mich doch auch anders haben könnte. Ohne diesen Aufwand … ohne diese unendliche Geduld, mit der er sich nun mit mir beschäftigt.

»Wie fühlt es sich an?«, haucht er an meinem Schlüsselbein und ich streiche mit einer Hand durch seine Haare.

»Schön …«, seufze ich und keuche auf, als er mit seinen Lippen über meine Brustwarze streift, die sich keck unter dem Baumwollstoff abhebt.

»Und jetzt?«

»Wow …«, hauche ich, als er erneut dagegenstupst und sanft an ihr knabbert. Meine Finger können nicht mehr sanft sein, sie krallen sich in seine Haare, während ich mich ihm weiter entgegenstrecke, in der Hoffnung, dass er meine Empfindungen, die so neu für mich sind, abmildert oder intensiviert. Ehrlich gesagt weiß ich es nicht. Jede Berührung meines Nippels schießt direkt in meinen Unterleib, wo es mittlerweile warm zu glühen und zu pulsieren beginnt. Ich stöhne lauter … wimmere gleichzeitig und er grinst, während er mich schelmisch unter seinen endlos langen Wimpern heraus ansieht. »Genau das ist es … DAS ist Lust … du kannst es kaum erwarten, verzehrst dich nach mir, *brauchst* mich.«

»Ist … ist das bei dir auch gerade so?«, frage ich und er stockt ein bisschen, bevor er sich wieder nach oben bewegt und mir tief und ernsthaft in die Augen schaut.

»Ja … es ist so … ich würde im Moment fast alles dafür tun, einfach in dich stoßen zu können, es wäre so leicht. Aber ich kann und werde mich kontrollieren. Es geht jetzt nicht um mich, sondern um dich, Adriana. Was willst du von mir? Sag es mir, meine Süße …« Ich zucke mit den Schultern … Ich WEISS ES DOCH NICHT! Woher denn auch? Also antworte ich das Erste, was mir in den Sinn kommt und doch der Wahrheit entspricht: »Dich?« Worauf er mich zum Glück angrinst.

»Damit kann ich dienen! *Wo* willst du mich?« Ich werde knallrot, das kann und werde ich ihm niemals verraten!

»Zeig mir, wo du mich am meisten willst … Schäme dich nicht …«, wispert er hauchzart, und das Bittende in seiner Stimme gibt mir den Rest. Ich könnte ihm bei diesem Tonfall nie etwas verwehren und erst recht nicht bei diesem Ausdruck in seinen Augen. Also beiße ich mir auf die Lippe und gleite mit meiner Hand zwischen uns entlang. Er weicht etwas zurück, folgt meiner Wanderung mit brennendem Blick und presst die Lippen aufeinander, als ich sie zwischen meine Beine lege.

»Hier?« Mit großen, fragenden Augen sehe ich zu ihm hoch. Was, wenn er mich dort gar nicht berühren will? Was, wenn ich gerade zu weit gehe?

»Du hast keine verdammte Ahnung, wie stolz ich auf dich bin und was für ein großes Vergnügen es mir sein wird!«, flüstert er grinsend und mir fällt ein Stein vom Herzen. Dann beugt er sich vor und küsst mein Knie – ganz zärtlich. Meine Beine erbeben, während er sie weiter spreizt und mit seinen Lippen über meinen empfindlichen Innenschenkel wandert. Stück für Stück nähert er sich diesem einen Ort, dessen Pulsieren mich nicht klar denken lässt.

»Ruhig …« Bestimmend hält er mich an den Hüften fest, aber nicht schmerzhaft, während er mit seiner Zungenspitze am Bund meines Höschens eine feuchte Spur zieht, die sich wie ein Brennen auf meiner Haut anfühlt.

Ich keuche auf und kralle meine Hände in sein Haar. Dort habe ich noch nie einen Mund gespürt, noch niemals hat mich dort jemand so zärtlich berührt … so genussvoll – egal mit was. Während er mich erkundet, beobachtet er die ganze Zeit mein Gesicht, dunkel, aber sehr wachsam, auf jedes Keuchen achtend, jeden Atemzug, jeden Wimpernschlag. Über dem dünnen Stoff streift er mit seinen Lippen über meinen Intimbereich, stöhnt dabei selber, senkt die Lider und nimmt einen tiefen Atemzug. Ich verglühe, bekomme kaum noch Luft und muss ebenfalls die Augen schließen. »Oh Gott!«, stöhne ich laut, als er den Punkt über dem Höschen küsst, der am stärksten pulsiert.

»Fuck … wie du duftest … wie feucht du bist … Ich werde dich jetzt so was von zum Orgasmus bringen …« Was hat er gesagt? Wer bin ich? Wo bin ich? Ich kann nicht mehr klar denken, kralle meine Hände stärker in sein dichtes Haar und hebe ihm mein Becken entgegen, während er weitere hauchzarte Küsse über meinen Intimbereich regnen lässt. Jeder einzelne schlägt in meinem Körper ein wie ein Blitz, obwohl er mich kaum berührt. Ich hatte wirklich keine Ahnung! Das Pochen wird so unerträglich intensiv, dass ich nach Luft schnappe. Sein Stöhnen vibriert an meiner Haut, dort wo es heiß pulsiert. Dann schnippt er mit seiner Zunge gegen diesen bestimmten Punkt. Mit einem Mal spannt sich mein Unterleib an, meine Zehen verkrampfen sich. Mein Körper fühlt sich einige Sekunden an, als würde ich über den Rand einer Klippe stürzen, ich scheine schwerelos – es gibt keinen Raum und keine Zeit. Nichts, außer dieses warme Pulsieren zwischen meinen Beinen. Ich halte die Luft an und dann explodiert alles tief in meinem Inneren. Die Explosion schickt Ausläufer bis in jede noch so entlegene Nervenzelle. Meine Muskeln spannen und entspannen sich rhythmisch, jeder einzelne. Ich bin nicht mehr fähig, irgendetwas zu kontrollieren, stattdessen höre mich selber laut seinen Namen stöhnen, während sich meine Finger in dem Bettlaken unter mir verkrallen, mein Rücken sich durchbeugt und ich einfach nur zu schweben scheine.

Irgendwann gleite ich ganz langsam in Richtung Erde und lande dort in einem wohlig weichen Bett der Behaglichkeit. Schweiß steht mir auf der Stirn, die letzten Ausläufer sind verklungen und haben meine Muskeln völlig entspannt zurückgelassen und ich kann es kaum glauben. Zaghaft öffne ich die Lider und sehe ihn ungläubig an.

Was. War. Das?

Er verzieht das Gesicht, als hätte er Schmerzen, dann atmet er jedoch tief durch und legt sich neben mich. »Das war der Höhepunkt der Lust. Ein Orgasmus. Um diesen zu erleben, tun die Menschen manchmal so ziemlich alles …«

»Ich … ich … habe so etwas noch nie empfunden … geht das noch mal?«, frage ich neugierig und rutsche näher an ihn heran – nun ganz Feuer und Flamme.

Er lacht leise und streicht mit seinen Lippen über meine Schläfe – küsst mich und legt seinen Arm um mich. »Ich werde dir so viele Orgasmen bescheren, wie du verdammt noch mal willst. Aber wenn ich es jetzt sofort mache, dann platze ich, so wahr mir Gott helfe!« Ich lächle. Das ist so … *süß* und er riecht so gut. Deutlich spüre ich, wie eine Last von meinen Schultern gefallen ist, eine von der ich überhaupt nicht wusste, dass sie da war. Außerdem fühle ich mich so wunderbar schläfrig.

»Okay … dann später!«, murmle ich, bereits halb dabei abzudriften, doch ich höre ihn noch leise glucksen.

»Wie du willst, meine kleine Nixe.«

Kapitel 12

ER

»Weißt du …«, flüstert sie nach einiger Zeit einträchtiger Stille gähnend, »… was echt komisch war?«

»Was?«

»Vorhin, als ich … als ich … dir mit meinem Mund …«

»Einen geblasen habe?«, frage ich grinsend und sie murmelt kaum hörbar:

»Ja. Als ich dir einen geblasen habe.« Ich muss lachen, während ich sie noch enger an mich ziehe, obwohl es mich dabei innerlich fast zerreißt.

»Was war da bitte *komisch*?«

»Du … du hast … *gut* geschmeckt!« Ich muss die Augen schließen. Am liebsten würde ich mir auch die Ohren zuhalten. Wie kann sie so etwas nur sagen, während ich hier halb am Verrecken mit einem monströsen Monsterständer neben ihr liege und kurz vor dem Platzen bin, weil sie gerade unter meinen Lippen ihren ersten phänomenalen Orgasmus hatte. Inklusive Stöhnen und Winden und diesem unsagbar sexy Geruch! »Möchtest du, dass ich das irgendwann wieder tue?«

Oh fuck … Meint sie das ernst?!

»Ja!«, knurre ich schon fast und ergänze etwas sanfter: »Aber nur … wenn DU es willst, weil DU es willst! Nicht weil du denkst, ich könnte es wollen.«

»Hast du es mich deswegen nicht beenden lassen?«

»Ja.«

»Okay …«, wispert sie und ich seufze, weil mir klar wird, wie sehr ich sie vorher verletzt habe. Ich will mich schon fast entschuldigen, aber sie spricht schon weiter. Dabei hat sie ihr Gesicht immer noch irgendwo an meiner Brust vergraben und sieht mich natürlich nicht an.

»Und … als ich nackt vor dir stand, auf der Insel … und das Handtuch für dich geöffnet habe … da … da hast du mich angesehen und ich … ich hatte gar keine Angst. Nicht wirklich.«

»Das musst du auch nicht. Ich würde mir lieber selber die Hand abschneiden, als sie jemals gegen dich zu erheben oder damit etwas zu tun, was du nicht willst.«

»Das … das ist gut.«

»Das ist normal für einen Mann – ich meine damit einen RICHTIGEN.« Ich streichle ihre Schulter. Sie zieht sie hoch und gleitet mit ihrer Nase über meine Brust.

»Und als ich dich am Strand sah – mit dieser anderen Frau!«, knurrt sie düster. »Da wollte ich an ihrer Stelle sein und unter dir im Sand liegen. *Freiwillig*!«

Nun klingt sie ungläubig, außerdem rückt sie etwas von mir ab und sieht mich an, als wäre ich ein Puzzle, von dem sie erst alle Teile zusammenfügen muss, damit sie das große Ganze erkennt.

»Ich wünsche mir auch, du wärst an ihrer Stelle gewesen, Adriana, und für mich warst du es auch.«

»Ich … ich war so verwirrt. Aber … dich kennenzulernen, von dir gerettet, von dir geküsst zu werden, nur um dann auf dieser Insel zurückzubleiben. Allein der Gedanke raubte mir den Atem. Ich wurde fast verrückt bei der Vorstellung, mit ihm den Rest meines Lebens verbringen zu müssen, ohne dich je … wiederzusehen und von dir … so betrachtet und berührt zu werden. Und das ist auch jetzt so … Bitte … schick mich nicht fort.«

Was zum …?! Ungläubig blinzle ich sie an.

»Adriana!« Ich packe ihre Haare und zwinge sie erneut, mich anzublicken. »Ich werde dich nicht fortschicken! Wieso sollte ich?! Wir sind doch gerade erst hier angekommen! Wir haben noch so viel vor uns!«

»Aber ich bin nicht so!« Tränen treten in ihre Augen und ein störrisches Funkeln, das ich schon ein paar Mal habe aufkeimen sehen, aber das sie davor noch nie so offensichtlich ans Tageslicht ließ.

»So wie was?«

»Na, wie *sie*! Wie diese Frau am Strand! Oder die Frau am Flughafen, oder die im Flugzeug!« Sie hat gemerkt, wie mich die Tussen angemacht haben?

Oh fuck!

Offensichtlich ist sie unter ihrer Oberfläche nicht nur verdammt leidenschaftlich, sondern auch aufmerksam.

Sie kann man so schnell nicht täuschen, auch wenn man das auf den ersten Blick ganz sicher nicht erwartet.

»Das stimmt«, antworte ich knapp und ihr Ausdruck fällt für eine Sekunde in sich zusammen wie ein missglücktes Soufflé. »Du bist etwas Besonderes, Adriana Flores.«

Somit beuge ich mich vor und küsse diese unsagbar anziehenden Lippen, die manchmal so einen Mist von sich geben und von denen ich nicht erwarten kann, sie in baldiger Zukunft überall zu spüren.

Kapitel 13

Der nächste Morgen ist noch nicht mal richtig angebrochen, da muss ich sie schon wecken.

Leider.

Am liebsten würde ich sie den ganzen Tag schlafen lassen, weil sie den Schlaf sicher gebrauchen kann, aber der Tag auf der Ranch beginnt fucking früh. Die halbe Nacht habe ich wach gelegen und sie beobachtet.

Wie soll ich auch jemals damit aufhören?

Sie ist einfach zu schön, als dass ich sie nicht die ganze Zeit anschauen könnte! Ihre Lippen, ihre langen Wimpern und … diese kleine Nase … dazu ihre tiefschwarzen Locken und ihre karamellfarbene Haut.

Ich könnte sie fressen, tue es aber nicht.

Stattdessen bin ich gestern, sobald sie schlief, in mein Bad geschlichen wie ein Perverser und habe mir unter der Dusche einen runtergeholt.

Anders hätte ich eine weitere Nacht mit ihr in einem Bett sicher nicht überstanden.

Doch jetzt fühlt es sich schon wieder an, als hätte ich seit Jahrzehnten im Zölibat gelebt.

Ich will sie so sehr – so dringend –, doch ich werde mich zurückhalten!

Der Fehler von gestern wird mir kein zweites Mal passieren! Dafür ist sie mir zu wichtig, ob ich es zugeben will oder nicht.

Ich will sie nicht verschrecken, und auf die Erfahrung, sie noch einmal starr wie eine Leiche unter mir liegen zu haben, kann ich gern verzichten!

Da taste ich mich lieber langsam ran und führe sie gemächlich in die unendlichen Weiten der Erotik ein, was ich hätte sofort tun sollen, anstatt sie so zu überfallen!

Ist ja nur mein Schwanz, der bald abfällt.

Doch ich bin ein von seinen Trieben gesteuerter Idiot und so nutze ich die Gelegenheit, sie zu wecken, indem mit meinem Zeigefinger langsam über ihre volle, rosa Unterlippe streiche.

Sie beißt mit ihren strahlend weißen Zähnen darauf, runzelt die Stirn und dreht sich um, drückt dabei ihren Arsch an mich und kuschelt sich eng an meine Brust, während sie die Hände unter ihrer Wange faltet.

Oh fuck …

Hat die Frau eigentlich keine Ahnung, dass sie mit dem Feuer spielt? Ein weiterer Ausflug ins Bad ist mir sicher, bevor ich sie endgültig aus dem Bett schmeiße. Am besten, ohne sie irgendwie anzufassen. *Ja, das ist eine hervorragende Idee.* Denke ich zumindest, als ich mich vorsichtig von ihr wegschiebe, sie zudecke und losschleichen will. In dem Moment höre ich ihr leises Murmeln: »Jesse …«

Dabei spricht sie derart niedlich und rau meinen Namen aus, dass ich meine Hände zu Fäusten balle, um mich an Ort und Stelle zu halten.

Ertappt bleibe ich stehen und sehe über meine Schulter zu ihr. Sie blinzelt mich verschlafen an und lächelt schließlich. »Wohin gehst du?«, fragt sie mit ihrem bezaubernden Dialekt und streckt sich, wobei sich ihre Brustwarzen dunkel unter dem weißen Nachthemd abheben. Ich schlucke mühsam.

»Äh … ich wollte … äh …« *Mir gerade einen auf dich runterholen?* NEIN. Das wäre etwas ZU ehrlich! »Duschen!«

Sie runzelt erneut die Stirn. »Hast du nicht gestern Nacht schon geduscht?« Oh … sie war wach? Hmmmmm …

»Du bringst mich eben ins Schwitzen, wenn du deinen heißen Arsch an mir reibst! Jetzt dreh dich um und schlaf noch ein bisschen!« Sie kichert, obwohl ich alles andere als amüsiert klinge und sie grimmig anfunkle, dreht sich aber um und kuschelt sich grinsend in die Kissen.

»Aye aye, Sir!« Ich verdrehe die Augen, weil ihr kleiner, heißer Arsch unter der Decke hervorschaut … Genauso wie eines ihrer langen Beine.

Mit Gewalt reiße ich aber meinen irren Spannerblick von ihr los, bevor der Sabber läuft, und mache mich schleunigst davon! Sonst passiert hier echt ein Unglück!

***

Noch während des Fluges hat Marie mit ihr ausgemacht, in den nächsten Tagen mit ihr einkaufen zu gehen.

Bis dahin trägt sie eines ihrer Kleider – rot kariert. Aber sie scheint sich mit dem Ausschnitt alles andere als wohlzufühlen. Ständig zerrt und zupft sie den Stoff nach oben, während ich in meine uralte, ausgewaschene Jeans schlüpfe.

»Du magst es nicht, dich zu offenherzig zu zeigen, hm?«, frage ich grinsend und sie blickt mich schmollend an.

»Ich mag es nicht, wenn sie drohen, jedem ins Gesicht zu springen, ja!« Sie seufzt und zieht das Kleid bis unter ihr Kinn, dafür sieht man jetzt ihr Höschen. »Ist es so besser?«, murmelt sie. Verdammte Scheiße, obwohl sie so viel Scheiße erlebt hat, hat sie nicht ihren Humor verloren!

Ich bewundere diese Frau! Lachend greife in meinem Schrank nach einem der Tücher, die ich mir manchmal über den Mund und die Nase binde, wenn ich lange auf dem Pferd unterwegs bin.

»Sperren wir sie lieber ein, bevor sie auf Nimmerwiedersehen davonhüpfen!« Immer noch schmunzelnd trete ich an sie heran und ziehe das Kleid wieder nach unten, lege ihr das weiße Tuch um und binde es hinter ihrem Hals zu.

Nun ist ihr wunderschönes Dekolleté geschützt – vor jedem außer mir, und das ist auch gut so.

Wir stehen beide vor dem mannshohen weißen Spiegel, den meine Mutter hierher verfrachtet hat.

Mir ist der zwar zu opulent, aber er ist ein Familienerbstück und findet woanders in diesem Haus keinen Platz.

Über die Reflexion verhaken sich unsere Blicke ineinander. Ich bin gut zwei Köpfe größer als sie, obwohl sie nicht klein ist. Mit ihrem karierten Kleid und meinem offenen Button-down-Hemd und der uralten Jeans passen wir gut zusammen. Genau genommen passt sie zu mir wie keine jemals zuvor. Kein Anblick hat mich zufriedener gemacht. Sie starrt auf meine freie, gebräunte Brust und beißt sich auf die Unterlippe.

»Gefällt dir mein Körper?«, wispere ich sanft und streiche ihr die schweren Locken von ihrer zarten Schulter. Ihr Blick fliegt unsicher zu mir. Manchmal erwartet sie immer noch eine verdammte Fangfrage, aber sobald sie meinen Blick bemerkt, entspannt sie sich deutlich und errötet, bevor sie zu Boden sieht. »Ja …« Sie erschauert, als ich mit dem Zeigefinger über ihren eleganten Nacken streiche.

»Willst du ihn berühren? Sieh mich an, Adriana …« Zaghaft hebt sie ihr kleines Kinn und schaut mir in die Augen.

»Darf ich das denn? Einfach so?« Oh fuck! Ich runzle die Stirn, drehe sie zu mir um und nehme ihr wunderschönes Gesicht zwischen meine Hände.

»Du darfst bei mir alles tun und alles berühren, was du willst. Einfach so, ohne zu fragen, ohne auf eine Anweisung zu warten. Nur weil du es willst …«

Mit ihren strahlenden Türkisen sieht sie mich groß an, sucht wie so oft nach einer List, nach einer Tücke, doch wie immer wird sie so etwas nicht in meinem Ausdruck finden – ich bin so ungefähr der letzte Mensch auf dem Planeten, der auf so eine Scheiße Lust hat.

Lieber geradeheraus die Wahrheit sagen!

Das war schon immer meine Devise.

Sie lächelt schließlich. »Das … das ist gut … dann kann ich nämlich … das hier tun!« Somit geht sie auf die Zehenspitzen und drückt ihre seidig weichen Lippen auf meine. Oh fuck … ich glaube, wir kommen heute nicht mehr zum Arbeiten.

Kapitel 14

SIE

Nachdem er den süßesten Kuss, den ich jemals erhalten habe, abbricht, nimmt er meine Hand und führt mich nach unten in die große, fröhliche Küche, in der seine Mutter bereits umherschwirrt wie eine Biene auf Pollensuche.

»Ich dachte schon, ihr steht nie auf!«, verkündet sie streng und mein verschlafener Blick gleitet zur Uhr. Es ist gerade mal fünf … »Setzt euch!« Bevor irgendjemand protestieren kann, drückt sie ihren Sohn an der Schulter auf den Stuhl an dem runden Tisch, der den Mittelpunkt der Küche ausmacht. An diesem haben sicherlich acht Personen Platz und man sieht, dass hier auch schon einige gewütet/gegessen haben. Er verdreht die Augen.

»Ja … dir auch einen guten Morgen, Mutter …« Dann zieht er mir den Stuhl raus, damit ich mich neben ihm niederlassen kann. Ich fühle mich etwas unwohl, normalerweise bereite ich das Frühstück zu, decke den Tisch und bediene. Nun werde ich gefragt, was ich essen will, während sie Jesse dampfenden Kaffee einschenkt.

Er hat seinen Teller mit Eiern, Bacon und Pancakes schon vor sich und stürzt sich darauf, als hätte er Ewigkeiten hungern müssen, während ich mit den Schultern zucke. »Ich … ich esse, was auch immer da ist …«

»Keine Extrawünsche?«, fragt sie stechend und ihr Blick scheint mich zu durchbohren. Ich mache mich etwas kleiner auf meinem Stuhl.

»Ähm … vielleicht einen grünen Tee?«

»Also bloß keine Kalorien – alles klar!«

»Mum!«, blafft Jesse. »Hör auf damit! Sie wird dir gefallen!« Gleichzeitig nimmt er meine Hand unter dem Tisch und drückt sie. Seine Mutter wendet sich ab, ihre Schürze wirbelt dabei um ihre ausladenden Hüften.

»Das werden wir ja noch sehen! Bis jetzt hat mir keine von den Frauen gefallen, die mit dir an diesem Tisch saßen.«

»Es war keine so wie sie.« Mir ist es nicht unangenehm, dass sie über mich reden, als wäre ich gar nicht da. Hauptsache mich spricht keiner an. Eine riesige Tasse mit frischem, grünem Tee wird vor mich gestellt und ich nehme sie dankbar zwischen meine Hände, rieche daran und schließe die Augen. Nichts ist reinigender. »Dankeschön …«, murmle ich der Frau zu, die schon wieder irgendwohin schwirrt.

»Essen musst du auch!«, meint sie, als sie mit ein paar Milchflaschen wieder zurückkommt.

»Ich … ich nehme Brot? Und Butter? Das reicht völlig.«

»Nein! Das reicht nicht!« Nun ist es Jesse, der sich einschaltet und sich an seine Mutter wendet. »Mach ihr deine legendären Blaubeer-Pancakes!« Hough! Jesse hat gesprochen. Ich bin die Letzte, die ihm widersprechen würde, und lächle die Frau nur schulterzuckend an, während er weiter sein Essen in sich hineinschaufelt.

Sie sieht mich skeptisch an, nicht das geringste Lächeln zupft an ihren schmalen Lippen, über denen man deutlich den Damenbart sehen kann.

»Na gut … Das wird aber ein bisschen dauern …« Jesse ist fertig und steht auf. Dann schmeißt er die Serviette auf den Tisch. »Ich muss sowieso los. Du kannst ihr schon mal erklären, was ihre Aufgaben sein werden.«

Und mein Herz bleibt stehen!

Er will mich alleine lassen?

Einfach so?

Ich dachte, ich würde mit ihm den Tag verbringen. Wenigstens heute … zur Eingewöhnung. Ohne ihn fühle ich mich so … *schutzlos.*

Doch natürlich sage ich nichts. Er beugt sich vor und gibt mir einen Kuss auf den Kopf. »Bis später. Wenn du mich brauchst, ich bin draußen und repariere den Zaun!«

Somit schnappt er sich noch einen Apfel, gibt seiner Mutter einen Kuss auf die Wange, der mich ehrlich verwundert … und schlendert pfeifend hinaus auf die Veranda.

Nun bin ich mit seiner Mutter alleine, die mit dem Rücken zu mir fröhlich vor sich hin kocht. Mit einem Mal tickt die Uhr so laut, während der Speck, den sie anbrät, einen deftigen Geruch verteilt. Ich weiß nicht, was ich sagen soll.

Aber ich weiß, was ich tun kann. Denn ich halte es einfach nicht mehr aus, hier so nutzlos rumzusitzen. Also stehe ich auf, stelle die benutzten Teller zusammen und gehe zu ihr. »Soll ich die mit der Hand abspülen oder haben Sie eine Maschine?«, frage ich leise und sie sieht mich mit großen Augen an, als wäre ich ein Geist. Dann glättet sich allerdings ihr faltiges Gesicht ein wenig, weswegen sie gleich viel freundlicher wirkt.

»Da ist eine Spülmaschine, auch wenn ich normalerweise die alte Lebensweise bevorzuge, aber bei so vielen Gästen ist man über jede Hilfe dankbar, selbst wenn sie elektronisch ist.«

»Okay.« Ich räume alles ein, während sie mich nicht aus ihren Adleraugen lässt.

Es muss schließlich alles genau an seinen rechten Platz. Das bin ich gewohnt, Miguel hat mich ständig so beobachtet. Weshalb ich wohl unter Druck am besten und schnellsten arbeiten kann.

»Kann ich Ihnen sonst irgendwie helfen?«, erkundige ich mich, als das Geschirr in der Maschine steht.

»Meinst du das ernst?«, fragt sie plötzlich barsch und ich zucke zurück. Mist, ich habe sie wütend gemacht! Schon am ersten Tag!

»Ähm … ja … ich …. Ich kann es nicht lange ertragen, untätig herumzusitzen«, antworte ich ehrlich und bemerke, dass sie dieselbe Augenfarbe hat wie ihr Sohn. Ein stechendes Grün.

»Wo hat er dich nur her?«, meint sie plötzlich leise. Und ich fühle, wie mir das Blut in die Wangen schießt.

Sie reicht mir einen Teller und knallt dann dort meine Pancakes drauf. Die duften so wunderbar, dass mein Magen laut knurrt und mir das Wasser im Mund zusammenläuft.

»Er … er hat mich bei Davids Hochzeit getroffen … auf der Insel nahe Mexiko, ich … ich habe dort den Haushalt geführt … in … in einer Villa.«

»Oh ha! Den Haushalt geführt … Wie viele Menschen waren denn in diesem Haushalt? Setz dich!«, kommandiert sie und ich lasse mich auf den erstbesten Stuhl fallen.

Sie sieht mich schief an, weil ich sofort gehorcht habe wie ein Hund, doch kommentiert es nicht weiter, während sie zum Kühlschrank geht und eine riesige Schüssel Sahne herausholt. Ein wenig davon verteilt sie auf meinen Pancakes, wobei der Großteil zerläuft. »Manchmal waren es nur … fünf Leute … aber oft auch fünfzig. Für große Veranstaltungen haben wir uns Unterstützung vom Festland geholt.«

»Aha.« Brüsk reicht sie mir Besteck, verschränkt die kräftigen Arme vor der Brust und reißt die Augen auf, während sie in Richtung meines Tellers nickt.

OH!

Ja klar … Essen! Ich stürze mich förmlich darauf und kann mir ein Stöhnen kaum verkneifen, als der süße Geschmack der Pancakes sich mit den süß-sauren Heidelbeeren und der fluffigen Sahne vermischt.

»Das ist … das beste … Frühstück … das ich je gegessen habe!«

Sie grinst das erste Mal.

»Ich weiß«, meint sie und klingt dabei sehr von sich überzeugt. Dann wendet sie sich ab, um weiterzukochen. Und nicht zum ersten Mal keimt der Wunsch in mir auf, auch so ein Selbstbewusstsein zu haben.

»Also … zu deinen Aufgaben wird zählen, die Feriengäste zu versorgen, die in den fünf Apartments unterkommen.

Sie kriegen ihr Frühstück auf der Veranda. Sollte es allerdings regnen, im Salon um Punkt sieben.

Danach bereiten wir das Mittagessen vor und den Kuchen für den späteren Kaffee. Nebenbei müssen die Zimmer der Gäste geputzt werden, die bis spätestens zwölf erledigt sein sollten und keine Minute länger.

Zwar machen mich die Treppen inzwischen fertig, immer dieses Hoch- und Runtergerenne, aber ich war grundsätzlich pünktlich fertig … Wie auch immer … Wir halten natürlich das komplette Haus in Schuss, ebenso wie die Beete dahinter, denn ich baue so viel wie möglich selber an.

Nur DAS ist wirklich Bio und gesund … Nach dem Mittagessen kümmern wir uns um die Zubereitung des Abendessens, welches meist auf der Veranda stattfindet.

An den Wochenenden veranstalten wir legendäre Porter-Barbecues, zu denen die halbe Stadt kommt. Nächsten Monat wird es übrigens besonders, weil Jesse Geburtstag hat.«

»Oh … wie … wie alt wird er?« Sie stockt, als ich das frage.

»Achtundzwanzig …«, meint sie mit einem verträumten Lächeln, während sie hinaus aus dem Fenster sieht. »Mein kleines Baby ist schon so alt …«, murmelt sie kaum hörbar und ich lächle, denn diese Frau liebt ihren Sohn heiß und innig, auch wenn sie es ihm auf eine komische Art zeigt, indem sie ihm Herzkilleressen kocht. »Wie alt bist du?«, fragt sie mich plötzlich wieder abschätzend und ich schlucke den nächsten Bissen hinunter, bevor ich antworte.

»Einundzwanzig …« Sie lacht hart auf.

»Gerade mal volljährig und schon so einen Fang gemacht! Aber mit deinem Aussehen war das sicher nicht schwer!« Ich erstarre mitten in der Bewegung. DAS denkt diese Frau von mir? Und es scheint ihr nicht mal leidzutun, weil sie schon weitermurmelt. »Aber er muss ja wissen, was er tut …«

Mit einem Mal ist mir schlecht. Ich lege das Besteck zur Seite, tupfe meinen Mund mit einer Serviette ab und stehe auf. Sie sieht mich aus dem Augenwinkel fragend an, reagiert aber sonst nicht weiter, während sie mit einem riesigen Rührbesen in einer noch größeren Schüssel rumfuhrwerkt wie eine Verrückte. Also nehme ich meinen Teller, entsorge, was ich nicht geschafft habe, und räume ihn anschließend in die Spülmaschine, genau wie mein Glas.

»Danke für das Essen. Soll ich damit beginnen, die Frühstückstische zu decken?«, erkundige ich mich so ruhig es geht und versuche, den Funken in mir klein zu halten. Es war klar, dass sie so etwas von mir denkt. Jeder würde das wohl an ihrer Stelle annehmen. Sie ist seine Mutter und um ihren Sohn eben besorgt.

Das ist gut! Es ist gut für ihn!

Zumindest rede ich mir das ein, aber die Wut lodert trotzdem durch meine Adern. Niemals würde ich ihn auf diese Art ausnutzen! Fest sehe ich ihr in die Augen, auch wenn mir klar ist, dass es ziemlich anmaßend wirken muss, aber ich kann nicht anders, während ich auf die winzige Frau hinabblicke, die sich auf dieses stumme Duell natürlich einlässt, höchstwahrscheinlich, um mich in meine Schranken zu weisen.

»Ja! Aber ich zeige dir genau, wie es geht, und du musst eine Schürze anziehen!«, kommandiert sie barsch. Dann löst sie den Blick von mir und holt aus einem der unteren Schränke mit einiger Anstrengung besagtes Stück Stoff, in Gelb, was ich mir umbinde und dann sofort das Haus verlasse, um die Veranda zu suchen, ansonsten hätte ich diese Frau angeschrien. Ich habe nicht die leiseste Ahnung, was mit mir los ist. So ungeduldig und aufbrausend zu sein, ist sonst nicht meine Art. Aber je länger ich mit Jesse Porter zusammen bin, umso schwerer fällt es mir, unauffällig und still zu bleiben.

***

Natürlich decke ich den Tisch nicht zu ihrer vollen Zufriedenheit und sie muss alles noch einmal korrigieren. Ich sehe ihr dabei genau zu, um es am nächsten Tag richtig zu machen. Denn egal, was sie menschlich von mir halten mag, die Arbeit betreffend werde ich ihr keine Chance für falsche Schlüsse lassen.

Wenigstens sind die Gäste, die an diesem sonnigen Morgen auf die Veranda schlurfen, sehr nett. Eine Familie aus Holland mit zwei Kindern, die sich mit diesem USA-Cowboy-Urlaub einen Traum erfüllen. Ein frisch verliebtes Pärchen aus der Schweiz könnte süßer nicht sein.

Und zwei total witzige junge Brüder aus Bayern mit dem Nachnamen Wrangler, die von ihrem dritten – laut ihnen, total irrem – Bruder diesen Aufenthalt zu Weihnachten geschenkt bekommen haben, bringen mich so zum Lachen, dass ich davon regelrecht Bauchweh kriege.

Es wird schon bald sehr heiß, aber das ist für mich kein Problem. Ich liebe die Hitze und das Lächeln fällt mir leicht, während ich den Tisch nach dem Frühstück abdecke und alles sauber mache. Jesses Mutter, die übrigens Agatha heißt, übergibt mir anschließend einen kleinen Korb mit etwas zu Essen, den ich ihm bringen soll.

Dabei flüstert sie mir ins Ohr, dass es ratsam wäre, mein Kleid etwas weiter runterzuziehen.

Ich muss die Hände zu Fäusten ballen, um mich davon abzuhalten, ihr zu antworten, dass ich es nicht nötig habe irgendwen mit meiner Haut zu verführen und ich obenherum nackt wäre, sollte ich es doch tun. Es kostet mich einige Mühe, aber ich schaffe es, dann mache ich mich mit dem Korb auf den Weg zu Jesse.

Die Sonne scheint, die Vögel zwitschern. Es gibt keinen, der mich ständig anschreit, herumkommandiert und demütigt. Zumindest nicht so sehr wie Miguel. Und was Agatha angeht, so werde ich mir von ihr mit Sicherheit nicht meine neu gewonnene Freiheit versauen lassen. Wie beschrieben schlendere ich an den Ställen vorbei direkt zur Koppel und lächle allein schon, wenn ich daran denke, ihn wiederzusehen – oder von ihm berührt zu werden. Nur ihm gelingt es, dass ich mich dabei so wunderbar fühle.

Doch als ich um die Ecke biege und die Koppel erblicke, die sich am obersten Hang befindet, bleibe ich wie angewurzelt stehen.

Direkt vor ihm steht eine rothaarige Frau, während er mit breiten Beinen locker auf dem Zaun sitzt und auf einem Grashalm herumkaut. Als sie etwas für mich völlig Unverständliches zu ihm sagt und sich dabei zwischen seinen Knien so aufstützt, dass ihre Brüste fast aus ihrem Kleid fallen, gleitet sein Blick desinteressiert dorthin, wird sofort merkbar dunkler und alles andere als desinteressiert, was mir einen heftigen Stich in die Herzgegend versetzt.

Am liebsten würde ich alles sofort hinschmeißen und davonlaufen, irgendwohin, nur weg von der Frau, die ihm immer noch etwas zuflüstert und über seinen Oberschenkel streicht. Doch wohin sollte ich schon?

Der Funken wird das erste Mal in meinem Leben zu einer Flamme, die völlig unkontrolliert in meinem Körper auflodert. Ich packe den Griff des Korbes fester und stampfe weiter, direkt auf die beiden zu.

Dafür klettere ich durch den Zaun und gehe über die Koppel, denn sie zu umrunden würde viel zu lange dauern.

Gerade hält er sie am Handgelenk davon ab, zwischen seine Beine zu greifen. Dabei verengen sich ihre Augen, was sogar ich erkennen kann, und sie presst die Lippen aufeinander. Als ich überlege, wie ich das Gesehene verarbeite und wie ich ihm am besten gegenübertrete, spüre ich ein Vibrieren in der Erde, dass nach und nach immer stärker wird, bis es zu einem Beben heranwächst.

Verwirrt wirble ich herum und denke mir: *So, das ist jetzt die gerechte Strafe für deine Eifersucht.* Denn ein schwarzes Ungetüm, das direkt aus der Hölle zu kommen scheint, galoppiert mit Vollkaracho auf mich zu.

»FUCK!«, höre ich Jesse noch brüllen, da bremst das Pferd schon vor mir und verdeckt die strahlende Sonne, indem es sich auf die Hinterbeine stellt und sich laut wiehernd und mit irrem Blick auf mich gerichtet bereit macht, mich mit seinen riesigen schwarzen Hufen zu zermalmen.

Vor lauter Schreck stolpere ich, falle und kann gerade noch so die Hände heben. Gleich wird es geschehen, doch die Hufe landen nicht auf mir. Das Tier wirbelt lediglich die staubige Erde vor mir auf, als es sie in den Boden rammt.

Noch wage ich nicht, einen Blick nach oben zu riskieren. Jede Sekunde rechne ich mit einem neuen Angriff, aber stattdessen spüre ich auf einmal eine weiche Pferdeschnauze, die an meinem Haar riecht, während ich immer noch erstarrt bin und auf den Tod warte.

Es stupst mich an und schnaubt so laut, dass meine Haare etwas umherfliegen. Ich lasse die Arme vorsichtig sinken. Das Herz schlägt immer noch wie verrückt in meiner Brust, das Adrenalin rauscht durch meine Blutbahn, ich zittere am gesamten Körper und schaue vorsichtig hoch in das Gesicht des Pferdes.

Noch niemals habe ich eines von Nahem gesehen. Es ist eindeutig ein Hengst und unsagbar Angst einflößend.

Doch gleichzeitig ist er wunderschön. Sein Fell ist tiefschwarz und glänzend wie Kaschmir. Muskeln heben sich deutlich darunter ab … doch er wirkt nicht mehr wie die wilde Bestie, die ich anfangs in ihm gesehen habe, sondern sanft. Erneut stupst er mich an und knabbert vorsichtig mit seinen seidig weichen Lippen an meiner Schulter.

Ich muss kichern und hebe vorsichtig die Hand, berühre die Nüstern, bin fasziniert davon, wie sie sich anfühlen, und lasse ihn auch meine Hand untersuchen – was er mit einer Zärtlichkeit tut, die ich diesem Höllenvieh niemals zugetraut hätte.

»Warte …«, murmle ich, weil mir der Apfel in dem Korb einfällt, der vergessen neben mir am Boden liegt. Ich reiche ihm die rote Frucht auf der flachen Hand und im nächsten Moment spritzt mir das süße Innere ins Gesicht, weil er voller Elan hineinbeißt und dabei ein wahres Massaker anstellt. Ich lache und wische mit dem Handrücken alles weg, während er zufrieden schnaubt, sobald der Apfel vernichtet ist, und seinen Kopf in den Korb steckt, um nachzusehen, ob es da noch mehr gibt.

»Hey! Das ist kein Buffet!« Lächelnd drücke ich ihn weg. Erneut schnaubt er und stupst mich stattdessen auffordernd an, doch ich stehe nur auf und klopfe mir den Dreck vom Kleid. »Du hast mich ganz schön erschreckt, Großer …«, murmle ich und streichle den langen Hals, klopfe darauf, bis es staubt, während er völlig lässig neben mir steht und es geschehen lässt. Er ist so unsagbar groß, so imposant, aber ich habe keine Angst … Nicht mehr!

Da fällt mir ein, wieso ich eigentlich so wütend war … und drehe mich um … Jesse steht wie angewurzelt ein paar Schritte entfernt und starrt mich mit großen Augen und offenem Mund an.

»Was ist?«, frage ich errötend.

Er schüttelt nur den Kopf, legt einen Zeigefinger an die Lippen und bedeutet mir ruhig zu sein, doch damit macht er den Hengst auf sich aufmerksam, der sofort mit den Hufen scharrt, unruhig mit dem Schweif schlägt, den Kopf nach hinten schmeißt und die Ohren anlegt.

Keine Sekunde später rennt er donnernd los, direkt auf Jesse zu, der zusieht, dass er sich in Sicherheit bringt. Gerade so kann er über den Zaun hechten. Das riesige Tier tänzelt überlegen vor ihm herum, bevor er wieder ganz entspannt zu mir marschiert und sich weiter von mir streicheln lässt.

Der hat eindeutig gerade gezeigt, wer hier die Hosen anhat. Ich muss leise glucksen und lehne mein Gesicht an seinen starken Hals, der wirklich gut riecht. Was mich überrascht, denn ich nahm an, Pferde würden stinken, stattdessen wirkt ihr Duft geradezu … beruhigend.

»Wenn ich das … Cole erzähle, wird er es mir niemals glauben …«, murmelt Jesse und die Frau tritt wieder an ihn heran.

»Wer ist das?«, fragt sie eindeutig nicht amüsiert und zeigt auf mich, bevor sie die Arme vor der Brust verschränkt und die Nase in die Luft hebt.

»Sie ist ein Wunder …«, murmelt Jesse, ohne mich aus den Augen zu lassen, während ich noch einmal das Tier tätschle, meinen Korb aufhebe und auf die beiden zukomme.

»Ich wollte dir nur etwas zum Essen bringen«, murre ich ihm zu und ducke mich unter dem Zaun durch. Aus einem inneren Impuls heraus knalle ich ihm den Korb an die Brust, weswegen der Rothaarigen neben uns der Mund aufklappt und er aufkeucht, bevor er ihn fängt. »Und jetzt störe ich euch schon nicht mehr weiter!« Ich bin so wütend, so wütend war ich noch *nie*, und ich weiß nicht mal, wieso. Außerdem brennen meine Augen!

Doch bevor ich den Rückweg durch den Zaun und über die Koppel des Teufelspferdes antreten kann, fühle ich seine Finger, die sich um meinen Oberarm schließen und mich schier verbrennen. Mir ist klar, dass ich zu weit gegangen bin … *Jetzt* wird er mich bestrafen! Er kann gar nicht anders! Vor einer Fremden habe ich ihn so bloßgestellt, jetzt MUSS er beweisen, dass er der Mann im Haus und …

Doch bevor ich den Gedanken zu Ende führen kann, dreht er mich um, legt mir einen Arm um die Schulter, zieht mich an sich und verkündet fröhlich: »Das ist Adriana, meine äußerst eifersüchtige und absolut hinreißende Freundin. Sonst noch Fragen, Jessica?« Und Jessica klappt der Mund auf.

»Freundin?«, zischt sie, als hätte es dieses Wort davor in seinem Vokabular nicht gegeben.

»Japp!«, meint er leichthin und vergräbt seine Nase in meinen Haaren. »Ist sie nicht das Heißeste, was du jemals gesehen hast?« Ich werde knallrot, während er das voller Stolz fragt. Es hat ein wenig von einer Viehauktion.

Vermutlich wird er jeden Moment mein Kleid hochheben, um ihr meine Vorzüge zu zeigen, mich anschließend präsentieren, dann meinen Mund öffnen, um den Zustand meiner Zähne vorzuführen. Wundern würde es mich nicht.

»Du bist das größte Arschloch auf diesem Planeten, Jesse Porter! Wegen dir habe ich meine Haare gefärbt!«, zischt sie ihm zu. Tränen funkeln in ihren großen blauen Augen.

Affektiert dreht sie auf dem Absatz um und stolziert davon, während Staub um sie herum aufwirbelt. Und er hält mich immer noch fest. Mein Herz schlägt mit einem Mal zu schnell, ich weiß nicht, was ich tun oder denken soll. Das ist immer so schwer, wenn er mich berührt …

Kapitel 15

»Weißt du …«, meint er gelassen, sobald sie abgedampft ist, »dass keiner jemals die Koppel von Venom betreten hat, außer es war eine Mutprobe? Geht es dir gut?« Er tritt einen Schritt von mir zurück und betrachtet mich mit schief gelegtem Kopf, während er meine Oberarme festhält. Ich bin immer noch ganz wabblig, aber das Feuer brennt noch leicht.

»Wer ist sie?«

»Unwichtig. Hat er dich verletzt?«

»Für dich vielleicht, aber nicht für mich, Jesse!«

Er seufzt, bevor er den Korb und meine Hand nimmt und mich etwas abseits zieht. Im Schatten von ein paar Bäumen, zwischen den Koppeln, breitet er eine große Decke aus, die er aus einem Schuppen geholt hat, und bedeutet mir, Platz zu nehmen.

»Ich war mal mit ihr zusammen.«

»Wie zusammen?«

»Ich habe sie gefickt, okay?« Ich zucke zusammen, als er das so ausspricht, und packe das Essen aus. Frischgebackenes Brot, Käse, Speck, Tomaten und allerlei Obst.

»Okay …« Das Blut verlässt meine Wangen.

Mit einem Mal will ich es gar nicht mehr wissen, und könnte mich selber dafür schlagen, weil ich überhaupt nachgefragt habe. Es steht mir nicht zu.

»Ich habe sie gefickt, so wie ich viele andere Frauen hier gefickt habe. Ich habe, wenn man es genau nimmt, *jedes* attraktive Wesen im Alter von achtzehn bis fünfunddreißig in dieser elendigen Stadt gefickt. Egal, ob die Verkäuferin im Supermarkt, meine Friseurin, die Lehrerin der Grundschule oder Miranda, die Polizistin, als sie mir einen Strafzettel geben wollte. DU bist die Einzige, die ich nicht ficke, okay?«

Grob bricht er ein Stück Käse ab und steckt es sich in den Mund, gefolgt von einer Weintraube und etwas Brot. Aggressiv kaut er darauf herum, ohne mich anzusehen, während er die Unterarme lässig auf seine Knie gestützt hat und auf die Pferdekoppeln blickt. Muss ich das jetzt verstehen?

Als ich nichts weiter dazu sage, sondern nur die Stirn runzle und ihm etwas von der selbst gemachten Limonade einschenke, höre ich ihn seufzen, bevor seine Hand mir die schweren Haare aus dem Nacken streicht, wo ich übrigens ganz schön schwitze.

»Dich ficke ich nicht nur einmal, mit dir will ich schlafen … immer wieder.« Seine Stimme ist viel sanfter als gerade eben und fährt so in mein Höschen, wie seine Worte in mein Herz dringen.

Mir fällt ein, was für eine Macht er über meinen Körper hat, wie wunderbar es sich anfühlt und wie schön es ist, ihm nah zu sein. Sofort schießt mir das Blut in die Wangen … und zwischen meine Beine. Voller Scham, weil er meine eindeutigen Reaktionen natürlich so wie immer bemerken muss, sehe ich zu ihm hoch – wie er da mit offenem Hemd vor mir auf der Decke sitzt. Soll dieser fantastische, starke Mann tatsächlich nur mir gehören? Darf ich wirklich mit ihm tun, was mir in den Sinn kommt? Die Vorstellung ist geradezu berauschend!

»Du hast gesagt … ich darf dich berühren, wenn ich will?«, frage ich und streiche mit meinem Zeigefinger über seine stopplige Wange. Er schluckt.

»Oh yeah …« Und dann lehnt er sich locker auf die Ellbogen zurück und präsentiert mir seinen durchtrainierten, von leichtem Schweiß bedeckten Körper in voller Pracht – und das ist er wirklich – prächtig. »Ich bitte darum!«

Ich beiße mir auf die Unterlippe und rutsche etwas an ihn heran, während ich betrachte, wie das Sonnenlicht durch die leicht wehenden Baumwipfel fällt und Muster auf seiner gebräunten Haut hinterlässt. Kann ich das wirklich tun? Aber was soll schon passieren? Er wird sich durch meine Berührung nicht plötzlich in Miguel verwandeln …

Nein. Das hier ist Jesse. *Mein* Jesse!

Also heißt es mutig zu sein, denn ich weiß, er mag es, wenn ich ich bin!

Zaghaft berühre ich seine Brust … und sehe zu ihm. *Ist das okay?*, fragt mein Blick.

»Mach!«, wispert er und erleichtert es mir durch diese Anweisung um Einiges. Tief Luft holend streiche ich mit meinem Zeigefinger an seinem wunderschönen Oberkörper hinab … direkt zwischen seinen Bauchmuskeln und dann am Bund seiner Jeans entlang. Wieder blinzle ich zu ihm hoch. Er stöhnt leise, lässt seinen Kopf nach hinten fallen, die Sehnen an seinem Hals treten hervor. Nicht nur auf seinem Hals glänzt der Schweiß.

Bei diesem sexy Anblick kann ich mich nicht mehr zurückhalten, also beuge ich mich vor und küsse ihn, direkt unter seinem kantigen Kiefer, fühle die Stoppeln unter meinen Lippen und wie sich sein Puls beschleunigt, als ich sanfte Küsse über seine Haut regnen lasse und dann mit meiner Zungenspitze von seinem markanten Kinn bis zu seinem Schlüsselbein lecke. Sein Schweiß schmeckt köstlich – *er* schmeckt köstlich – und er riecht so männlich, dass ich niemals wieder aufhören will, an ihm zu schnuppern. Zärtlich lasse ich meine Nase über ihn gleiten, küsse ihn am Nacken …

Er stöhnt heiser und tief, was das Glühen zwischen meinen Beinen verstärkt. Ich reibe sie aneinander, rutsche ganz an ihn heran und küsse auch seine Brust … bis zu seinem linken Nippel. Sanft umschmiege ich ihn mit meiner Zunge, sehe dabei zu ihm hoch und wie er ruckartig den Kopf neigt, um mich mit seinem Blick zu verbrennen.

»Heilige Muttergottes!« Ich grinse, als er das ausstößt, weil ich seinen Nippel in meinen Mund eingesaugt habe und ihn dann wieder in die Freiheit entlasse. Jesse ist so wunderschön in seiner Lust – noch niemals habe ich etwas Erregenderes gesehen. Das Bedürfnis, ihn ebenso zu verwöhnen wie er mich letzte Nacht, wird übermächtig. Ich will mehr von diesem Ausdruck, dieser tiefen, erregten Stimme und seinem Stöhnen hören!

Also tue ich es!

Freiwillig!

Zielsicher fasse ich in seinen Schritt über der rauen Jeans. Er ist bereits hart dahinter und ich bringe ihn dazu, erneut zu stöhnen und den Kopf hilflos nach hinten fallen zu lassen, während ich mir auf die Unterlippe beiße. Sein Penis fühlt sich gut an, groß und fest, aber nicht bedrohlich! Wahrscheinlich liegt das auch an dem Stoff, der uns trennt. Zwischen meinen Beinen wird es immer heißer, besonders als ich anfange, langsam nach oben und nach unten zu reiben, ohne meinen Blick von seinem atemberaubenden Gesicht zu nehmen.

»Du weißt …« Er keucht angestrengt. »Dass ich in meine Hose komme, wenn du so weitermachst …« Dann bewegt er seine Hüften ein klein wenig unter meiner Hand. Als könnte er nicht anders, als wären mir sein Körper und dessen Reaktionen völlig hilflos ausgeliefert. Es ist MACHT und unbändige Erregung, die mich durchströmen und mir gleichzeitig Mut verleihen. Das Spiel seiner schweißnassen Muskeln am Unterbauch ist faszinierend und gleichermaßen wunderschön. Ich kann meinen Blick nicht davon abwenden, also beuge ich mich vor und küsse sein V, lecke über den einen Colt, woraufhin er sich auf den Rücken fallen lässt und eine Hand in meinem Haar vergräbt.

»Oh fuck … Baby … pass auf! Sonst wird geschossen, und zwar scharf!«, flüstert er stöhnend, als ich seinen gesamten Unterkörper kichernd mit Küssen überflute … und wieder nach oben gleite, während er unter meiner Hand immer weiter anschwillt.

Sein Oberkörper ist wie ein Wunderland – ich kann nicht genug davon bekommen, ihn zu erkunden. Als ich meine Zunge in seinen Bauchnabel tauche, flucht er leise, woraufhin ich ihn mit der Spitze umkreise. Jeden einzelnen Bauchmuskel fahre ich nach, knabbere seine steifen Brustwarzen an, ebenso wie sein Schlüsselbein. Bis zu seinem Kiefer und seinen wunderbar vollen Lippen tobe ich mich aus, die ich dann wieder in einem verzehrenden Kuss in Besitz nehme. Dieser perfekte Mund gehört tatsächlich mir!

Genauso wie der Rest von ihm! Es ist unglaublich! Die Intensität, mit der er mich zurückküsst, raubt mir den Atem. Mir wird so heiß, dass ich mir am liebsten das Kleid vom Körper reißen und mich mit der Bitte an ihn schmiegen würde, das Feuer in meinem Inneren zu löschen. Mit einem Keuchen, das mir allein die Vorstellung entlockt, reibe ich fester über seine Hose, packe ihn richtig, soweit es über dem Stoff möglich ist, während ich immer feuchter werde, weil sich mein Körper auf unsere Vereinigung vorbereitet. Und zum allerersten Mal in meinem Leben *wünsche* ich mir, dass ein Mann in mich eindringt. Langsam und tief … Allein der Gedanke daran, dass Jesse es tun könnte, bringt mich zum Winden, und das Pochen zwischen meinen Beinen nimmt zu. Ich fühle das erste Zucken unter meiner Hand und stöhne laut, bevor er sich am ganzen Körper anspannt, die Hüften hebt und direkt unter meinen Fingern in seine Hose kommt. Dabei bewegt er auch noch sein Becken, als würde er genüsslich in mich stoßen. Seine Lippen verschlingen mich geradezu und er stöhnt in meinen Mund, womit er mich komplett um den Verstand bringt. Bevor er sich ruckartig entspannt und seine Hüften wieder mit einem leisen »Wow …« senkt.

Und ich könnte stolzer und aufgeregter nicht sein.

Ich KANN Jesse Porter, dem Verführer, genauso Lust bescheren wie er mir. ICH bringe Jesse Porter, meinen heiß begehrten Cowboy, dazu, WOW zu sagen … wunderschön zu lächeln … mein Gesicht zu umfangen und mich sanft zu küssen.

WOW, er sagt es!

Kapitel 16

Verdammt noch mal … ich wusste, dass es in ihr steckt. Diese natürliche Gabe, sich voller Leidenschaft in der Lust fallen zu lassen und dem Ruf des Körpers zu folgen. Sich in dieses instinktgeleitete Wesen zu verwandeln, das die Fesseln der Menschlichkeit von sich streift und sich nur den natürlichen Trieben hingibt. Ohne Wenn und Aber, ohne zu denken, sondern nur noch den Gefühlen gehorcht. Dafür ist es nötig, dem anderen bedingungslos zu vertrauen, und das tut sie. Sie vertraut mir.

Doch war mir nicht klar, was es in mir anrichten würde, wenn sie mich mit feuriger Leidenschaft im Blick berührt und mit kaum gebändigtem Verlangen küsst. Verlangen nach meinem Schwanz! Eindeutig!

Oh fuck … sie wird ihn so was von bekommen!

Schreiend!

Stöhnend!

Flehend!

Scheiß aufs Zurückhalten!

Scheiß auf: Keine Macht den Frauen!

Diese Frau hat sie sowieso schon längst!

Nun hat sie sie lediglich entfesselt und ich bin ihrem Bann hilflos ausgeliefert.

Doch jetzt muss ich ihr erst einmal eine wichtige Frage stellen, die den Effekt einer kalten Dusche haben wird. Das ist mir klar.

Zusammen liegen wir auf der Decke und beobachten, wie der strahlend blaue Himmel langsam zuzieht. Einen Arm habe ich um ihre Schultern geschlungen und streichle sie entspannt, auf dem anderen ruht mein Kopf, während der obligatorische Grashalm zwischen meinen Lippen steckt, als ich, mutig wie ich bin, damit herausrücke.

»Wie war meine Mutter?« Die darauf folgende Stille sagt alles, was ich wissen muss. Meine Mum Agatha Porter ist charmant wie immer gewesen. So unsagbar ehrlich, dass sie damit sogar einen Politiker zum Stottern bringen würde, der es gewohnt ist, stets seine dreckige Maske zu wahren. Sie kann ein richtiges Biest sein, aber nur weil sie ihre Familie auch wie ein solches verteidigt.

Nachdem mein Vater zu früh starb, musste sie alleine mit uns drei Jungs und der Farm klarkommen. Da war kein Platz für Sentimentalitäten in dieser von Männern geprägten Welt. Seitdem kommuniziert sie wie ein Mann, das steckt ihr mittlerweile in Fleisch und Blut, obwohl sie inzwischen nur noch die täglichen Arbeiten einer Frau erledigt.

Damals übernahm sie sofort beide Rollen, die der Mutter und des Vaters. Dabei stellte sie unsere Bedürfnisse grundsätzlich an erster Stelle, so als hätte sie selbst überhaupt keine. Sie lebte dafür, dass es uns gut ging. Damit es uns an nichts fehlte, steckte sie immer zurück. Und das hat sich bis heute nicht geändert. Schon allein deshalb muss das zwischen Adriana und Mum um alles in der Welt klappen! Denn jetzt ist es meine Aufgabe, mich um meine Mutter zu kümmern. Zum einen, weil es um ihre Gesundheit nicht mehr zum Besten steht und zum anderen, weil sie nicht jünger wird, auch wenn sie es nie zugeben würde. Früher hat sie jeden Cowboy in den Schatten gestellt! Sie hat uns das Schießen beigebracht! Und das Rindertreiben! Das Schafe scheren! Auch wie man bei einem Dreitagesmarsch auf der Suche nach verlorenem Vieh bei Kräften bleibt und Feuer macht! Und Mundharmonika spielen! Außerdem natürlich, wie man so ungefähr alles dieser Welt reparieren kann. Bis in die nächste Stadt sind es schließlich acht Kilometer … und unser Truck war ständig kaputt.

Zumindest bis David, unser Jüngster und mein Zwilling, durch eine Hotelkette Multimillionär wurde … und jedem seinen eigenen verdammten Truck schenkte. Allerdings nahm ich meinen nicht an und schenkte ihn stattdessen dem Kinderheim in der Stadt. Ich hatte eigene Ambitionen. Und so schuftete ich wie ein Verrückter, sodass es mir gelang, über die Jahre eine der angesehensten Pferdezuchten der Welt aufzuziehen. Venom sollte als teuerster Deckhengst mein Werk komplettieren. Nur leider lässt er sich weder reiten noch hat er vor, eine von mir ausgesuchte Stute zu decken, obwohl er perfekte Anlagen hat, die er mit Sicherheit weitervererben würde. Dieses Pferd hat seine eigenen Vorstellungen, was das weibliche Geschlecht betrifft! Er ist verdammt wählerisch und unzähmbar noch dazu. Wenn er nicht so verflucht vielversprechend und mir nicht so ähnlich wäre, hätte ich ihn schon längst verkauft. Man darf nicht einmal einen Zeh auf seine Koppel setzen … bis auf sie.

Ich habe noch nie etwas Schöneres gesehen als diese heißblütige Frau mit dem heißblütigen Teufelstier.

Dieses Bild, das mit der Kulisse der wilden Landschaft eindeutig einem Hochklasse-Penthouse-Magazin entspringen könnte, werde ich niemals vergessen.

Wie auch immer.

Mittlerweile kann ich mir zehn Mustangs kaufen – egal wie wertvoll. Denn ich bin stinkreich … und doch bringt einem alles Geld der Welt nichts, wenn man festsitzt. Mit seiner Mutter! Auch für immer festsitzen wird, weil man diese unmöglich im Stich lassen kann! Während die Brüder ihr grandioses Leben mit ihren grandiosen Schlampen leben. Da muss man echt aufpassen, nicht vor Langeweile lebendig zu verwesen. Komisch nur, dass es mit Adriana an meiner Seite alles andere als langweilig ist – egal wo. Es scheint, als wäre der rechte Ort genau dort, wo sie sich befindet. Als wäre ich am Ende meiner Reise angekommen, obwohl ich immer noch genau da bin, wo sie eines schwülen Sommertages anfing.

»Deine Mutter war nett …«, murmelt sie. Ich kann mir ein Lachen unmöglich verkneifen, denn sie ist die schlechteste Lügnerin der Welt. Außerdem kenne ich meine Mum. Selbst der vierbeinige Satansbraten hätte Angst vor ihr.

»Adriana, versuch es nicht mal. Meine Mutter ist nicht NETT! Das ist sie nicht und wird sie auch nie werden.« Wieder folgt Stille.

»Na ja … es könnte schlimmer sein.«

»Natürlich«, meine ich lapidar. »Klar … es kann uns auch ein Meteorit genau jetzt auf den Kopf fallen und dann sind wir tot.« Sie hebt den Kopf und sieht mich fragend an. »Du sollst nicht ständig alles so hinnehmen, wie es ist. Wenn dich etwas stört, ist es an dir, es zu ändern, denn es wird kein anderer für dich tun!«, erkläre ich etwas angepisst von dieser ewigen Demut. Sie verengt die Augen.

»Mich stört nichts.«

»Aha.«

»Ehrlich!« Jetzt reißt sie die Augen erstaunlich weit auf und ich muss wieder lachen.

»Wie du willst, aber wenn sie zu weit geht, dann musst du es ihr sagen! Du musst für dich einstehen!« Sie grummelt etwas Unverständliches und fängt an, das Picknick wieder einzupacken. Überhaupt wird der Wind immer kälter und die dunklen Wolken immer dichter und ich entscheide mich, mit ihr zurück ins Haus zu kommen. Natürlich nur aus dem einen Grund, weil ich nicht nass werden will … äh … ja.

»Was grummelst du da?«, frage ich amüsiert und setze mich auf, schließe mein Hemd.

»Nichts!« Oh! Wow! Sie kann also auch zickig sein und SO VERDAMMT HEISS.

»Adriana …«

»WAS?«, zischt sie mich an.

»Du kannst es mir sagen, wenn sie das Biest raushängen lässt.«

»Tut sie nicht.«

»Ach?«

»JA, Jesse!«, ruft sie aus. »Sie verteidigt nur das, was sie liebt, bis aufs Blut, wenn es sein muss. Sie kennt mich nicht, will mich testen und prüfen. Natürlich will sie das! Ich muss doch gut genug für dich sein! Ich muss dich glücklich machen können! Du bist schließlich alles, was ihr noch geblieben ist! Also rede nicht so respektlos über deine Mutter und sei lieber froh, dass du ihr so wichtig bist!« Oh wow … sie schafft es tatsächlich, dass mir vor Scham, die mich sofort überrollt, etwas Blut in die Wangen steigt.

Aber sie sieht mich nicht mehr an, um das zu bemerken, sondern schließt den Korb und säubert das Messer vom Obstschneiden an ihrer Schürze – viel zu hektisch. Wieder mal sticht es in meinem Herzen und ich stehe auf, nehme ihre Hände und gehe leicht in die Knie, um ihr in die Augen zu sehen.

»Deine Mum war nicht so, oder?« Sie schüttelt nur den Kopf und ihr Blick ist so angestrengt auf einen Knopf meines Hemdes fokussiert, dass geradezu offensichtlich ist, was sie damit bezwecken will – und zwar nicht daran denken, was ihre Mutter alles zuließ, vermutlich ohne mit der Wimper zu zucken und ohne sich für sie zu interessieren oder gar für sie einzustehen.

»Es tut mir so leid, Baby! Du weißt, dass ich jetzt auf dich aufpasse, ja?« Mit diesen Worten ziehe ich sie an mich, ganz nah, und umfange sie mit meinen Armen. Gebe ihr die Sicherheit und den Schutz, den sie als Kind immer vermisst hat, und genieße ihren warmen, kleinen Körper, der sich an mich schmiegt. Sie krallt sich in mein Hemd und versteckt ihr Gesicht an meiner Brust.

»Du kannst doch nichts dafür.«

»Trotzdem hätte ich dir so Vieles gerne erspart.«

»Ich weiß, Jesse … du bist so ein guter Mann … und ich bin so … froh … dass ich dich getroffen habe … Ich glaube, ich …« In dem Moment beginnt es zu regnen wie aus Eimern und wir machen, dass wir schleunigst ins Haus kommen.

Kapitel 17

SIE

Das typisch strahlend weiße Südstaaten Holzhaus ist voll mit Menschen, was ich gar nicht leiden kann. Die Touristen haben sich nach oben in ihre Zimmer verkrochen.

Aber zwei von Jesses Arbeitern befinden sich im Wohnzimmer – so riesig und muskelbepackt wie er, dass mir ganz angst und bange wird, sobald ich sie erblicke. Sie haben es sich auf zwei Sofas bequem gemacht, die eigentlich jeweils für zwei Personen gedacht sind, nehmen aber so viel Platz ein, dass keiner mehr daneben passt, als wir wie begossene Pudel reinstürmen.

»Auch schon da … wir dachten schon, es hätte dich weggespült«, sagt der Schwarzhaarige und setzt sich auf, wobei sein Blick ziemlich anzüglich über meine feuchten Beine und mein an mir klebendes Kleid gleitet.

Ich trete einen vorsichtigen Schritt zurück – hinter Jesse, der meine Hand nimmt und sie beruhigend drückt. »Uhhhhhhh, was hast du denn da dabei?«

Der Schwarzhaarige wackelt mit den Augenbrauen, Jesse beißt hörbar die Zähne zusammen und ich spanne mich an.

Agatha kommt mit einem Tablett in den Raum und reicht den riesigen Männern jeweils eine winzige Tasse, was einfach nur grotesk anmutet und damit absolut witzig aussieht.

»Adriana, das sind Cole und Jack, zwei Weiberhelden, wie sie im Buche stehen, und *die gerade mit ihrem Leben spielen.* Jack, das ist Adriana, *meine* Freundin, und bevor ihr anfangt: KLAPPE!«

Jesses Stimme ist kalt wie Eis. Der Schwarzhaarige, der wohl Jack ist, und Blondie auf dem anderen grünen Sofa tun beide so, als würden sie ihren Mund zuschließen, dann klimpern sie mit den Wimpern, als wären sie die Unschuld vom Lande, bevor sie mit abgespreiztem kleinen Finger aus den Minitassen schlürfen.

Das lockert die tödliche Stimmung, die von dem Mann vor mir ausgeht. Ich muss lachen, worauf Jesse seine Augen in meine Richtung verdreht.

»Tee?« Das Tablett landet vor unseren Nasen und ich will gerade mit einem »Oh, gern!« danach greifen, als Jesse auch schon meine Hand fester packt und mich herumwirbelt. »Nein. Danke, *Mutter*!« Mit diesem Zischen zieht er mich die Treppen hoch und zeigt seiner Mum, die unten nun selbst wie ein begossener Pudel stehen bleibt und uns hinterhersieht, eindeutig die kalte Schulter.

Er hat nichts verstanden!

Gar nichts!

Normalerweise sollte er sie verehren und nicht so respektlos behandeln, denn sie ist mit absoluter Hingabe für ihre Söhne da!

Wenn man so etwas hat, sollte man es auch schätzen, denn es ist wahrlich nicht selbstverständlich!

Doch ich komme gar nicht dazu, ihn darauf hinzuweisen,

denn sobald wir sein Zimmer betreten haben und er die Tür hinter uns zugeknallt hat, nimmt er mein Gesicht in beide Hände, drückt mich gegen die Tür und küsst mich. Er ist feucht und eiskalt und wird sich noch eine Lungenentzündung holen, wenn er nicht bald aus den nassen Sachen rauskommt. Andererseits sind seine Lippen weich und süß und so unsagbar berauschend, dass ich mich kurz wirklich im Zwiespalt befinde, doch schließlich siegt meine Sorge um ihn und ich löse mich atemlos von ihm, darauf hoffend, dass er es mir nicht übel nimmt, und murmle: »Du bist so kalt, du musst dich umziehen!«

Er lacht. »Wart's ab. Gleich wird uns warm.«

»Jesse …«, flüstere ich nur unsicher, traue mich aber nicht, ihn von mir zu schieben. Zum Glück weicht er von selbst zurück.

»Ja, ja! Schon gut!« Und ich könnte wieder mal dankbarer nicht sein. Er will mich, das weiß ich zu genau, und doch nimmt er auf mich Rücksicht und hört auf. Ich muss dafür nicht einmal groß etwas sagen.

»Danke …«, murmle ich und streiche ihm über die Wange. Er runzelt die Stirn.

»Für was?«

»Dass du mich respektierst …« Er verdreht die Augen und nimmt erneut mein Gesicht in seine schönen, starken Hände.

»Das ist es, was ich dir auf dieser verdammten Insel versprochen habe … Weißt du was? Ich geh duschen und lasse dir eine Badewanne ein, okay?« Allein bei dem GEDANKEN daran werde ich knallrot, doch gleichzeitig fängt es an, wieder zwischen meinen Beinen zu pochen. Ich *will* ihn nackt sehen! In all seiner Pracht! Meine Kehle wird ein wenig enger und Aufregung pumpt wie verrückt durch meine Blutbahn.

»Okay.«

»Okay!«, meint er heiser, beugt sich vor und küsst mich noch einmal sanft. Dann dreht er sich um und geht mein Bad vorbereiten. Auch das … hat noch nie ein Mann für mich getan. Ich sehe ihm verträumt lächelnd hinterher und kann mein Glück kaum fassen.

Kapitel 18

»Ich denke, das Wasser ist gut so …«, verkündet Jesse, nachdem er es mit seinen Fingern getestet hat, wendet sich ab und ist im Begriff, das Bad zu verlassen.

»Jesse?«, rufe ich ihm fragend hinterher, als er hinaustreten will und er dreht sich zu mir um.

»Was denn?«

»Wohin gehst du?«

»Ähh … runter? In die Dusche!« Oh … ähm … okay. Ich hätte zwar nichts dagegen gehabt, wenn er hier geduscht hätte, aber das werde ich ihm NIEMALS sagen. Stattdessen sehe ich mit einem leisen »Okay« zu Boden und nestle an meinen Händen. Die Stille zwischen uns ist beinahe erdrückend. Offenbar ist er immer noch da. Also linse ich wieder zu ihm hoch. Mit schief gelegtem Kopf mustert er mich prüfend und erinnert mich wieder an den wachsamen Adler, dem nichts entgeht.

»Willst du, dass ich hier dusche?«, fragt er mit einem kleinen Schmunzeln und schließt die Tür hinter sich. »Willst du mich etwa nackt sehen?« Er sperrt ab und öffnet anschließend langsam seine Hose. Ich drehe mich um, mit dem Rücken zu ihm, denn mit einem Mal schlägt mein Herz wie verrückt in meiner Brust.

Ich weiß nicht, ob ich das will, ich weiß nur, dass er mich nicht alleine lassen soll. Von hinten streicht er mir die Haare aus dem Nacken. »Wenn du willst, bleibe ich hier.«

»Ich … ich weiß nicht …«

»Weißt du was? Du ziehst dich jetzt aus und legst dich in die Wanne. Ich werde so lange rausgehen, und wenn du willst, dass ich dann reinkomme, um hier zu duschen, wirst du mich rufen, okay?« Das hört sich gut an.

»Okay!«, bestätige ich nickend und er gibt mir einen kleinen Kuss auf die Wange, bevor er das Badezimmer verlässt.

»Lass mich nicht zu lange warten …«, ruft er noch von draußen und ich verdrehe kichernd die Augen.

Schnell schlüpfe ich aus meinen Klamotten und lasse mich in das warme, schaumige Wasser sinken. Es tut unsagbar gut und mir entkommt ein wohliges Seufzen. Noch nie in meinem Leben habe ich in einer Wanne gebadet. Es ist fast noch entspannender als ein Ausflug ins Meer. Etwas wehmütig denke ich daran zurück. Das ist tatsächlich das Einzige, was ich vermisse. Ich höre noch genau das Wellenrauschen und fühle den warmen Wind, der um meinen Körper streicht, den Sand unter meinen Füßen, so weich wie Samt … Ich seufze erneut … Dieses duftende Wasser ist ein guter Ersatz, auch wenn es nichts von der Freiheit bereithält, die ich sonst immer empfand, wenn ich im wilden Meer schwamm. Und trotzdem … es stärkt mich und beruhigt mich und … ich habe schon so viele Schritte gemacht, seitdem mich Jesse hierher gebracht hat, dass ich mir sicher bin, auch diesen bewältigen zu können: Jesse wieder nackt zu sehen, ohne zu versuchen, mich an »meinen Ort« zu flüchten. Also rufe ich leise: »Komm rein …«

Kurz darauf ist er da und beginnt, sein Hemd zu öffnen. »Ich dachte schon, du lässt mich erfrieren!«, murmelt er.

Erst dann sieht er mich an. Sofort stocken seine Schritte und er lässt seinen Blick über meinen Körper gleiten, zumindest über das, was aus dem Schaum rausschaut: meine Brustwarzen und ein Knie, das ich angewinkelt habe.

Ich fühle mich entblößt und mein Herz fängt an in meiner Brust zu rasen wie verrückt.

Dabei achte ich genauestens auf seine Augen und sie werden tatsächlich dunkler. Die Bestie erscheint und streift wie ein eingesperrtes Tier umher. Er ballt die Hände zu Fäusten und ich schlucke mühsam.

Vor meinem geistigen Auge blitzt Miguels Gesicht auf, denn er hat mich genauso angesehen, bevor er sich auf mich stürzte. Oh Gott! Schnell schließe ich die Lider und versuche es zu verdrängen.

»Soll ich doch gehen?« Seine Stimme ist sanft und besorgt, doch ich schüttle den Kopf. Das hier ist Jesse, er wird mir nichts antun, was ich nicht will! Ich bin sicher mit ihm, auch wenn wir beide nackt und in einem Raum sind. Er hat mir bewiesen, dass er sich und seine Triebe kontrollieren kann! Außerdem weiß ich, dass er mich ansehen will!

»Bleib …«, murmle ich also leise und höre kurz darauf Stoff rascheln.

»Wie du willst.« Immer noch öffne ich nicht meine Augen, versuche ruhig ein- und auszuatmen, während er in die Dusche steigt und das Wasser anstellt.

Er stöhnt leise und das Geräusch fährt mir sofort in den Unterleib, doch gleichzeitig vermischt es sich mit Miguels Grunzen. Ich befinde mich an der mentalen Schwelle und spiele mit dem Feuer – das ist mir völlig bewusst.

Vorsichtig linse ich zu Jesse rüber und keuche leise, weil er mit dem tätowierten Rücken zu mir unter dem Wasserstrahl steht und mit beiden Händen durch seine nun ziemlich dunklen Haare streicht, während er den Kopf entspannt zurückfallen lässt.

Wow, was für ein Anblick, kommt mir in den Sinn …, als ich dabei zusehe, wie das klare Wasser über seine braun gebrannten Muskeln perlt, die sich an- und entspannen, je nachdem, wie er sich bewegt. Er nimmt etwas von seinem Shampoo und verreibt es auf seinem Kopf. Sein Bizeps ist dabei ziemlich ablenkend und auch, wie der Schaum seinen Weg seine Wirbelsäule herab und zwischen seine muskulösen Arschbacken findet. Pfeifend dreht er sich zu mir um, seift seinen Körper ein, während ich beobachte, wie der Schaum nun über seine Brustmuskeln fließt – träge, langsam und so sinnlich … weiter über seinen Sixpack und die paar Härchen, die eine Spur nach Süden ziehen. Doch sobald mein Blick auf seinen Penis fällt, der halb erigiert ist, fährt ein Schock durch meinen Körper und ich erstarre. Panik umfasst mich mit ihren eisigen Klauen.

Meine Kehle wird so eng, dass mir die Luft auszugehen droht. Ich schließe die Augen, versuche mich zu beruhigen.
Aber es hilft nichts, denn plötzlich sehe ich Miguel in ihm, fühle sein ekelhaftes, haariges Ding … und den unbändigen Schmerz, den er damit jedes Mal in mir ausgelöst hat. Schnell lasse ich mich mit dem Gesicht unter Wasser gleiten, hoffe, dass ich mich ablenken kann.

Ein Geräusch holt mich aus meinen Erinnerungen – Jesses Stimme, die ich jedoch nur gedämpft wahrnehme, weil ich nach wie vor unter Wasser bin. Mit einem Prusten setze ich mich auf und versuche, den Sauerstoff in meine Lungen zu zwingen. Vorsichtig linse ich zu Jesse rüber, er hat sich bereits ein weißes Handtuch um die Hüften geschlungen und grinst mich an, doch sobald er mich sieht, verzieht sich sein Gesicht und sein Blick umwölkt sich.

»Was ist?«, fragt er dunkel. Ich schüttle den Kopf, merke selber, wie heftig sich meine Brust hebt und senkt, und beiße mir verzweifelt auf die Unterlippe.

»Adriana, atme ruhig!« Wieder schüttle ich den Kopf, die einzige Reaktion, zu der ich noch fähig bin – mein Atem geht immer schneller und doch scheint es nicht genug zu sein.

»Verdammt noch mal!« Er geht auf mich zu. Sein Körper ist so riesig, die tätowierten Muskeln wirken bedrohlich und die Bestie blitzt mich ungehalten an. Ich will nicht wieder geschlagen werden und so erfolgt meine Reaktion automatisch. Als Jesse nach mir greift, ist es nicht seine schöne Hand, sondern die des Mannes, der mich jahrelang gequält und gefoltert hat.

Mit einem Schrei hechte ich aus der Badewanne, kauere mich direkt daneben auf den Boden in die Ecke, während ich die Hände hebe, um meinen Kopf zu schützen. Dann bleibt die Zeit stehen. Eine kleine schreckliche Ewigkeit lang.

Stumm weinend presse ich die Augen zusammen und warte auf den Schmerz, der gleich kommen wird, der gleich kommen *muss*, aber er kommt nicht. Auch nicht nach ein paar atemlosen Minuten.

Es ist Jesse! Er wird dir nichts tun, du dummes Stück!, schreit mich eine Stimme in meinem Inneren an, und als mir klar wird, was ich gerade getan habe, wird mir übel. So richtig, richtig übel! Ich lasse die Hände sinken und sehe vorsichtig zu ihm hoch.

Der Ausdruck in seinem Gesicht, während er vor mir steht, zerreißt mir fast das Herz. Er ist verletzt – zutiefst.

Weil ich nach allem, was wir miteinander erlebt haben, immer noch so etwas von ihm denke. Weil ich Angst vor ihm habe, weil ich ihm in Wahrheit kein bisschen vertraue – so wie jedem anderen Mann auch. Dabei möchte ich es so gern. Ich will die Vergangenheit abschütteln und ihm vertrauen, aber mein Körper gehorcht mir nicht mehr, wenn die Panik nach mir greift. Die Angst ist tief in mir verwurzelt, ist ein Teil von mir. Noch niemals kam mir die Kluft zwischen uns größer vor. Noch niemals schien es mir unmöglicher, das für ihn zu sein, was er verdient hat. Die Tränen laufen stärker über meine Wangen, je länger ich ihn ansehe, denn der Schmerz, den ich ihm zugefügt habe, ist allzu präsent.

»Jesse …«, wispere ich, doch als er mich unterbricht, ist seine Stimme schneidend.

»Ist schon gut! Ich habe verstanden!« Somit wendet er sich ab und verlässt das Bad.

Die Tür schließt sich leise hinter ihm, aber es dröhnt dennoch in meinem Kopf.

Kapitel 19

Als ich sein Zimmer betrete, liegt er in nichts weiter als seiner Shorts auf dem Bett und starrt an die Decke. Die Hände hinter dem Kopf verschränkt, hier und da mit ein paar funkelnden Wassertropfen benetzt. Es schießt mir wieder mal fast schmerzlich ins Gedächtnis, wie schön dieser Mann eigentlich ist und dass alles so perfekt sein könnte … Nur leider ist es das nicht, denn ich habe es gerade versaut.

Um nicht wieder loszuheulen, wende ich den Blick von ihm ab und halte das weiße Handtuch fester, während ich zum Schrank gehe, in dem er mir drei Fächer leer geräumt hat. Draußen regnet es immer noch, es ist nicht sonderlich warm. Deswegen entscheide ich mich für eine einfache schwarze leichte Hose und ein weißes T-Shirt. Lippen kauend halte ich es in den Händen und überlege, ob ich mich jetzt einfach vor ihm umziehen soll.

Allein bei dem Gedanken daran versucht mich mein Herz wieder mal von innen zu erschlagen. Ich bin so aufgewühlt und durcheinander, dass ich nicht weiß, was ich noch tun darf und was nicht.

Die Regeln haben sich völlig geändert und jetzt ist er auch noch wütend auf mich.

Wie soll ich ihn nur wieder besänftigen?

Ich kann diesen Zustand nicht ertragen. Die Ungewissheit, was er dann tun könnte, ist zu grausam. Mir fällt nur eine Möglichkeit ein, doch dafür muss ich meinen ganzen Mut zusammennehmen. Tief durchatmend lege ich die Sachen weg, trete an das Bett und stelle mich vor ihn. Dann umfasse ich fest die beiden Enden des Handtuchs, öffne es und präsentiere ihm meinen noch feuchten Körper.

»Willst du?«, frage ich schüchtern, doch als sein Blick zu mir schießt, stockt der Atem in meiner Kehle. Sein Kiefer verhärtet sich, seine Augen verengen sich und eine Ader an seiner Stirn fängt an zu pochen.

»Sag mal … willst du mich verarschen, Adriana?« Er schreit nicht, nein, seine Stimme nimmt lediglich an Schärfe zu, zerschneidet die Luft um mich und trifft mich wie ein Peitschenhieb. Schnell schüttle ich den Kopf. Meine Hände beginnen zu beben, als er sich langsam aufsetzt, den Blick starr auf mein Gesicht gerichtet, die Zähne aufeinandergepresst. »Nein? Oh … ich denke schon! Glaubst du, ich will wieder die Lebende-Leiche-Nummer abziehen? Glaubst du wirklich, ich habe es so dringend nötig?«

»Nein!«, rufe ich aus, weil er total auf dem Holzweg ist, doch er lacht spöttisch.

»Ach komm! Du scheißt dir doch schon in die Hosen, wenn ich jetzt aufstehe!«, brüllt er mit einem Mal und ich zucke zusammen. »Ganz zu schweigen davon, dass ich dich berühre!« Nun ist seine Stimme nichts weiter als ein sanftes Hauchen, was aber mindestens genauso schlimm ist, als würde er schreien. Keine Ahnung, warum, denn im Grunde weiß ich, dass ich von ihm nichts zu befürchten habe, aber ich beginne wie verrückt zu zittern.

Mit verschlossenem Ausdruck steht er nun tatsächlich auf. Tränen treten wieder in meine Augen. Auch wenn ich diese nicht verhindern kann, so darf ich doch auf keinen Fall zurückweichen – schon allein, um seine Worte Lügen zu strafen –, als er sich direkt vor mich stellt.
Genau genommen kann ich das auch gar nicht.

»Wenn du noch einmal versuchst, mich mit deinem Körper zu besänftigen, vergesse ich mich. Du bist mehr wert als DAS!« Dabei betont er DAS voller Verachtung. Meine Augen werden groß, dann fegt er auch schon an mir vorbei, ohne mich noch eines Blickes zu würdigen, und lässt mich allein zurück.

Schon wieder.

Während die Tränen über meine Wangen laufen, schließe ich das Handtuch sowie meine Augen und weiß nicht mehr weiter ... Wie soll ich ihn denn sonst besänftigen und mich für mein unmögliches Verhalten entschuldigen, wenn nicht mit DEM?

***

Er kommt zurück, als ich auf seinem Stuhl vor dem Schreibtisch sitze, die Knie angezogen, mit den Armen umschlungen, und nach draußen sehe. Kommentarlos zieht er sich an und verschwindet wieder, ohne mich auch nur eines Blickes zu würdigen. Ich könnte weinen – schon wieder. Doch ich verkneife es mir, denn die letzten Stunden waren genug. Seine Abweisung tut so weh, ich wusste gar nicht, dass ein derart intensiver Schmerz existiert.

Erst am Abend holt er mich wieder zum Abendessen runter. Zusammen mit seiner Mutter bereite ich alles vor und dulde ihre Sticheleien gewohnt stillschweigend. Das ist wenigstens etwas, was mir bekannt ist und womit ich umgehen kann.

Das Essen wird in großer Runde eingenommen. Mit seiner Mutter und zwei mir noch unbekannten Arbeitern. Natürlich schweige ich, während alle sich entspannt unterhalten und scherzen.

»Und Jesse … kommst du heute Abend mit zum Billardspielen?«, fragt ein mit Sommersprossen bedeckter Mann in seinem Alter locker, während er sich eine Kartoffel in den Mund schiebt. Ich spüre, wie Jesses Blick zu mir schweift.

»Ich weiß nicht.«

»Wie, du weißt nicht? Du bist kurz davor, die verdammte Meisterschaft zu gewinnen!« Doch er zuckt nur mit den Schultern.

»Ich habe keine Lust!«

»Aufs Spielen oder auf die Weiber? Weil ich ganz genau weiß, dass Jessi bereits auf dich wartet wie ein Hündchen vor dem Supermarkt, und … wie hieß sie noch gleich?«

»Die heiße kleine Italienerin?«

»Ja! Die heiße kleine Italienerin! Die so was von scharf auf dich ist!«

»Und ich auf sie …« Es ist nur ein kaum hörbares Murmeln, aber es trifft geradewegs in mein Herz. Fest sehe ich nach vorne, versuche nicht einmal zu zwinkern, als er das eiskalt von sich gibt.

»Willst du ihr heute beibringen, wie man es auf Amerikanisch macht? Also … Billardspielen?«

»Kommt drauf an!«, blafft Jesse und ich spüre erneut seinen wütenden Blick auf meinem Gesicht. Ich erwidere ihn nicht, starre nur auf meinen Teller und versuche mir ja nichts von dem Gefühlschaos in mir anmerken zu lassen. Schließlich will ich ihn nicht damit belasten! Und es steht mir ganz sicher nicht zu, ihm den Kontakt mit anderen Frauen zu verbieten oder deswegen gar wütend zu sein.

»Solche Themen könnt ihr euch am Esstisch sparen! Ich habe es euch tausendmal gesagt!«, keift seine Mutter. Er ignoriert sie, springt aber so schnell vom Tisch auf, dass ich zusammenzucke. Dann stützt er sich mit einem Arm auf meiner Stuhllehne ab, schiebt mir die Haare aus dem Nacken und haucht verführerisch:

»Wie du willst.« Es ist so leise, dass nur ich es höre, und ich erschauere. »Gehen wir!«, wendet er sich dann an die anderen Männer, die lachen, ihm auf die Schulter klopfen, sich bei seiner Mutter für das Essen bedanken und mit ihm laut polternd verschwinden. Und ich sitze immer noch vor meinem Teller, kann nichts mehr essen, kann mich genau genommen gar nicht mehr rühren, weil der Sturm in meinem Inneren so verdammt schmerzhaft und vernichtend wäre, wenn ich ihm Aufmerksamkeit schenken würde.

Er trifft sich jetzt mit einer anderen Frau? Und er … er lässt sie ran? An jenen Körper, den ich heute Nachmittag erst berühren und küssen durfte … dem ich die schönsten Reaktionen entlockt habe. Wieso tut er so was nur?

Er gehört nicht dir! Du gehörst ihm!, schreit mir wieder eine Stimme in meinem Inneren zu. *Reiß dich zusammen und sei nicht so verdammt dämlich!* Doch ich kann nicht, ich kann einfach nicht. Früher war es so einfach, aber jetzt ist es unmöglich. Tränen treten zum wiederholten Mal an diesem Tag in meine Augen und meine Unterlippe fängt an zu beben.

Während dieses inneren Kampfes fühle ich ganz genau den Blick seiner Mutter auf mir – was die Gesamtsituation noch viel schlimmer macht. Sie sagt nichts, sieht mich nur an. Ihre Augen scheinen sich in mein Inneres zu bohren, obwohl ich nicht wage, den Kopf zu heben, sondern unablässig auf meinen Teller starre.

»Bitte, darf ich nach oben gehen?«, presse ich raus und bin verwundert, weil ihre Stimme anders als sonst klingt, als sie »Ja« sagt. Nicht so forsch wie bisher, geradezu weich, hört sie sich an. Doch ich kann dem keine weitere Beachtung schenken. Gerade so schaffe ich es in mein (eigentlich sein) Zimmer, knalle die Tür hinter mir zu und … breche in Tränen aus.

Kapitel 20

ER

Der Ausschnitt, den sie heute trägt, ist nicht ohne.

Sie beugt sich ganz weit vor, visiert mich an und stößt gegen die gelbe Kugel. Dann zwinkert sie mir zu und richtet sich wieder auf, wobei sie ihre Haare ziemlich eindrucksvoll über ihre Schulter wirft. Das alles wirkt wie ein Porno – in Slow Motion.

Jessica legt es heut darauf an, dass ich ihr meine ungeteilte Aufmerksamkeit schenke – beziehungsweise ihren Titten. Ihr ganzes Outfit schreit förmlich: notgeiles Cowgirl ohne jegliche Selbstachtung, bereit, von dir geritten zu werden, bis es nicht mehr stehen kann. Sie trägt sogar einen Hut, ein braun gemustertes knappes Kleid und Cowboy-Stiefel dazu, und sieht zugegeben wirklich wahnsinnig heiß aus.

Doch das, was einmal meine Traumfrau und für etliche Ständer, die ich allein in meinem Zimmer bekämpfen musste, verantwortlich war, macht mich nicht mehr an – kein bisschen!

Frustriert kippe ich mir mein Bier in den Rachen, stelle die Flasche ab und konzentriere mich auf mein eigenes Spiel am Tisch daneben. Die Kugel landet zielsicher im Loch, so wie ich sonst auch immer zielsicher einloche.

Dabei bleiben mir die Blicke der anderen nicht verborgen. Die heiße kleine Italienerin ist auch da, genauso wie einige andere, die mich sabbernd beobachten und nur darauf warten, sich mir an den Hals werfen zu können. Aber so ziemlich alles, sogar das Muster auf dem Teppich unter dem Billardtisch, ist für mich interessanter als sie. Denn in meinem Kopf existiert nur noch eine.

Ihr Blick, ihre Berührungen, ihre Stimme, wenn sie meinen Namen ausspricht, ihre Hände auf meinem Körper … Das ist das Einzige, an das ich noch denken kann. Doch immer wenn ich sie mir ins Gedächtnis rufe, taucht dieses grausame Bild vor meinem geistigen Auge auf … wie sie sich panisch im Bad in die Ecke kauert und die Hände hebt, um sich zu schützen. Vor mir! Und es macht mich unsagbar wütend!

Ich bin kein verschissenes Monster!

Zumindest nicht eines dieser Sorte!

Ich will ihr nur Gutes tun, aber sie begreift das einfach nicht und vergleicht mich mit ihrem niederträchtigen Ehemann! Sie denkt an ihn, während sie mit mir zusammen ist, fällt in alte Verhaltensmuster zurück und VERSUCHT es nicht mal zu ändern.

Beim Abendessen fiel sie wieder komplett in ihren devoten Modus, in den Modus, den ich mittlerweile mehr hasse als die Pest, weil ich genau weiß, dass alles, was sie dann tut oder sagt, gespielt und damit unehrlich ist. Ich will sie echt und vertrauensvoll! Nicht verängstigt und auf Autopilot! Verdammte Scheiße!

Der nächste Stoß geht daneben, weil ich mich nicht konzentrieren kann, und mein Gegner, das Arschloch überhaupt in diesem Kuhkaff – Clive Hamington –, grinst selbstgefällig, während er sich in Position bringt und seine

Kugel zielsicher einlocht. Mit einem Knurren leere ich mein Bier und bestelle bei Cindy ein Neues. Der Kerl ist so ein Angeber! Um ihn in seine Schranken zu verweisen und weil ich keine Lust mehr habe, beende ich das Spiel, indem ich nacheinander jede einzelne Kugel versenke, reiche ihm anschließend grinsend meinen Queue und setze mich an die Bar. Dann zähle ich von drei runter … Jessica ist die Schnellste. Wie aus dem nichts schlingt sie von hinten einen Arm um meine Brust, geht auf die Zehenspitzen und säuselt in mein Ohr: »Wieso ist deine Freundin nicht dabei? Bist du ihrer schon überdrüssig?« Laszív leckt sie über meine Ohrmuschel und ein widerlicher Schauer kriecht über meinen Rücken. Bevor ihre Hand sich in meinen Schritt stehlen kann, packe ich ihr Handgelenk und drehe mich mit dem Hocker zu ihr um.

»Als ob es dich was angeht!«, zische ich ihr zu und will mich wieder dem Tresen zuwenden, aber sie stützt beide Hände auf meinen Knien ab und beugt sich vor. Sie präsentiert mir ihr offenherziges Dekolleté sowie ihre Titten, die fast aus dem viel zu engen Kleid fallen, weil sie keinen BH trägt. Ihre Nippel sind steif, als sie mit ihrer rosa Zunge über ihre rot geschminkten Lippen leckt. »Sei doch nicht so zu mir … du weißt ganz genau, dass du mich um deinen Schwanz herum willst«, säuselt sie, während ich nicht anders kann und ihren Mund anstarre.

Ich habe schon einiges getrunken und kann nicht verhindern, dass Bilder meinen benebelten Geist fluten, wie sie mir einen Blowjob verpasst. Es wäre nicht das erste Mal, zumal sie weiß, was sie tut. In meiner Hose regt es sich und daran ist nur SIE schuld! Sie und ihre verdammten Augen und ihr perfekter Körper und … *alles* an ihr! Adriana Flores macht mich so verdammt heiß!

Aber ich kann mich nicht an ihr abkühlen, weil ich mich in ihren Augen damit zum Monster mache! Es ist ein verfickter Teufelskreis!

Eigentlich würde es ihr recht geschehen, wenn ich Jessica auf dem Klo ficke! Dann sollte ich nach Hause gehen, sie wecken und ihr davon erzählen! Ja! Genau das würde Jesse Porter normalerweise tun, aber leider wird mir allein bei dem Gedanken daran, wie verletzt sie mich ansehen würde, kotzübel und ich knalle mein Bier auf den Tresen. »Lass mich in Ruhe!«, speie ich Jessica entgegen, schlüpfe von dem scheiß Hocker und verlasse die scheiß Bar, bevor mein scheiß Schwanz völlig die Kontrolle übernimmt und ich meine scheiß Fantasien noch in die Tat umsetze.
Das hat sie einfach nicht verdient! Nicht sie!

Doch als ich am Auto ankomme, lauert dort schon die Nächste.

Nancy, die Bäckerin, mit ihren wunderbar großen Titten, schwarzen Haaren und Blaselippen lehnt grinsend an meinem Wagen und trägt nichts weiter als eine wirklich niedrig sitzende Jeans und ein fast durchsichtiges Oberteil. Ihre Nippel sind auch steif. Verdammte Scheiße, was ist hier nur los? Ist es so kalt oder zwirbeln sie sie immer schnell, wenn sie sehen, dass ich komme?

»Hey, Süßer … wolltest du dich nicht melden, wenn du wieder da bist?!«

»Ich bin nicht hier. Das ist nur eine optische Täuschung«, murre ich, öffne meine verdammte Karre und will meinen Arsch reinschwingen, doch mit einem Mal steht sie direkt vor mir, presst sich genau genommen an mich und sieht mich mit ihren funkelnd blauen Augen begehrend an.

»Ich hab gehört, du hast jetzt eine Freundin … das stimmt doch nicht, oder? Das wäre …« Ihre Hand gleitet in meinen Schritt und fängt an, ihn zu massieren. »So eine Verschwendung«, säuselt sie weiter und ich stöhne auf, während *er* steinhart wird. Doch auch sie halte ich auf, indem ich ihre Finger wegschlage – wenn auch mit einiger Willenskraft.

»Gibt's hier eigentlich eine Frau, die KEINE Schlampe ist?«, knurre ich, packe sie am Arm, ziehe sie zur Seite und steige ein. Wie ein Weichei in einem Horrorfilm sperre ich zu, damit sie mir nicht hinterherkommt, starte den röhrenden Motor und düse los!

Verfickte Schlampen! Es ist, als hätten sie eine Wette abgeschlossen, welche mich als Erste rumkriegt, seit sie gehört haben, dass ich vergeben bin. Wahrscheinlich haben sie das auch!

Obwohl ich viel zu viel getrunken habe, fahre ich nach Hause und hoffe, dass mich keiner aufhält und wenn schon, dann wenigstens jemand bei dem ich mich rausreden kann. Idealerweise Miranda.

Die würde mir keine Verwarnung verpassen oder mich in die Ausnüchterungszelle stecken, sondern verlangen, dass ich meine Strafe abficke. Doch zum Glück ist nirgendwo ein Streifenwagen zu sehen.

Es ist nicht weit bis zur Ranch, die Straße ist menschenleer, der Mond scheint herab, doch als ich um die Kurve biege, bemerke ich ein weiteres Auto, das am Seitenstreifen steht. Ein mir allzu bekanntes.

Es gehört Cecilia, die auch noch wie wild winkt, als meine Scheinwerfer sie erfassen.

In nichts weiter als einem weißen einfachen Kleid und mit schwarzem wehendem Haar sieht sie meiner sexy Nixe, die daheim im Bett auf mich wartet, zum Verwechseln ähnlich und ich trete fluchend auf die Bremse. Ich bin zwar ein Arschloch, aber ich kann sie in dieser Einöde nicht sich selbst überlassen. Schwer seufzend fahre ich rechts ran, lasse das Fenster hinab und ignoriere ihren Ausschnitt, als sie sich mit großen blauen Augen zu mir runterbeugt.

»Was ist los?«

»Ich weiß es nicht, es hat einfach BUMM gemacht und dann ging gar nichts mehr … Kann ich bitte bei dir mitfahren?« Eigentlich sollte ich sie stehen lassen und Nein sagen, denn sie nervt mich schon jetzt, aber … sie hat Tränen in den Augen und eindeutige Angst vor der Dunkelheit, denn sie sieht sich hektisch um. Und ganz ehrlich, es ist nicht unbedingt sicher hier draußen. Hier laufen Kojoten rum und besoffene Arschlöcher. Deswegen knurre ich ein unwilliges »Ja!« und lasse sie einsteigen. Sie ist meine Nachbarin, also bedeutet es nicht einmal einen Umweg, und manchmal kann sogar ich nett sein.

Als hätte ich es nicht geahnt, nimmt sie die relativ kurze Fahrt zum Anlass, mir das beschissene Ohr abzukauen. Sie redet darüber, dass sie wahrscheinlich nächstes Jahr dieses Kaff verlässt, weil sie studieren will, was weiß ich was, und dass sie mich vermissen wird, und dass sie mir als Kind schon so gerne beim Einreiten der Pferde zugesehen hat und … etlichen anderen Nonsens, den ich versuche auszublenden. Zum Glück dauert die Tortur nicht lange. Wir biegen von der Straße ab und fahren zu unserer Ranch. Vor dem Haus bleibe ich stehen.

»Okay, Cecilia … wir sind …« Ich drehe mich zu ihr, während ich zu Ende sprechen will, aber bei ihrem Anblick klappt mir der Mund auf und so bleibt der Satz unbeendet. Denn sie sitzt mit einem Mal völlig nackt neben mir!

Verdammte Scheiße!

Wieso … habe ich nicht bemerkt, dass sie sich ausgezogen hat?! Bin ich wirklich schon so betrunken oder WOLLTE ich es nur nicht bemerken? Nicht sie auch noch! Ich habe sie nach wie vor als kleines Kind in Erinnerung und sie ist eine der Wenigen, die ich noch nicht gevögelt habe! Verdammt!

»Ich weiß, dass wir da sind, Jesse …«, wispert sie und beugt sich mit einem Mal zu mir rüber. Ihre Hand gleitet in meinen Nacken und sie spielt mit den feinen Härchen dort, während sie meine Lippen wie hypnotisiert anstarrt. »Mein gesamtes Leben beobachte ich dich, wünsche mir nichts sehnlicher als das hier … und das ist meine letzte Chance!«

Mit diesen Worten packt sie mich am Nacken, zieht mich zu sich rüber und ihre Lippen treffen auf meine. Sie sind weich und süß – erinnern mich an Adrianas wunderbaren Mund. Automatisch stöhne ich auf, kann gar nicht anders! Als sie meine Hand nimmt und sie sich zwischen die Beine legt, ist es um mich geschehen. Sie ist rasiert und SO FEUCHT …

Fuck! Mein Schwanz fängt an zu pochen wie verrückt und sprengt fast den Reißverschluss.

Es wäre so einfach, sie zu vögeln, sie wäre so willig, so bereit, so unkompliziert! Nur kurz abspritzen, das ist doch alles, was ich will, während mein Körper wie von selbst handelt und ich sie mit einem verlangenden Knurren zurückküsse.

Meine Hand macht sich selbstständig und ich streiche über ihre kleine heiße Spalte … gleite mit einem Finger in sie, was sie direkt an meinem Mund zum Stöhnen bringt. Doch ihr triumphierendes »YES!« dringt irgendwie durch den aufsteigenden Nebel der Lust und es klingt falsch!

Das ist nicht Adriana!

Der Geruch ist nicht richtig, ebenso wenig die Art, wie sie ihren Mund auf meinem bewegt! Sogar ihr Inneres fühlt sich ganz anders an – völlig falsch! Und Adrianas verletzter Blick schießt wieder durch meine Gedanken, lässt mich aufkeuchen und bringt mich dazu, meine Hand zurückzuziehen.

»Nein!«, knurre ich, während das Mädchen vor mir die Augen aufreißt und mich schockiert anstarrt. »Ich habe eine verdammte Freundin! Checkt das endlich mal!«

Somit steige ich aus und knalle die Tür hinter mir zu.

Ohne noch einmal zurückzublicken, stapfe ich ins Haus und bin außer mir vor Wut! Wieso, weiß ich selber nicht!

Kapitel 21

SIE

Ich vermisse ihn – schmerzlich. Sein Blick geht mir nicht mehr aus dem Kopf, genauso wie die Kühle, die er beim Abendessen ausgestrahlt hat. Ich möchte einfach nur von ihm in die Arme genommen werden … möchte wissen, dass zwischen uns beiden alles gut ist, möchte ihn fühlen … Kaum zu glauben, aber wahr.

Deswegen sitze ich auf seiner Dachterrasse eingemummelt in eine Decke und warte darauf, dass er zurückkommt. Eines ist mir nämlich klar geworden. Ich muss mit ihm reden – offen und ehrlich. Das ist es, was er von mir will, und das ist es auch, was wir brauchen! Er muss erfahren, wie schwer die Ereignisse meiner Vergangenheit mich noch belasten und dass es im Grunde nichts mit ihm zu tun hat. Also werde ich über meinen Schatten springen und ihm einfach alles erzählen, egal wie schwer es wird! Für ihn! Nur für ihn! Als sein Auto von der Straße auf die Auffahrt biegt, setzt mein Herz kurz aus, nur um dann regelrecht in meiner Brust zu rasen. Sofort hechte ich zu der Brüstung und sehe hinab. Doch als er stehen bleibt und das Licht das Innere des Wagens erleuchtet, protestiert mein Magen und mein Herz verweigert spontan seinen Dienst.

Denn er ist nicht allein!

Er hat eine andere Frau mit nach Hause genommen! Und sie ist nackt!

Noch bevor ich allein den Anblick verkraftet habe, beugt sie sich zu ihm rüber und küsst ihn … *sie küsst meinen Jesse* … und was macht er? Er denkt nicht etwa an mich oder stößt sie von sich – nein, natürlich nicht, denn ich bin ihm völlig egal –, er küsste sie zurück … und er … berührt sie …

Das ist zu viel! Ich lasse die Decke zu Boden fallen und stürme rein. Obwohl ich nicht weiß, was ich hier tun soll. Genau genommen fühlt es sich sogar falsch an, auf dieser Ranch zu sein. Alles in mir ist ein einziges schmerzendes Chaos! Während ich unruhig auf und ab tigere, mir dabei die Haare raufe und versuche, den stechenden Schmerz in meiner Brust zu ignorieren, der sich mit dem Rumoren meines Magens messen kann, schreit alles in mir danach zu gehen. Hauptsache weg von hier. Aber wo soll ich hin? Ich bin total abhängig von ihm! Wieso habe ich mich nur darauf eingelassen? Wieso habe ich zugelassen, dass ich mein Herz an ihn verliere – an eine Bestie, die ich kaum kenne!? Jetzt ist es gebrochen!

Ja! Er schlägt mich vielleicht nicht! Aber ich muss ihn mit anderen Frauen teilen! Ist das seine Vorstellung von meinem Aufenthalt hier?! Das überstehe ich nicht! Das ist schlimmer, als geschlagen zu werden, denn er verletzt damit tief in meinem Inneren einen Teil von mir, den ich weder schützen noch heilen kann! Die Demütigung, ihm nicht zu reichen und ungenügend zu sein, kann und will ich nicht ertragen. Und genau das würde mir ein Leben an Jesses Seite jeden Tag vor Augen führen.

Ich bin ein Nichts! Da gehe ich lieber wieder zurück und sterbe dort! Nein! Das wäre das Dümmste, was ich tun könnte, aber da fallen mir Worte ein, die ich, wie es scheint, vor einer Ewigkeit gehört habe. »*… wenn er dir irgendwelche Probleme macht, dann sag mir Bescheid. Ich werde dir helfen …*« Ich werde sie anrufen und es darauf anlegen, ob sie es ernst gemeint hat oder nicht!

Der Entschluss verfestigt sich in dem Moment in mir, als die Tür aufschwingt und er hereingestapft kommt – eindeutig sauer und so umwerfend, in seinem Hemd und seiner Jeans und den Stiefeln und mit seinem Dreitagebart … Doch als er mich sieht, wie ich mitten im Zimmer in meinen Schritten verharre, stockt auch er – direkt auf der Schwelle – und zieht eine Augenbraue hoch. Sein Blick gleitet ziemlich anzüglich über meinen Körper, der in nichts weiter als einem weißen Nachthemd steckt, was in mir zusätzlich das Bedürfnis weckt, ihn anzuschreien! Allein für diesen Blick! Er hat kein Recht darauf, mich so anzusehen, als würde ich ihm gehören! Nicht wenn er zwei Minuten davor eine andere geküsst hat!

»Was tust du denn hier?«

»Das frage ich mich auch!«, murre ich eher für mich selbst. Er hingegen betritt nun komplett den Raum, schließt die Tür hinter sich und runzelt die Stirn.

»Was?«

»Ich frage mich auch, was ich hier tue!«, blaffe ich ihn an und bin erschrocken von mir selbst.

So sehr, dass meine Augen ganz groß werden und ich ihn anstarre, während … sich sein Mund plötzlich zu einem Lächeln verzieht – einem dunklen Lächeln, einem spöttischen …

»Was ist denn los?«, erkundigt er sich hinterhältig samtig und ich möchte ihn *wirklich* anschreien. Aus vollem Halse! Weil er es wagt, mich auch noch zu verarschen und hier einen auf Unschuld vom Lande zu machen. Der Funke in mir ist schon längst ein ausgewachsenes Feuer, das sich heiß durch meine Adern frisst.

»Was los ist?«, knurre ich und gehe auf ihn zu; meine Hände sind zu Fäusten geballt, meine Füße reagieren wie von selbst. Direkt vor ihm bleibe ich stehen und starre zu ihm hoch. Tödlich, das hoffe ich zumindest, während er faszinierter nicht sein könnte. »Du fragst mich tatsächlich … was los ist, Jesse Porter?! Ich…« Weiter komme ich nicht, weil seine Hände plötzlich vorschnellen, er mein Gesicht packt und mich küsst. Einerseits will ich zurückzucken, ihn treten, ihn schlagen.

Andererseits wird der Drang, ihn zu besitzen und für mich zu markieren, übermächtig. Jesse ist hier und er gehört mir! Mir ganz allein!

Mit einem Stöhnen stelle ich mich auf die Zehenspitzen, kralle meine Hände in seine Haare und küsse ihn zurück. Vergessen ist die Angst, vergessen sind die Zweifel, da ist nur noch dieses Feuer, das immer höher lodert – angeheizt von diesen irren Emotionen.

Meine Finger KRALLEN sich förmlich an ihm fest, da spüre ich schon irgendwas in meinem Rücken; es ist die Wand, gegen die er mich drückt – mit seinem männlichen, harten Körper, und ja … hart ist er wirklich. Direkt zwischen meinen Beinen presst *er* sich eindeutig gegen mich, aber ich ekele mich nicht davor, ich habe auch keine Angst. Ich will ihn einfach nur in mir haben! Ich will ihm gehören, so wie er mir gehören soll!

Genau in dem Moment, als er meinen Hintern packt und mich nach oben hebt, schlingen sich meine Beine um ihn. Es ist, als hätten sich unsere Körper bereits vor Urzeiten abgesprochen. Seine Küsse schmecken nach Alkohol, seine Bewegungen sind etwas fahrig, aber seine Zunge ist trotzdem gewitzt und so verführerisch, genauso wie sein Duft und sein kaum gezügeltes Verlangen. Er muss nichts sagen, ich muss nicht denken, von allein gleiten meine Hände nach unten und öffnen seinen Gürtel.

Er keucht, als ich aus Versehen seine Härte streife. Gleichzeitig merke ich, wie die Feuchtigkeit sich zwischen meinen Beinen ausbreitet. Mein Körper macht sich tatsächlich bereit – er kann es kaum erwarten, endlich etwas in sich willkommen zu heißen, was diese schreiende Leere in meinem Inneren füllt und das Feuer löscht.

Jesse starrt mich brennend an, während ich mit bebenden Händen zur Tat schreite und in seine wunderschönen grünen Augen sehe. Nur seine Augen, da existiert nichts anderes … Nur sein Körper, nur er. Weil ich es nicht ertragen kann, ohne seinen Mund zu sein, küsse ich ihn wieder.

Ich öffne den Knopf und den Reißverschluss und verschwende keinen weiteren Gedanken daran, als ich in seine Hose greife und ihn fest umschließe.

Er stöhnt so verlangend, dass sich davon die Muskeln in meinem Unterleib ruckartig zusammenziehen. Gleichzeitig löst er den Kuss, da wir atmen müssen, aber er beschäftigt sich weiter mit meinem empfindlichen Hals und ich lasse den Kopf zurückfallen, während er seinen Penis selbst umfasst, mein Höschen zur Seite schiebt und auch schon an meinem feuchten Eingang ansetzt. Er fragt immer noch nicht oder sagt gar etwas, genauso wenig wie das Feuer aufhört zu lodern, als er einfach in mich eindringt. Ich kralle mich in seine Schultern und beiße mir auf die Unterlippe.

Kurz schließe ich die Augen und warte gespannt auf den Schmerz, aber es ist die pure Wonne, die mich zusammen mit ihm ausfüllt – langsam, aber dafür bis zum Anschlag.

Dabei merke ich, wie sein gesamter Körper bebt, wie sich jeder Muskel anspannt, wie sehr er das hier gebraucht hat.

»Oh fuck!«, knurrt er und verharrt einige Sekunden ganz still tief in mir, als würde er diesen heiligen Moment bis ins Letzte auskosten wollen. »Adriana … fuck …«

»Was?«, will ich fragen, doch schon küsst er mich wieder, packt mich fester und fängt an, sich in mir zu bewegen. Und ich kann nicht anders – jeder Stoß von ihm entlockt mir ein Stöhnen, schon bald Schreie, die er aber alle von meinen Lippen küsst, während ich mich hilflos an seinen Schultern festklammere und nicht glauben kann, was hier geschieht.

Es ist grandios … und wieder ein bisschen so, als würde ich fliegen.

Er ist unglaublich! Wirklich unglaublich und er gehört MIR! MIR GANZ ALLEIN!

Wir rasen vor Verlangen, vor Lust, aber auch vor unbändiger Wut …

Die Gefühle scheinen immer intensiver zu werden; ich habe Angst, jede Sekunde zu explodieren oder an ihnen zu ersticken. In dem Moment spannt sich mein gesamter Körper an und ich hebe wirklich ab, während sich sämtliche Empfindungen wild zuckend entladen.

Kurz darauf folgt er mir. Seine Härte pulsiert spürbar in mir, seine Finger krallen sich fest in meinen Hintern und seine Lippen küssen jeden Laut von den meinen.

»Himmel, Adriana …«, keucht er stranguliert, weil der Orgasmus einfach kein Ende zu haben scheint. Doch dann … ist es mit einem Schlag vorbei … und ich könnte heulen.

Ich weiß nicht, wieso, aber ich fühle mich schrecklich, als er mich wild atmend wieder auf die Beine stellt, einen Arm neben mir abstützt, den anderen um meine Hüfte schlingt und sein Gesicht an meiner Halsbeuge vergräbt. Er schwankt ein bisschen, was mir zeigt, wie betrunken er wirklich ist.

»Das war … Wahnsinn …«, wispert er an meinem Hals, weicht zurück und sieht mich an wie eine Erleuchtung. »DU bist der Wahnsinn!«, verkündet er dann, nimmt wieder mein Gesicht in seine Hände und küsst mich zärtlich.

Die Wut wird nur größer. Ich würde ihn am liebsten ankotzen! Hat er das auch zu der nackten Schönheit unten im Auto gesagt? Hat er sie genauso geküsst?

Und wie viele Frauen hatte er heute außer mir?

Mein Entschluss verfestigt sich, wovon er aber nichts merkt, weil er wohl zu betrunken ist.

Stattdessen zieht er mich die zwei Schritte zum Bett und fällt dort wie ein Stein vornüber in die Kissen. Im nächsten Moment schnarcht er auch schon, während ich ihn ansehe und mich benutzter nicht fühlen könnte …

Kapitel 22

Sobald er tief und fest schläft, richte ich mich auf und beobachte sein wunderbares, friedliches Gesicht. *Wenn er doch nur mir allein gehören könnte,* denke ich, während meine Fingerspitzen über seine Schläfen streichen, den unrasierten Wangen folgen, bis zu dem Grübchen in seinem Kinn … doch das wird er nicht! Nie!

Bitter verziehe ich mein Gesicht, als ich mich kurzerhand vorsichtig über ihn beuge, in seine immer noch offene Jeans fasse und nach seinem Handy angle. Das schlechte Gewissen und das Gefühl, ihn hiermit zu betrügen und zu hintergehen, schiebe ich zur Seite, denn es ist nur ausgleichende Gerechtigkeit.

Er hat mich vorhin auch betrogen und hintergangen! Und das wahrscheinlich mit nicht mal nur einer Frau.

So leise, wie ich es mir jahrelang antrainiert habe mich zu bewegen, schlüpfe ich hinaus auf die Dachterrasse und scrolle durch sein Telefonbuch.

Unter »Verrückte Löwin« werde ich fündig. Ich muss ein bisschen grinsen, als ich das Foto sehe, das er von ihr eingespeichert hat und auf dem sie ihm den Mittelfinger zeigt, und drücke auf den grünen Knopf.

Das Freizeichen ertönt unendlich lange und mein Herz schlägt mir zunehmend bis in meinen Hals.

Immer wieder sehe ich zur Tür und habe Angst, dass er aufwachen und merken könnte, was ich tue, aber er kommt nicht. Stattdessen wird der Anruf entgegengenommen. Eine verschlafene weibliche Stimme erklingt.

»Jesse … wenn nicht gerade ein Dinosaurier dabei ist, auf dich zuzurennen und dich zu killen … dann werde ich das tun. Was willst du?« Ich räuspere mich und flüstere.

»Es tut mir leid … dich zu wecken … aber ich bin es … Adriana … und … ich brauche deine Hilfe.« Einige Sekunden ist es still, dann höre ich Geraschel, männliches Gemotze, weibliches Flüstern und eine Tür, die geschlossen wird.

»Was hat er getan?« Jetzt klingt sie nicht nur hellwach, sondern auch absolut tödlich. Ich seufze schwer und schließe die Augen, während sich Erleichterung in mir breitmacht.

Zumindest habe ich das Gefühl, nicht mehr allein zu sein, unabhängig von Jesse. Also setze ich mich in den Schaukelstuhl, der hier steht, lasse meinen Kopf gegen die Lehne fallen und schaue hoch in den sternenklaren Himmel.

»Ich glaube … er ist einfach nur er selbst.«

»Das erklärt alles! Soll ich dich holen? In ein paar Stunden bin ich da und dann landet mein Zeh in seinem Arschloch!«, unterbricht sie mich. Es rührt mich zutiefst, dass sie sofort bereit wäre, ins Auto zu springen und mich zu holen. Immerhin kennt sie mich kaum.

Doch ich schüttle den Kopf. »Jesse ist nicht das Problem, ich bin das Problem. Ich … ich glaube … ich bin nicht genug …«, murmle ich.

»Hatte er was mit einer anderen?«

»Ja«, bestätige ich. Sie gibt ein paar derart heftige Flüche von sich, dass ich nicht weiß, ob ich lachen oder vor Scham das Gesicht verziehen soll. Also reagiere ich darauf nicht weiter. »Du kommst doch zu seinem Geburtstag, oder?«

»Ja.«

»Dann würde ich gerne mit dir gehen, wenn es kein Problem ist … Ich halte es einfach nicht mehr aus … aber sollte es dir Umstände bereiten, dann …« Unangenehm berührt winde ich mich auf dem Sitz und spüre, wie erneut Tränen in meine Augen steigen. Ich bin ehrlich verzweifelt, nach dem grandiosen Sex, den wir vorhin hatten, erst recht.

»Ja, ja, ja, ja, sei ruhig! Es ist kein Problem! Sonst hätte ich es dir nicht angeboten! Jetzt hör mir mal zu … egal, wie schlimm es gerade erscheint. Es wird alles wieder gut, wenn du ein wenig Abstand gefunden hast. Und wenn du weißt, was DU wirklich willst, dann wirst du es auch bekommen … Auch wenn man manchmal das bekommt, wovon man noch nicht mal wusste, dass man es will! Schau dir David und mich an … Ich habe ihn wirklich verachtet, am Anfang. Doch hin und wieder gibt das Universum einem einen kleinen Schubs in Richtung der wahren Liebe. Man muss nur dazu imstande sein, ihn zu verstehen … aber dafür braucht man Ruhe … und wenn du die nur ohne ihn findest, dann helfe ich dir.« Lächelnd schließe die Augen …

»Danke«, murmle ich heiser. Gleichzeitig nehme ich eine Bewegung im Augenwinkel wahr und erschrecke mich fast zu Tode. Automatisch lege ich völlig ertappt auf und sehe zu der Tür, in der Jesse mit verschränkten Armen lehnt und mich tödlich anfunkelt – wirklich tödlich.

Ich fühle, wie jegliches Blut mein Gesicht verlässt, springe auf und drücke mit bebenden Händen das Handy an meine Brust. Kalter Schweiß bricht aus jeder meiner Poren, während ich dastehe wie das Kaninchen vor der Schlange. Was soll ich nur tun? Aber noch viel wichtiger, wie wird er reagieren? Keine Ahnung. Nur eins weiß ich, er wird völlig ausrasten.

Doch … er tut nichts, starrt mich nur auf diese grauenhafte Art an.

»Ich … ich …« Mir fehlen die Worte, also sehe ich zu Boden, während eine Träne meine Wange hinabrinnt.

»Du musst nichts sagen, Baby … ich habe gerade alles gehört«, meint er nur eiskalt, nimmt mir das Handy ab und verschwindet wieder im Inneren.

Als ich mich endlich dazu überwinde, auch das Zimmer zu betreten, ist es leer … und ich weiß, er wird nicht wiederkommen.

Kapitel 23

Am nächsten Morgen werde ich total unliebsam geweckt, indem mich jemand wie wild an der Schulter rüttelt. Völlig verschlafen blinzle ich hoch in das eiskalte Gesicht seiner Mutter, die mich wie ein Insekt anstarrt. Noch schlimmer als zuvor!

»Hey!«, blafft sie und ich zucke zusammen.

»Ja?«, frage ich verwirrt und gähne, bevor sie sich aufrichtet und die Fäuste in die Hüften stemmt.

»Raus aus dem Bett! Die halbe Nacht hat er es versucht, und bevor er sich umbringt, wirst du ihm helfen! Entweder das Teufelsvieh lässt sich zähmen oder es kommt zum Fleischer!«

Dann dreht sie sich um und trampelt aus dem Zimmer, knallt die Tür hinter sich zu und lässt mich mit offenem Mund zurück. Ich fürchte … JETZT werde ich Jesse Porter erst richtig kennenlernen und ich freue mich kein bisschen darauf!

***

Der wunderschöne schwarze Hengst ist nicht auf seiner Koppel und ein ekelhaftes Gefühl macht sich langsam, aber sicher in meinem Magen breit, während ich in einem weißen Hemd und Jeans über die taunasse Erde laufe, noch bevor die Sonne richtig aufgegangen ist.

Wo ist er nur? Als ich um die Ecke biege, erfahre ich es!

Sie haben Venom in einen Verschlag gesperrt, um dem Reiter das Aufsitzen zu erleichtern, ähnlich wie es beim Rodeo der Fall ist. Zwischen den Stangen sehe ich es schwarz aufblitzen, und schon aus der Entfernung ist zu erkennen, wie angespannt und aufgeregt das Pferd ist. Jack und ein weiterer Arbeiter, dessen Namen ich vergessen habe, halten jeweils zwei Lassos, während Jesse in voller Montur auf die Box klettert. In seinem Outfit, bestehend aus Hemd, Jeans und Stetson, sieht er wie ein richtiger Cowboy aus – einer, der jede Sekunde sein Leben riskieren wird.

»JESSE!«, rufe ich, aber er hört mich gar nicht, während er sich mit verbissenem Kiefer auf das Pferd setzt, das bereits jetzt wie verrückt buckelt! »NEIN!«

Er ist wahnsinnig geworden, schießt es mir durch den Kopf, doch ich bin nicht schnell genug, als dass ich ihn noch aufhalten könnte. Schon wird der Verschlag geöffnet und der wilde Hengst springt mit einem riesigen Satz hinaus, steigt und schlägt sofort mit der Hinterhand nach allen Seiten aus. Doch Jesse kann sich halten. Fest klammert er sich mit einer Hand in den Griff am Sattel, während er die andere zum Ausbalancieren benutzt. Die Szene wirkt gleichzeitig anmutig und grauenhaft.

Mir ist klar, dass er sich auf Dauer nicht halten kann, denn diesem Pferd ist alles zuzutrauen, so unberechenbar, wie es sich gebärdet. Allein der Ausdruck in den Augen des Hengstes ist tödlich. In dem Moment passiert es … Venom macht einen Satz, bei dem Jesse das Gleichgewicht verliert. Ich schreie auf, als er ihn abwirft. Genau in dieser Sekunde erreiche ich den Holzzaun und schlüpfe mit den anderen beiden hindurch, die mit Lassos versuchen, das völlig wild gewordene, zu Recht wütende Tier wieder einzufangen.

Als ich neben Jesse im Staub auf die Knie falle, bin ich erleichtert. Er hält sich keuchend die Seite, scheint aber ansonsten unverletzt zu sein, und dreht sich langsam mit einem Stöhnen auf den Rücken.

»VERDAMMTES DRECKSVIEH!«, zischt er und spuckt neben sich auf die Erde, während er Venom schier tödlich anvisiert. Der jedoch hat ihn wohl gehört, denn er dreht sich mit einem Mal um und … steuert genau auf uns zu! Jegliche Organe rutschen in mein Höschen, während der Boden unter meinen Knien bebt. Wie auf Autopilot springe ich auf, breite meine Arme vor dem Mann aus, den ich liebe und schreie »NEEEIIIN!«. Dann schließe ich die Augen und wappne mich … wie ich es schon so oft getan habe.

Doch der mächtige Hengst rennt mich nicht um, sondern bleibt direkt vor mir stehen, was ich erst merke, als er mir im nächsten Moment ins Gesicht schnaubt. Vorsichtig linse ich zu ihm hoch, während er schon seelenruhig meine Jeanstaschen nach etwas Fressbarem inspiziert. Immer noch leicht bebend hebe ich die Hand und berühre ihn, als er wieder schnaubend den Kopf hebt, dann schließe ich mit einem Ausatmen erneut die Augen, lehne meine Stirn an seinen Hals und versuche, meinen Herzschlag zu beruhigen.

Das war knapp. So verdammt knapp!

Mit einem Mal tänzelt er und ich muss ihn am Zaumzeug, von dem ich mich immer noch frage, wie sie es geschafft haben, es ihm umzulegen, festhalten, damit er nicht wieder hochspringt.

»Du kommst zum Fleischer, das schwöre ich dir, du elendiges Drecksvieh! Ich hab die Schnauze voll! Geh weg von ihm, Adriana!«, flucht Jesse und hat sich hinter mir erhoben. Er will ihn packen, aber der Hengst weicht zurück und zieht mich mit. Gerade so schaffe ich es, stehen zu bleiben.

»Shhhh …«, beruhige ich ihn. »Alles gut …« Zitternd tätschle ich den Hals des riesigen Tieres und sehe Jesse tödlich über meine Schulter an. »Wofür willst du ihn bestrafen?
Dafür, dass er sich von dir nicht deinen Willen aufzwängen lässt?« Er stockt in seinen Schritten und seine Augen verengen sich.

»Ja … schließlich gehört er mir … Er hat zu tun, was ich sage«, zischt er und mir läuft Gänsehaut den Rücken hinab, während ich fühle, wie die Flammen in meinem Inneren wieder auflodern.

»Wow …«, murmle ich. »So ist das also!«

»Ja, Adriana, genau so ist es!« Immer noch ist seine Stimme hauchzart, aber tödlich, ebenso wie sein lauernder Blick. »Das alles hier … gehört mir! IHR alle gehört mir, und ihr habt verdammt noch mal zu tun, was ich sage!« Er macht einen Schritt auf mich zu. »Und wenn ich dir sage, zieh dich aus und lass dich am Zaun von mir ficken, dann hast du auch das zu tun!« Ich weiche nicht zurück, balle nur eine Faust und presse die Zähne aufeinander. »Denn mehr bist du nicht für mich … etwas, was ich besitze und benutze, wie es mir gefällt. Oder dachtest du etwa etwas anderes?« Mit großen Augen sieht er mich gespielt verwundert an und ich habe das erste Mal in meinem Leben echte Mordvisionen vor Augen. »Dachtest du, ich hätte *Gefühle* für dich?« Er lacht humorlos auf, wird dann aber sofort wieder todernst. Eiskalt und berechnend flüstert er: »Ich wollte dich nur ins Bett bekommen! So wie jede andere davor! Bei dir musste ich mich nur etwas mehr anstrengen! Das ist alles! Und gestern hat es ja perfekt geklappt, nicht wahr? Weißt du noch, wie es war, als ich dich gegen die Wand gefickt habe? Weißt du noch, wie tief mein Schwanz in dir war? Wie tief *ich* in dir war?«

Zärtlich streicht er mir eine Strähne hinters Ohr und eine kurze Sekunde sehe ich etwas in seinen Augen aufblitzen, was nicht zu seinen harten Worten passt, doch dann verschließt er sich vor mir, und zwar völlig. Sein Gesicht wird vollkommen ausdruckslos, geradezu gruslig. »Ja, du weißt es noch. Du kannst mich noch in dir fühlen, bei jedem einzelnen Schritt. Du träumst von meinen Lippen, von meinen Händen, von der Lust, die nur ich dir schenken kann … und du wirst dich immer daran erinnern und danach verzehren, was du niemals wieder haben wirst … Denn ich habe von dir bekommen, was ich wollte, und ich bin froh, wenn du an meinem verdammten Geburtstag endlich verschwindest!« Somit dreht er sich um und lässt mich alleine auf der Koppel stehen.

Oh ja … das ist Jesse Porter, das Arschloch – wie es im Buche steht.

***

Den restlichen Tag verbringe ich auf Autopilot, denn ich versuche, nicht über seine Worte nachzudenken. Mir ist kotzübel … und ich bin froh, dass wenigstens seine Mutter mich nicht ganz so abweisend behandelt. Zwar ignoriert sie mich, aber das ist immer noch besser als zuvor, während ich lächelnd die Gäste bediene und das tue, was ich wirklich gut kann und gern mache – mich um andere kümmern, ihnen jeden Wunsch von den Augen ablesen, dafür sorgen, dass sie rundum zufrieden sind.

Doch eigentlich … existiere ich nur noch äußerlich.

Mit seinen Worten auf der Koppel hat er mich völlig vernichtet. Mit Vorsatz, das ist mir klar. Aber ich bin zu schwach, um dem irgendwas entgegenzusetzen, einfach weil ich nicht weiß, wie ich mich wehren kann. Ich will nur noch weg von hier, und vor allem von ihm, wenn er so ist!

Also zähle ich die Tage bis zu seinem Geburtstag, an dem ich endlich die Möglichkeit habe zu verschwinden, und ihm somit auch seinen sehnlichsten Wunsch erfülle – dass er mich wieder loswird.

ER

Sie hat die Macht, mich in den Abgrund zu stürzen, in dem ich nach dem Tod meines Vaters und dem Verlust meines Bruders gewesen bin. In dieser Zeit hatte ich mich selbst verloren und es hat mich enorm viel Kraft gekostet, mich wieder zu finden, meinen Weg zu finden. Ironischerweise gelang es mir erst wirklich, als ich sie traf. Da war ich mit einem Mal komplett und ich selbst …

Nie wieder wollte ich einem Menschen so viel Macht zugestehen und doch ist es geschehen. Sie allein kann mich erneut zerstören und vom Weg abbringen. Doch bevor ich das zulasse, schubse ich sie! Bevor ich dahin zurückkehre, rede ich mir lieber ein, dass alles, was ich ihr gesagt habe, stimmt. Dass es die Wahrheit ist. Dass es mir wirklich nur um Sex ging, so wie bei allen Weibern zuvor. Dass es gut ist, wie es ist, dass ich sie nicht brauche und nicht schmerzlich vermisse, als ich am Abend in der Bar abhänge.

Als ich gestern aufwachte, geweckt von ihrer süßen Stimme, und grinsend hinaustrat, um sie wieder zurück ins

Bett zu holen, trafen mich ihre Worte wie ein Pfeil mitten ins Herz. *»Du kommst doch zu seinem Geburtstag, oder? Dann würde ich gerne mit dir gehen ... Ich halte es einfach nicht mehr aus ...«* Ja … sie hält es mit mir nicht mehr aus.

Während ich mich himmelhochjauchzend fühlte, weil wir wunderbaren, wenn auch etwas besoffenen Sex gehabt hatten, weil sie sich mir endlich vollends hingegeben hatte und über ihren Schatten gesprungen war, hält sie es mit mir nicht mehr aus und will mich an meinem Geburtstag hinterhältig verlassen.

Das zu hören riss mein Inneres förmlich auf und hinterließ eine klaffende Wunde. Eine Wunde, die keiner jemals wieder schließen können wird …

Meine innere Stimme lacht mich seitdem aus, weil ich mich überhaupt auf sie eingelassen habe. Weil ich Gefühle zuließ, ihr ehrlich gesagt völlig erlegen bin und mich in sie verliebt habe.

Ich Depp!

Alles habe ich ihr von mir gezeigt, mich ihr geöffnet, und doch war es nicht das, was sie wollte. Was ich zu bieten habe, reicht ihr nicht. *Ich* reiche ihr nicht! Welch Ironie. Das war doch bisher immer das Problem. Ich war nie genug.

Nicht bei Dad, nicht bei David, bei Mum erst recht nicht und nun auch bei ihr. Aber mein Schwanz hat ihr gereicht. Das ist es, was sie will. Das ist, was sie alle wollen!

Über mich selbst schnaubend knalle ich mein Bier so heftig auf die Bar, dass es überschäumt, packe mir Jessica, ziehe sie zwischen meine Beine und küsse sie. Irgendwie muss ich sie vergessen! Irgendwie muss ich vergessen können, wie ICH mich gefühlt habe, als ich in ihr war – ganz tief …

Die rothaarige Schönheit stöhnt in meinen Mund und krallt sich schockiert in meine Arme. Fest presst sie sich an mich … und … widert mich doch an.

So sehr!

Aber da muss ich jetzt durch! Ich werde Adriana Flores aus meinem Hirn vögeln, und wenn ich die gesamte weibliche Bevölkerung der beschissenen Stadt ficken muss!

Aber im Moment platzt fast meine Blase, das hat Vorrang. Angeekelt weiche ich zurück und schlüpfe vom Hocker, dabei dreht sich mein Kopf so sehr, dass ich fast hinfalle, aber ich kann mich gerade noch so am Tresen festhalten. »Kurze Pisspause«, lalle ich der verwunderten Jessica zu, tätschle ihren Kopf und torkle aus der Bar.

Dort lehne ich mich mit einem Arm an die Wand und pisse mir direkt neben der Tür die Seele aus dem Leib. Knurrend motze ich die angewidert dreinschauenden Passanten an. Die können mich mal – alle! Sobald ich mich erleichtert habe, gehe ich wieder rein, schnappe mir Jessi und die heiße Italienerin gleich mit.

»Wir geh'n jetzt!«, nuschle ich ihnen zu und ziehe sie hinter mir her. Bereit, alles dafür zu tun, um diese verschissen perfekten Augen zu vergessen, die mich seit heute Nachmittag verfolgen …

Kapitel 24

SIE

Ich habe keine Ahnung, ob sie mich foltern will, aber auf jeden Fall schickt mich Agatha am nächsten Morgen los, um Jesse zu wecken.

Der bewohnt neuerdings eines der Gästezimmer und geht mir seit dem Vorfall auf der Koppel vehement aus dem Weg.

Nicht einmal zum Abendessen tauchte er auf, stattdessen durfte ich die Todesblicke seiner Mutter ertragen, als könnte ich etwas dafür.

Ja, gut … kann ich auch, aber ich habe deswegen auch ein wirklich schlechtes Gewissen.

Niemals wollte ich Zwietracht in dieser Familie säen oder für die Augenringe der gesundheitlich sowieso schon angeschlagenen Frau verantwortlich sein!

Selber total übermüdet und außerdem mit einem flauen Gefühl im Magen, das sich dort schier festgesetzt zu haben scheint, stapfe ich hoch in den ersten Stock und klopfe an die Tür, hinter der er sich befindet. Es antwortet nur ein gequältes Stöhnen, dann ein Knall, sodass mein Herz fast stehen bleibt. Nicht, dass er verletzt ist!

Also reiße ich die Tür auf und erstarre auf der Stelle … denn er ist nicht allein …

Verdammt … irgendwas piekst mich in die Wade wie viele kleine Nadeln … und holt mich damit aus meiner wunderbaren Traumwelt, in der ich mit Adriana durch die Wellen schwimme, sie an mich ziehe, sie ihre wunderbaren GLATTEN Beine um mich schlingt und ihre Lippen auf meine legt. Sie stöhnt meinen Namen in meinen Mund, während sich meine Hand fester in ihre wilden, nassen Haare gräbt … Ich liebe dieses Geräusch … ich liebe diese Frau … Doch mit einem Mal wachsen Dornen aus ihren Beinen, ungefähr so wie aus den Beinen, die sich in der Realität an meine Waden schmiegen und sich lasziv an mir reiben. Zu den Stechbeinen gesellt sich auch noch ein penetrantes Klopfen, das durch meinen sowieso schön dröhnenden Kopf vibriert.

»Verdammte Scheiße …«, murmle ich und öffne vorsichtig ein Auge. Darauf droht mein Schädel fast zu explodieren und gesellt sich zu dem abartigen Gefühl in meinem Magen, als ich direkt vor mir eine Titte anvisiere, die nackt und mit aufgestellter rosa Brustwarze nett anzusehen ist, aber nicht zu jener Person gehört, die ich eigentlich will. Langsam komme ich zu mir und bemerke gleichzeitig zwei weitere Brüste, die sich an meinen Rücken pressen.

Genervt stöhne ich auf, als mir klar wird, dass ich mit zwei Weibern im Bett liege und jemand nach wie vor die Tür bearbeitet. Murrend ziehe ich einfach die Decke über meinen Kopf, die ich mit solcher Wucht unter einem der Körper herauszerren muss, dass dieser mit einem Knall auf dem Boden landet. Die ist jetzt sicher wach!

Sofort wird die Tür aufgerissen und ich höre ein Keuchen – ein mir allzu bekanntes. *Danke, Mama!,* denke ich wütend, wohl wissend, dass Adriana vor mir steht und mich mit zwei Weibern im Bett vorgefunden hat.

Super!

Eigentlich will ich überhaupt nicht ihr Gesicht sehen – nie wieder –, aber ich reiße mich zusammen, schlage die Decke zurück und grinse sie schelmisch an.

»Guten Morgen, Sonnenschein … Lust mitzumachen?«, raune ich mit meiner heiseren Morgenstimme und lege einen Arm gemütlich unter den Kopf. Jessica kommt inzwischen wieder motzend ins Bett hochgeklettert, aber ich habe keine Augen für sie, sondern nur für die Frau, die völlig bleich und gleichzeitig so wunderschön in meinem Türrahmen steht und mich absolut verletzt ansieht. Genau DAS ist der Blick, den ich kaum ertragen kann! Jetzt habe ich geschafft, was ich wollte! Das war zu viel, ich kann es deutlich in ihren Augen lesen, und noch schlimmer. Trotz der verheerenden Gesamtsituation fällt mir etwas auf. Sie glüht irgendwie, scheinbar von innen, und kam mir wirklich noch nie schöner vor! Ich will sie so sehr, dass es fast weh tut! Nichts weiter! Nur sie! Verdammt!

Das zeigt mir wieder mal, wie verdammt abhängig ich mich schon von ihr gemacht habe, und lässt zum Glück erneut die Wut in mir auflodern. Wut ist umso vieles leichter zu ertragen als Sehnsucht!

»Entweder du kommst rein und machst mit oder du verschwindest und schließt die Tür! Es zieht!«, zische ich sie an, was sie aus ihrer Starre reißt. Dann passiert etwas, wofür ich unter normalen Umständen so verdammt stolz auf sie wäre. Sie hebt ihr Kinn, funkelt mich auf diese wahnsinnig faszinierende Art an und strafft anmutig ihre zierlichen Schultern.

»Nein, danke!«, meint sie würdevoll, tritt zurück und schließt die Tür mit einem leisen Klacken.

Meine Kopfschmerzen nehmen zu, und ich springe grollend aus dem Bett, um ihr zu folgen. Das kann ich unmöglich so auf mir sitzen lassen! Was auch immer!

SIE

Jesse Porter kommt mir tatsächlich völlig nackt hinterhergelaufen. Dass er das ist, merke ich, als er plötzlich meinen Arm packt und mich mitten im Treppenhaus zu sich herumwirbelt. »Was soll das?«, zischt er auch noch.

»Das könnte ich dich fragen!« Ohne zu überlegen schmettere ich ihm meine Antwort entgegen, dann packe ich seine Hand und reiße sie von meinem Arm. »Lass mich los!«, knurre ich ihm förmlich zu und schleudere sie ihm entgegen.

Ich weiß nicht, woher ich den Mut dazu habe, aber die Flammen lassen keinen klaren Gedanken zu! Am liebsten würde ich ihm dieses verflucht schöne Gesicht zerkratzen, aber mit eisernem Willen halte ich mich zurück und wispere stattdessen: »Fass mich nie wieder mit deinen widerlichen Fingern an, sonst lernst du mich wirklich kennen!« Damit wende ich mich um und gehe gemessenen Schrittes die Treppen hinunter, während das Herz bis in meinen Hals schlägt.

Kapitel 25

SIE

Als der Haushalt erledigt ist, schickt mich seine Mutter wieder raus auf die Koppel zu Venom. Natürlich nicht, ohne mich an den Fleischer zu erinnern. Dabei habe ich doch überhaupt keine Ahnung von Pferden oder von deren Zähmung. Als ich sie darauf hinweise, meint sie nur, ich solle mit Jesse zusammenarbeiten. Allein diese Selbstverständlichkeit, mit der sie es sagt, macht mich wütend, besonders weil sie weiß, wie es um uns steht.

Beim Frühstück haben er und ich uns schließlich mit Blicken gegenseitig fast abgestochen. Jesse hat natürlich auch wild protestiert, als sie ihm mitteilte, dass ich ihm von nun an helfen würde. Nach langer Diskussion beugte er sich jedoch ihrem Willen und quälte mich nur noch mehr. Vor allem, weil er natürlich seine zwei Betthasen mitnahm und jede auf einem Bein sitzen ließ, während sie ihn vor meinen Augen fütterten.

Das war mehr, als ich ertragen konnte, und tat unheimlich weh, aber ich nahm es mit der Würde, die ich neuerdings immer öfter in mir finde.

Ohne mir etwas anmerken zu lassen, hielt ich das ganze Frühstück durch, rannte aber danach ins Bad, um mich zu übergeben. Das wiederum war zwar nicht besonders würdevoll, doch wenigstens bekam es niemand mit!

***

Nun marschiere ich in einer Jeans und einem rot karierten Hemd auf die Koppel, wo er bereits am Zaun lehnt und mürrisch auf mich wartet. Natürlich mit einem Halm im Mund, die Ellbogen locker hinter sich angelehnt und den Stetson weit ins Gesicht gezogen, beobachtet er mich düster, während ich den kleinen Hügel erklimme und auf ihn zukomme, wobei der leichte Wind meine Haare erfasst und sie wehen lässt.

»Deine Mutter ist schuld.«

»Ich weiß«, knurrt er und sieht mich total wütend an, so als hätte ER mich heute Morgen im Bett mit zwei anderen Männern erwischt. Die Flammen lodern konstant.

»Meine Mutter hat recht. Da er keinen anderen an sich ranlässt, wirst du mir helfen müssen, ihn zuzureiten!«

»WIE BITTE?« Will er mich vielleicht umbringen?

Doch ihn scheint dieser Gedanke gar nicht zu stören, denn er wendet sich bereits ab, packt den Sattel samt Unterdecke und knallt mir beides mit einem »Arme ausstrecken!« auf selbige. Dann verbeugt er sich, nimmt dabei sogar den Hut ab und lässt mir den Vortritt. Ich presse die Zähne zusammen und betrete königlich schreitend die Koppel. Zum Glück habe ich zwei Karotten dabei.

Venom ahnt es wohl und kommt sofort zu mir. Nach kurzem Schnuppern will der freche Bursche sie mir einfach aus den Hosentaschen ziehen, während ich durch den wirklich schweren Sattel völlig wehrlos bin, doch ich knurre: »Probier es nicht mal, Freundchen!«, und schiebe seinen Kopf einfach mit meiner Hüfte weg. Er gehorcht tatsächlich. Kurz darauf spitzt er die Ohren, blickt hinter mich und legt sie sofort an. Ich folge seinem Starren und bemerke, dass auch Jesse die Koppel betreten hat und sich uns langsam und vorsichtig nähert, als würde er über ein Minenfeld gehen.

Das bringt mich zum Grinsen, aber schnell drehe ich mich um, damit er es nicht sieht, und flüstere: »Ganz ruhig, mein Hübscher, ich lasse nicht zu, dass er dir was tut!« Venom schnaubt, fast schon abfällig, aber er greift Jesse nicht an. Der stellt sich hinter mich und betrachtet das Tier fasziniert. »So nah … war ich ihm noch nie hier auf der Koppel …«

»Schön für dich! Mir fallen gleich die Arme ab.« Das entlockt Jesse ein Grinsen, was er aber auch sehr schnell unterdrückt und seine Gesichtszüge glättet.

»Häng den Sattel über den Zaun.« Ich tue es wohlig seufzend, denn das Teil wiegt gefühlte fünfhundert Kilo. Stattdessen gibt er mir eine Trense. »Leg sie ihm an … erst hinter die Ohren.« Ich will ihn fragen, ob er völlig seinen Verstand verloren hat, aber ich lasse es, weil es doch nichts bringen würde. Mutig trete ich an das große Pferd heran und rede leise mit ihm. »Hör mir zu … du bekommst später einen ganzen Eimer Karotten, aber bitte mach hier einfach mit, okay? Sei einfach ein cooler schwarzer Hengst und zeig ihm, was in dir steckt …

Ich weiß, du hast sicher keine Lust darauf, von ihm seinen Willen aufgezwängt zu bekommen, als wäre er der König der Welt, aber manchmal muss man sich eben beugen, zumindest wenn man der Schlauere ist und … wenn es dir zu viel wird, dann wirfst du ihn einfach ab und zertrampelst ihn … Na gut … nur abwerfen reicht …«, flüstere ich ihm verschwörerisch zu und stülpe das Leder immer wieder über seine Ohren und zurück, wie Jesse mir zuflüstert, dass ich es tun soll. Nach ein paar Mal zuckt Venom nicht mal mehr zusammen und Jesse zeigt mir, wie ich weiter vorgehen soll.

Nach ungefähr zehn Minuten trägt er das Ding und ist immer noch völlig locker, Jesse hingegen total baff.

Grinsend über den staunenden Cowboy, der sich immer leicht hinter mir hält, binde ich Venom am Zaum fest. Dann muss ich die Satteldecke wieder nehmen.

»Leg sie vorsichtig auf seinen Rücken … nichts weiter … aber so, dass er sieht, was du vorhast«, wispert mir Jesse mit ruhiger sanfter Stimme von hinten ins Ohr und ich erschauere, während Tränen in meine Augen treten. Er ist mir so nah, ich bin mit ihm allein und doch könnte er mir ferner nicht sein. Außerdem ist er gerade viel zu fasziniert von dem Tier, als groß auf mich zu achten.

Venom zuckt zusammen und schlägt unwillig mit dem Schweif, aber er lässt es zu, dass ich das Gewicht auf ihm platziere. Etwas hebt er den Kopf und tänzelt, aber ich klopfe seinen Hals und murmle ihm wieder ein paar aufbauende Worte zu, bis er sich beruhigt und wieder versucht, an die Karotten zu gelangen. »Wenn wir fertig sind, kriegst du sie alle. Ich verspreche es dir.«

»Perfekt! Jetzt geh in die Mitte der Koppel!« Jesse gibt mir ein langes Seil und zeigt mir, wie ich es über meinen Ellbogen und die Handfläche aufrollen soll, damit es sich nicht verheddert oder ich darüber stolpere.

Dann binde ich Venom vom Zaun los. Bereitwillig folgt er mir zur Mitte der Koppel. So weit, so gut, aber dann quält mich Jesse Porter wirklich.

Er stellt sich direkt hinter mich, nimmt meine Hand und erklärt mir, wie ich das Pferd richtig longiere.

Ganz nebenbei habe ich das Gefühl zu sterben, denn ich würde mich so unendlich gern an ihn lehnen, dabei meine Augen schließen, den Kopf drehen und seinen Hals küssen.

Er duftet einfach so gut, seine Lippen sind so nah an meinem Ohr, während er mit meinen Händen das Pferd in Bewegung setzt.
Jesse ist ganz die Ruhe selbst – und er scheint das auf Venom und auch auf mich zu übertragen. Es ist irgendwie hypnotisch, das Pferd so zu führen und an das Gewicht auf seinem Rücken zu gewöhnen.

Gleichzeitig wird mir klar, dass ich Jesse Porter tatsächlich lieben muss … Sonst wäre die Sehnsucht nicht so groß … und es wäre nicht so unendlich schwer, ihr nicht nachzugeben. Es würde sich nicht so anfühlen, als würde ich auseinanderfallen, solange er mich nicht hält.

Doch ich schaffe es und konzentriere mich auf Venom und seine Führung.

Dabei weiß ich, dass unsere Zeit in sechs Wochen vorbei sein wird, und könnte nur noch heulen … und heulen … und noch ein bisschen mehr heulen!

So habe ich mir das Ganze sicher nicht vorgestellt, als ich mit ihm ging … mit meinem Engel, der ein Teufel ist.

***

Jesse schläft nach wie vor im Gästezimmer und ich sehe ihn nur dann, wenn wir uns auf Venoms Koppel treffen und mit ihm arbeiten. Es geht wirklich gut voran.
Schon bald lässt er sich sogar von Jesse anfassen, vorausgesetzt ich stehe daneben, um ihm beruhigende Worte zuzumurmeln. Die Stunden mit Venom und ihm sind die Lichtblicke meines derzeitigen Lebens. Das Streifen seiner Finger die einzigen Momente, in denen mein Herz überhaupt zu schlagen scheint und die Sekunden, wenn er mir aus Versehen in die Augen blickt, diejenigen, in denen ich mich ganz fühle. Zumindest dann, wenn er sich vergisst und nicht seine eiskalte Maske trägt, was leider nicht oft passiert.

Die Nächte verbringe ich weinend im Bett. Denn ich male mir die schlimmsten Bilder darüber aus, was Jesse wohl gerade macht – mit anderen Frauen. Er nimmt zwar keine mehr mit nach Hause, ist jeden Morgen mürrischer und unausgeglichener, aber er verschwindet auch jeden Abend und kommt erst spät in der Nacht nach Hause.

Dann wünsche ich mir, sofort von hier verschwinden zu können, aber gleichzeitig zerreißt es mir das Herz, wenn ich nur daran denke, ihn nicht jeden Tag sehen zu können. Wie soll das erst werden, wenn ich bei seiner Schwägerin bin? Ich weiß nicht, was mich dort erwartet oder wie ich es schaffen soll, mir wieder ein neues Leben aufzubauen. Erneut mache ich mich von einer anderen Person abhängig, doch unsere täglichen Telefonate beruhigen mich, denn ich mag diese witzige, selbstbewusste und mitfühlende Frau immer mehr. Die Gespräche mit ihr geben mir Kraft und sind meine zweiten Lichtblicke. Sonst ist alles düster und grau.

***

Ehe ich mich versehe ist Freitag – ein Tag vor seinem Geburtstag – und wir befinden uns wieder auf der Koppel. Venom dreht seine Kreise, lässt sich das Zaumzeug und den Sattel nun ohne Probleme anlegen. Er hat in sehr kurzer Zeit wahnsinnig große Fortschritte gemacht.

Jesse hat nicht zugelassen, dass ich anfange, ihn an menschliches Gewicht zu gewöhnen, das hat er selbst übernommen. Zuerst übte er etwas Druck auf die Steigbügel aus und verstärkte diesen nach und nach, bis er sich hochziehen konnte. Dann ging er dazu über, sich über den Sattel zu lehnen. Leider sah das Ganze so komisch aus, dass ich mir ein Lachen nicht verkneifen konnte, was Jesse alles andere als gefiel. Genauso wenig wie Venom. Doch mittlerweile macht es ihm nichts mehr aus, wenn Jesse auf ihm sitzt.

Ich bin wahnsinnig stolz auf die beiden und mir ist klar, dass ich meine Aufgabe erfüllt habe. Aber einmal will ich es auch versuchen. Nur ein Mal will ich auf einem Pferd sitzen … Als Jesse mit einem kleinen Hocker kommt, weiß ich, dass mein großer Tag gekommen ist. Noch zu gut kann ich mich daran erinnern, wie oft Jesse im Staub landete.

Die Augenblicke, in denen er sich dann nicht rührte, waren die schlimmsten in meinem Leben, bis mir immer ein Fluch zeigte, dass ihm nicht viel geschehen war. Und aus einem Impuls heraus reiße ich ihm den Hocker aus den Händen und ramme ihn neben Venom, der lässig am Zaun angebunden wartet, in die trockene Erde.

»ICH werde ihn reiten!«, verkünde ich Jesse und stelle mich auf das wacklige Teil. Venom erschreckt sich, tänzelt ein wenig zur Seite, sodass ich fast das Gleichgewicht verliere, doch Jesses sichere Hände umfangen meine Taille. Sofort zuckt ein Blitz von dieser Stelle aus durch meinen Körper und die Welt bleibt stehen. Als würde ich nichts wiegen, hebt er mich von dem Hocker runter, während er auf seinem Grashalm herumkaut.

»Das kannst du vergessen!«, meint er fest und packt mit beiden Händen den Sattel, um sich auf das Pferd zu schwingen. »DU kannst es vergessen!« Ich nehme seine Hand und reiße sie von dem Sattel fort, kurz darauf zwänge ich mich zwischen ihn und das sicherlich schon genervte, aber dennoch ziemlich ruhige Tier.

»Ich kann das!« Während ich ihn anstarre, betone ich die Worte langsam, aber bestimmt und er sieht mich forschend an, verengt dabei die Augen, presst die Lippen aufeinander und … macht dann einen Schritt zurück. Dabei hat sich sein Mundwinkel zu einem kleinen, aber bewundernden und stolzen Grinsen verzogen. »Wie du meinst!«, murmelt er und ich strahle ihn förmlich an. Ich bin froh, dass er es mir zutraut und vor allem über das Funkeln in seinen Augen. So hat er mich die letzten Tage nicht mehr angesehen und mir fällt auf, wie sehr ich es vermisst habe.

»Steig auf den Hocker und steck deinen linken Fuß in den Steigbügel!«, fordert er und stellt sich hinter mich. »Dann schwinge dich rauf. Aber bleib oben erst einmal stehen! Lass dich nicht auf ihn plumpsen wie ein Sack Kartoffeln, das ist wichtig. Halte dich hier und hier fest!« Ich nicke verbissen und lasse es zu, dass er meine Hände so platziert, dass ich mich an beiden Seiten am Sattel festhalten kann. Kurz bleiben seine Hände auf meinen liegen; es kommt mir fast so vor, als würde er mit seiner Nase durch meine Locken streifen und tief durchatmen, bevor er sicher meine Hüfte packt und leise in mein Ohr zählt. »Drei, zwei, eins, LOS!«

Ich schwinge mich hoch, das eine Bein über das Pferd, stecke meinen Fuß, der in richtigen Stiefeln steckt, die er mir gestern schenkte, in den Bügel und bleibe auf ausgestreckten Beinen stehen. Venom tänzelt einen Schritt nach rechts, während ich einen Schrei unterdrücken muss und mich am Sattel festkralle, denn niemals hätte ich erwartet, dass es so schwindelerregend hoch ist. Erst jetzt wird mir klar, wie wahnsinnig die Idee, ihn reiten zu wollen, überhaupt war. Venom ist ein stattlicher und wilder Hengst und ich habe keinerlei Erfahrung. Aber Jesse bleibt völlig ruhig, schnappt sich sein Zaumzeug und redet leise auf ihn ein. Venom beruhigt sich tatsächlich und dreht neugierig ein Ohr zu ihm. Mit einer Hand hält Jesse meinen Oberschenkel fest und meint mit dieser samtenen, ruhigen Stimme: »Jetzt lass dich langsam auf ihn herab.«

Ich gehorche – in Zeitlupe. Immer damit rechnend, dass er mich abwirft. Gleichzeitig erinnere ich mich an die Falltipps, die sich Jesse und seine Arbeiter eines Abends am Esstisch gegeben haben. Irgendwie ist keiner mehr vorhanden … und der Schweiß steht mir auf der Stirn, sobald ich sitze. Doch nach ein paar Sekunden, in denen nichts weiter geschieht, überkommt mich eine Gewissheit – Venom wird mich nicht abwerfen.

»Das ist mein Braver …«, murmle ich und tätschle seinen Hals, er dreht mir ein Ohr zu und winkelt ein Bein an, bleibt jedoch völlig locker stehen, und ich muss grinsen, während Jesse die Steigbügel einstellt und mir erklärt, wie ich auf dem Pferd sitzen soll. Ich nicke geradezu strahlend, denn ich befinde mich auf einem fast wilden Hengst, bin so groß wie noch niemals zuvor und ich fühle mich, als würde die Welt mir gehören. An dem Sprichwort ist wirklich was dran: Das Glück dieser Erde liegt auf dem Rücken der Pferde!

»Und? Wie ist die Luft da oben?«, fragt Jesse schmunzelnd, sobald er einen Schritt zurückgetreten ist, die Augen abgeschirmt hat und mich ansieht.

»Wunderbar!« Das entlockt ihm endlich mal wieder ein kleines Glucksen, was einfach nur göttlich ist, bevor er Venom mit ruhigen Griffen losbindet und ihn mit sich führt. Er schmunzelt noch immer, als das große Tier ihm ohne Probleme folgt. Sobald er den ersten Schritt macht, klammere ich mich wieder im Sattel fest, aber schon nach ein paar weiteren gewöhne ich mich an seine Bewegungen. Ich lasse mein Becken einfach mitgehen und mich von dem hypnotischen Trott mitreißen. Dabei gehorche ich völlig meinen Instinkten, verschmelze förmlich mit dem Takt des Tieres – mit dem Takt der Natur.

Mir ist irgendwie nach Weinen zumute, während Jesse eine große Runde durch die Koppel dreht, denn er sagt so süße Sachen zu Venom wie: »Du weißt, was passiert, wenn du sie runterschmeißt. Mach keinen Scheiß! Du solltest dich geehrt fühlen, dass sie so vertrauensvoll auf dir sitzt … Ich wäre ja im Moment echt liebend gern auf deiner Stelle und würde mich auch von ihr reiten lassen …« Er denkt, ich höre ihn nicht, aber ich habe sehr gute Ohren und mein Herz schmilzt dahin. Gleichzeitig muss ich die Augen verdrehen. Ich liebe es, wenn er diese lockere Seite offenbart.

Venom scheint es überhaupt nicht mehr zu stören, dass Jesse ihn leitet und dass jemand auf ihm sitzt, und ich weiß, ich habe ihn vor einem grausamen Tod gerettet, doch mir wird auch klar, dass dies unser erster und letzter Ritt ist, weswegen ich jetzt doch weine. Ich habe den wunderschönen Hengst wirklich ins Herz geschlossen, genauso wie die Arbeit im Haus, das ich von hier oben sehen kann, und den kleinen Kräutergarten dahinter. Ich werde es vermissen, mich um ihn zu kümmern, oder am Abend den jungen Fohlen dabei zuzuschauen, wie sie vor dem Sonnenuntergang herumstaksen … Ich habe sogar die lauten Essgespräche ins Herz geschlossen, genauso wie Jesses Arbeiter …

Doch schon übermorgen werde ich all das hier verlassen müssen und wahrscheinlich nie wieder zurückkehren. Ich will hier nicht weg, ich will ihn nicht verlassen … Aber ich muss. Seufzend lege ich unbewusst eine Hand auf den Bauch und beobachte Jesses Kopf von oben. Er ist so ein toller Mann und ich hoffe, er wird sein Glück irgendwann finden, denn er hat es verdient. Leider war ich nicht genug. Ich konnte ihm nicht geben, was er will und braucht, weswegen es gut ist, dass ich gehe. Dann kann er weitermachen und ich bin ihm nicht mehr im Weg. Auch wenn mein Herz bei diesem Gedanken bricht, bete ich dafür, dass Jesse Porter endlich das bekommt, was ihm zusteht und hoffe, dass die zukünftige Frau in seinem Leben ihn genauso lieben wird, wie ich es tue.

Bis in mein tiefstes Inneres …

Kapitel 26

Nachdem ich *die* der Erfahrungen meines Lebens hinter mir habe, von der ich ewig zehren werde, bekommt Venom seine zwei Karotten und wir machen uns auf den Weg zurück in den Stall. Es ist das erste Mal seit Wochen, dass normales – sogar einträchtiges – Schweigen zwischen uns herrscht. Während ich Venom führe, spaziert Jesse mit seinem Halm im Mund neben mir her, die Hände tief in den Hosentaschen vergraben. Ich sehe mir noch einmal die Landschaft an, sauge die frische Luft in mich auf. Aber vor allem halte ich mich davon ab, seine Hand zu nehmen – und sie nie wieder loszulassen.

Im Stall angekommen bringen wir Venom in seine Box, ich nehme ihm den Sattel und das Zaumzeug ab, während Jesse in der Tür lehnt und mich beobachtet, die Hände immer noch in den Hosentaschen vergraben.

Ich versuche ihn zu ignorieren und streiche noch einmal über das seidig schwarze Fell des Hengstes. »Ich werde dich vermissen …«, flüstere ich und wünsche mir, Jesse wäre nicht da. »Aber ich muss gehen … bitte pass auf – auf ihn.« Ich lehne meine Stirn an seine, was Venom komischerweise zulässt, ohne sich zu regen, und schließe die Augen.

Der Geruch des Pferdes beruhigt mich wie nichts anderes auf dieser Welt und er wird mir beinahe so sehr fehlen wie der seines Besitzers. Schweren Herzens trenne ich mich von ihm, was Venom auch nicht zu stören scheint. Genüsslich fängt er ENDLICH an zu fressen und ich schließe das Gatter hinter mir, lasse die Hand darauf liegen, atme noch einmal durch und drehe mich zu Jesse, der mittlerweile im Gang auf mich wartet. Wir sind hier ganz allein in der kühlen Stallgasse, während die Schwalben an uns vorbeifliegen und Fliegen jagen.

»Also … morgen hast du Geburtstag«, meine ich, nachdem ich meinen ganzen Mut zusammengenommen habe, um überhaupt an dem Kloß in meiner Kehle vorbei zu sprechen.

»Ja …« Er sieht nach draußen, als wäre er mit seinen Gedanken ganz woanders. Aber er macht auch keine Anstalten zum Haus zurückzugehen und damit unsere heutige Stunde zu beenden. *Bitte sag, ich soll bleiben! Bitte sag, ich soll nicht gehen! Bitte sag irgendwas!*, flehe ich förmlich und beiße auf meiner Unterlippe herum.

»Wie alt wirst du eigentlich?« Oh Himmel … Es fiel mir noch nie so schwer, ein Gespräch in Gang zu halten wie dieses. Aber ich weiß, es ist unsere letzte Möglichkeit, denn zu seiner Party werde ich sicher nicht kommen, um zu beobachten, wie ihm andere Frauen gratulieren und noch viel mehr mit ihm tun. Ich kann kaum atmen, weil meine schwitzigen Hände, die leichte, immer anwesende Übelkeit und das wild galoppierende Herz in meiner Brust ziemlich ablenkend wirken.

»Dreißig.«

»Cool …« Mein unbeholfenes Rumgedruckse bringt ihn zum Lächeln, auch wenn es ein ziemlich trauriges ist. Dafür gleitet endlich sein Blick zu mir, wie ich hier im Stall vor ihm stehe und mich nach ihm verzehre. Und dann schließlich sagt er tatsächlich etwas, aber keineswegs das, was ich mir wünsche. »Du wirst auf dich aufpassen, wenn ich nicht mehr da bin … hast du das verstanden?« Es kommt verbissen, während sich sein Blick förmlich in meinen bohrt. Allein sein Tonfall macht klar, wie ernst es ihm damit ist, als wäre ihm noch nie etwas wichtiger in seinem Leben gewesen. Und spätestens in dem Moment wird mir klar, dass ich ihm mehr bedeute, als er zugeben will, doch er lässt es nicht zu, er zeigt es mir nicht, er zieht mich nicht an sich und sagt, dass alles gut wird! Ganz offensichtlich will er mich nicht und ich kann ihn nicht zwingen, auch wenn ich mir nichts sehnlicher wünsche, als ihn dazu zu bringen, mir zu sagen: »Bleib hier, Adriana.« Nur diese drei Worte, mehr will dich doch nicht. Stattdessen soll ich auf mich aufpassen!

Ha! Ich möchte auflachen! Als ob mir das ohne ihn jemals gelungen wäre, aber andererseits hat sich in den letzten Wochen etwas geändert. *Ich* habe mich verändert. Also antworte ich ihm Folgendes: »Pass auch auf dich auf, Jesse …« So wie immer, wenn ich ihn in letzter Zeit mit seinem Namen ansprach und dabei diese gähnende Leere in mir fühlte, weil er nicht mehr MEIN Jesse war, blitzt etwas in seinen Augen auf und gleichzeitig die Hoffnung in meinem Inneren. Doch er ballt die Hände zu Fäusten und hält sich zurück – so wie immer. Erfüllt mit unendlicher Trauer ertrage ich es nicht mehr …

»Also ich … gehe dann …«, wispere ich, drehe mich um und … fühle im nächsten Moment, wie sich seine Finger um meinen Arm schließen.

Gott sei Dank!

Schon wirbelt er mich herum, drückt mich gegen einen Stützbalken, und starrt mich an – so intensiv und so begehrend, dass davon der Atem in meiner Kehle stockt. »Nur noch ein letztes Mal …«, murmelt er heiser, hebt mein Kinn mit Daumen und Zeigefinger und küsst mich. Oh Gott! Ich muss mich im Holz festkrallen, denn meine Beine werden weich, während er sich mit der anderen Hand hinter mir anlehnt und mit der anderen mein Gesicht immer noch festhält.

Er küsst mich mit so einer süßen Zartheit, wie er es noch nie getan hat. So unendlich ehrfurchtsvoll und doch so verzweifelt. So voller Gefühl, dass mir davon ganz schwindlig wird. Seine Lippen sind so weich, sein Geschmack perfekt und die Streiche seiner Zunge so sinnlich.

Sofort zieht er mich in jene Welt – die nur uns gehört. In der ich mich meinen tiefsten Instinkten hingeben kann … weil ich ihm instinktiv vertraue. So, wie er es sich bei Venom verdienen musste, hat er sich mein völliges Vertrauen verdient. Mir würde nicht mehr in den Sinn kommen, jemals vor ihm zurückzuzucken. Alles, was ich will, ist, ihm so nah wie möglich zu sein! Wenigstens noch einmal will ich seinen harten, männlichen Körper an meinem fühlen. Mir schießen die Tränen in die Augen und gleichzeitig mit seinem hilflosen Stöhnen will ich meine Arme um seinen Hals schlingen. Bereit, alles für ihn, für uns, für mich, zu tun.

Doch als hätte er es geahnt, weicht er in dem Moment einen Schritt zurück. Sein Kiefer ist verhärtet. Sein Atem geht schneller und sein Blick, mit dem er dunkel meine Lippen anvisiert wie ein ausgehungertes Raubtier, ist gehetzt. Seine Haare sind zerzaust und diese sinnlichen vollen Lippen geschwollen. Es zieht tief in meinem Bauch … es ist die Antwort meines ausgehungerten Körpers auf seine eindeutigen Signale. Es ist pures Begehren, was zwischen uns fast greifbar prickelt. Doch dann senkt er die Lider, als ließe er die Rollos runter, trennt unsere Verbindung, die ich davor noch niemals zuvor so intensiv gespürt habe, und schüttelt seinen Kopf.

»Ich muss dir noch etwas sagen …«, meint er gepresst. Dann schaut er auf – direkt in meine Augen und wispert gequält: »Ich liebe dich, Adriana Flores, aber wir können trotzdem nicht zusammen sein.«

Selbst wenn mir eine Kuh auf den Kopf fallen würde, könnte es mich nicht mehr aus der Bahn werfen als diese Worte. Ich will mich zwicken und aus diesem Traum aufwecken, denn es kann einfach nicht sein, dass dies die Realität ist. Es kann unmöglich wahr sein, dass Jesse Porter mich liebt. Das ist so abwegig im Vergleich zu dem, was ich bisher annahm.

Wie eine elendige Idiotin starre ich ihn an, mit offenem Mund und riesigen Augen.

Ehrlich. Ich bin nicht mehr in der Lage, mich zu rühren.

Doch als er einen Schritt zurücktritt, löst sich meine Versteinerung mit der Wucht eines Hammerschlages. Meine Hände schießen nach vorne, ich will ihn halten – für immer, wenn es nötig ist.

Mit zitternden Fingern umfange ich sein wunderschönes, männliches Gesicht und er schließt mit einem gequälten Keuchen die Augen, als könnte er meine Berührung nicht ertragen.

»Jesse … ich…«

Doch mit einem »NEIN!« packt er meine Handgelenke, hält mich von sich ab, und als er mich wieder ansieht, brennt in seinem Blick die Qual. »Nein, Adriana!«, wispert er noch einmal eindringlich … dreht sich um und geht.

Mit schnellen Schritten flüchtet er vor mir und dem, was er mir gerade offenbart hat durch die lange Stallgasse und … verschwindet aus meinem Sichtfeld.

Nur ich stehe immer noch da, erneut gelähmt, und kann es nicht glauben.

ER

Weil ich ganz dringend das Brüllen kaschieren muss, das mir in der Kehle steckt und vehement raus will, versenke ich kurzerhand, sobald ich um die Ecke gebogen bin, meinen Kopf in der nächsten Regentonne. Ich bin so verdammt verschissen dämlich! Das gibt es doch gar nicht! Noch etwas Beschisseneres hätte ich zu ihr nicht sagen können!

Es reicht ja nicht, wie sehr ich mich bereits zum Trottel gemacht habe! Nein! Ich musste dem Ganzen noch die Krone aufsetzen und ihr meine Gefühle offenbaren! Als ob das etwas daran ändern würde, als ob es sie interessieren würde! Ihr Entschluss steht fest! Sie wird gehen! Und das wollte ich nicht zulassen! Vor Wochen habe ich meine Mum angefleht, ihr zu sagen, dass sie mit mir dieses beschissene Pferd einreiten soll.

Eigentlich dachte ich, es würde uns nie gelingen, Venom zu zähmen, aber allein, dass wir es geschafft haben, hat meine Gefühle für diese wunderbare Frau nur verstärkt.

Niemals werde ich den Anblick vergessen, als sie auf ihm saß. So stolz. So voller Vertrauen in ihn – und auch in mich. So unsagbar schön, dass es in meiner Brust schmerzte. Doch das, was ich damit erreichen wollte, hat nicht funktioniert.

Trotz all meiner kindischen Annäherungen, all meiner verdammten Manöver, zum Beispiel mit nacktem Oberkörper das Heu zu stapeln und ähnlichem Weichei-Kram, hat sie nicht einen Schritt auf mich zu gemacht. Und auch jetzt bei unserem Gespräch im Stall hätte sie nur sagen müssen: *Ich will bei dir bleiben!*

Aber das kam ihr nicht mal ansatzweise in den Sinn! Nein! Stattdessen fragte sie mich, wie alt ich werde, versuchte sich an dämlichem Small Talk! Das muss man sich mal vorstellen! Nach allem, was wir miteinander erlebt haben, bekam ich bei unserem letzten Gespräch nicht mehr als DAS!

Weil ich sonst ersticke und mein Schädel durchfriert, tauche ich wieder aus dem Wasser, lehne mich an die Wand und fahre mir mit beiden Händen über das nasse Gesicht. Ich würde am liebsten Amok laufen, denn ich will sie nicht verlieren! Aber daran führt wohl kein Weg vorbei.

Denn selbst wenn sie bei mir bleiben wollte, könnte ich sie nicht halten. Sie würde hier zerbrechen und das hat sie einfach nicht verdient. Ganz zu schweigen davon, dass es ihr irgendwann ohne mich besser gehen wird.

Ihr ist Größeres bestimmt, als hier mit einem kaputten Typen auf einer Ranch im Nirgendwo zu versauern, abgeschnitten von allem. Ich sehe keine Möglichkeit, sie auf Dauer glücklich zu machen, obwohl ich sie liebe, verdammt noch mal!

Kapitel 27

SIE

Mit einem wahren Aufruhr an Emotionen stürme ich das Haus und renne geradewegs in sein Zimmer! Da ist er nicht! Verdammt! Wie eine Wilde stürze ich weiter in die Küche, wo mich nur seine verwunderte Mutter empfängt. »Was soll…!«

»JESSE!«, schreie ich und stürme in den Raum, um an ihr vorbei ins Wohnzimmer zu linsen. Leer! »Wo ist Jesse?«, blaffe ich sie an, wie ich zuvor noch niemals einen Menschen außer ihm angeblafft habe, und ihre Augen weiten sich. Dann grinst sie tatsächlich … und meint lapidar: »Ich habe keine Ahnung.«

»Sie sind echt eine blöde Kuh!« Ehe ich mich versehe, ist es mir rausgerutscht und ich bereue es kein bisschen, dafür ist einfach keine Zeit. »Aus dem Weg!«, raunze ich sie an und laufe weiter … geradewegs in den ersten Stock und in sein Zimmer. Leer.

Alle weiteren Zimmer – auch leer. Die Ställe – kein Jesse. Die Koppeln – auch nicht. Die Gästezimmer – voll sich amüsierender Gäste. Der Parkplatz – kein Mustang.

Das heißt … er ist nicht mehr da. Er ist wieder in die Stadt gefahren … und wird Stunden wegbleiben, dabei muss ich ihn doch unbedingt fragen, ob er das ernst meint! Außerdem muss ich ihm sagen, dass ich ihn auch liebe! Er muss es wissen!

Ehe ich weitersuchen kann, biegt jedoch ein schnittiger Audi auf die Straße ein, die hoch zur Ranch führt, und bereits von Weitem erkenne ich die wild winkende Frau, die sich aus dem Fenster lehnt, und muss grinsen, ob ich will oder nicht. Noch bevor ihr Ehemann anhält, stürzt sie sich aus dem Auto, woraufhin er sie anbrüllt, und bleibt vor mir stehen. Stinkewütend.

»Wo ist er?«, blafft sie mich an und ich muss tatsächlich kichern.

»Du musst ihn gerade verpasst haben …«, antworte ich etwas konsterniert und sie schielt düster auf ihre Heels.

»Verdammte Scheiße! Dabei habe ich extra die spitzesten Schuhe angezogen, die ich habe!«

Das bringt mich wirklich zum Lachen und auch sie schmunzelt mich an, bevor sie die Arme verschränkt und ihrem Mann – David Porter, seines Zeichens wahnsinnig gut aussehender Hotelmogul –, der fluchend aussteigt, keine Beachtung schenkt.

»Hmmmm, ich dachte, ich finde hier so eine Art Zombie vor, aber ich muss sagen, du siehst prächtig aus! Irgendwie … *so strahlend …*«

Ich sehe unschlüssig an mir hinab.

»Wieso sagt das nur jeder?«

Auch die nette ältere Witwe aus Kanada, die hier Urlaub macht, betonte das eines Morgens, genauso wie die Frau aus dem Blumengeschäft und die Verkäuferin im kleinen Supermarkt.

»Ich weiß es nicht … aber ich bin froh, dass es dir anscheinend einigermaßen gut geht … Am Telefon hast du…«

»Wenn du noch ein einziges Mal …«, zischt es plötzlich neben ihr, »so eine Aktion bringst und dich wie eine Stuntfrau aus meinem fahrenden Audi wirfst, dann schwöre ich dir, dass ich dich auf der Motorhaube festkette – nackt und …«

Im Augenwinkel nimmt er mich und mein erschrockenes Gesicht wahr, während sie nur anzüglich grinst. Er stockt, beißt die Zähne zusammen, beugt sich vor und … flüstert ihr den Rest ins Ohr.

»Oh Gott!!« Wild fächert sie sich Luft zu, bevor er die Augen verdreht, weil sie dunkel schnurrt und lasziv ihren Hintern an ihm reibt.

»Es wird nicht so heiß, wie es sich anhört! Beruhige dich!« Mit einem Klaps auf ihren Po, dessen Geräusch mich zusammenzucken lässt, packt er die beiden riesigen Koffer, nickt mir zu und schleppt sie ins Haus. Währenddessen verbringt Elisabeth Porter die nächsten fünf Minuten damit, ihrem Mann verträumt hinterherzustarren … Es ist echt blöd, hier unsinnig rumzustehen, also räuspere ich mich und reiße sie somit aus ihren Fantasien.

»Ah ja! Also … morgen ist sein Geburtstag! Morgen ist der Tag, an dem wir ihm zeigen, was ihm entgeht!«

Mit diesen Worten legt sie tatkräftig ihren Arm um meine Schultern und zieht mich ins Innere des Hauses. Oh Gott … worauf habe ich mich mit dieser Frau nur eingelassen?

Kapitel 28

Ich erzähle ihr alles haargenau. Auch das, was er mir vorhin im Stall sagte, während wir in Pyjamas oben auf meinem Bett sitzen und die Männer unten Karten spielen und trinken – sehr viel trinken …

Leider nur ohne Jesse, denn der ist bis jetzt noch nicht heimgekommen. Elisabeth hört sich alles genauestens an und lässt eine unverschämt riesige Menge Walnuss-Eis in sich verschwinden. Als sie mir was anbietet, lehne ich ab, ebenso beim Schokoeis, was darauf folgt, denn mir ist heute besonders übel.

»Wieso zum Teufel willst du kein Schokoeis? Welche Frau sagt bei Schokoeis Nein?« Ich lache, als sie sich darüber empört, und drücke ein Kissen an meinen Bauch.

»Ich weiß auch nicht … mir wird allein schlecht, wenn ich es rieche!« Unbeschwert zucke ich mit den Schultern.

Der nächste Löffel, den sie sich gerade in den Mund schieben will, verharrt wie festgetackert direkt vor ihren Lippen, bevor sie die Augen verengt und ihn senkt.

»Du *riechst* das Eis?«, fragt sie wachsam und ich nicke. »Und … ist dir eigentlich öfter schlecht?«

»Ja … vielleicht vertrage ich irgendetwas im hiesigen Wasser oder in den Speisen nicht. Wer weiß …«

»Hm, hm … und kann es zufällig sein, dass dir morgens besonders schlecht ist?« Jetzt, wo sie es sagt …
»JA!« Sie sieht mich einfach nur an … und vor allem die Hand, die ich – wieder mal – instinktiv auf meinen Bauch gelegt habe. In dem Moment wird meine Kehle trocken und meine Augen groß. »DU DENKST…«, wispere ich und fühle, wie mir das Blut aus den Wangen weicht.
»Wann hattest du zum letzten Mal deine Tage?«, fragt sie sofort. Da schüttle ich bereits wie eine Verrückte den Kopf.

Das kann doch nicht sein … doch dann fällt es mir ein und ich will am liebsten schreien.

Natürlich kann es sein! Wir hatten ungeschützten Sex, und mir ist bis jetzt noch nicht mal der Hauch einer Idee an eine Schwangerschaft gekommen!

Miguel war unfruchtbar, das musste ich mir keine Gedanken machen.

Und bei diesem einen Mal mit Jesse kam mir alles andere, nur keine Verhütung in den Sinn. Es kann also wirklich sein, dass ich schwanger bin!
»Oh mein Gott!«, rufe ich aus und mein gesamter Körper beginnt zu zittern.
»Shhh!«, macht Elisabeth sofort, stellt ihr Eis weg und umfasst meine Finger mit ihren zarten, schwarz lackierten. »Bleib ganz ruhig!«

»Ruhig?«, japse ich und springe auf … Ich muss mich bewegen, sonst flippe ich vollkommen aus und fange an zu schreien. »Morgen will ich ihn verlassen!«
»Ich weiß …« Mit schmerzhaft verzerrtem Gesicht sieht sie mir dabei zu, wie ich in meinem hellblauen Nachthemd vor ihr hin und her laufe.

»Ich bin nicht bereit für ein Kind! Erst recht nicht von IHM!«

»Jana …« Ja, das ist ihr Spitzname für mich und ich liebe ihn normalerweise, weil er sich so modern und nicht nach mir anhört, doch ich hebe nur die Hand und stoppe sie.

»Nein! Das wird nichts ändern! Das würde nur das Bild, das seine Mutter von mir hat, bestätigen! Ich werde ihn *nicht* aus Pflichtgefühl an mich binden, wenn er *mich* gar nicht will! Das tue ich ihm nicht an!«

»Aber er hat doch gesagt, dass er dich liebt …«

»Ja! Und danach hat er gesagt, dass wir trotzdem nicht zusammen sein können und DANN ist er gefahren und hat sich mit irgendeiner anderen getroffen, so wie jeden Tag!«, antworte ich bitter und Elisabeth bläht die Nasenflügel.

»Erinnere mich daran, dass er für jede einzelne dieser Schlampen einen Arschtritt kassiert.«

»Okay …«

Ich setze mich neben sie, vergrabe meine Finger in meinen Haaren und versuche tief durchzuatmen. Als sie ihre Hand zwischen meine Schulterblätter legt, zucke ich leicht zusammen, so wie immer wenn mich jemand außer Jesse berührt, aber ich habe nicht mehr den Drang zurückzuweichen in mir oder gerate in eine Art Erwartungshaltung auf etwas Schlimmes. Sanft streicht sie Kreise über meinen Rücken und spricht leise.

»Dann sind wir eben beide schwanger. Ob eine hormongebeutelte Frau oder zwei ist für David schon egal.«

»Du bist schwanger?!« Das reißt mich kurz aus dem Chaos in mir und sie strahlt mich breit an, so offen und ehrlich, wie nur sie es kann.

»Jaaaaaaa! Im zweiten Monat, deswegen weiß es sonst noch keiner …«

»Wow!« Eigentlich sollte es nicht geschehen, aber es kommt tatsächlich sofort ein widerliches Gefühl in mir auf. Sie hat ihren wunderbaren Porter, der sie über alles liebt und ihr die Welt zu Füßen legt. Sie hat einen Vater für ihr Kind. Sollte ich schwanger sein, habe ich *nichts* …

Doch dann legt sie ihren Arm um mich und zieht mich an ihre erstaunlich gemütliche Brust, ob ich will oder nicht. Seufzend schließe ich die Augen und habe wegen der unangebrachten Gedanken ein schlechtes Gewissen.

Sie hat es verdient, glücklich zu werden, denn sie ist eine wirklich tolle Frau! Unsere nächtelangen Gespräche haben mir viel geholfen, haben mir so einiges gezeigt und mein Weltbild gerade gerückt. Ohne sie hätte ich niemals den Schritt gewagt, in ein neues Leben aufzubrechen.
Erst durch sie waren mir ein paar glückliche Stunden mit Jesse Porter vergönnt.

»Hab keine Angst … ich habe gesagt, ich helfe dir und ich werde mein Wort halten. Komme, was wolle. Das ist unter Freundinnen so …«, murmelt sie und ich muss automatisch lächeln.

»Ich hatte noch nie eine Freundin …«

»Jetzt hast du sie!«

»Aber warum ich?«

»Weil du cool bist, ich liebend gern mit dir quatsche, und weil du es verdient hast, glücklich zu werden, und jetzt sei still! Ich muss denken … Was würde jetzt wohl eine Romanheldin tun? Sagen wir … Mia Wrangler … Jesse ist ein bisschen wie Tristan Wrangler und du ein bisschen wie sie …

Du hast ihn an den Eiern, aber du musst erst noch lernen, mit ihnen richtig umzugehen … Ach Mist, wahrscheinlich kennst du das Buch *Immer wieder samtags* gar nicht. Aber Jesse hat echt was von Mister Oberficker … Er ist auch einer von der Sorte: harter Schwanz, weiches Herz – das er nur für seine Frau offenbart … Du bist auch Jesses Baby Nummer eins, und er würde dich bis in den Tod beschützen. Du bist alles für ihn, aber er will es einfach nicht einsehen … weil … ja wahrscheinlich wegen Marie … Mann … ich mag sie nicht! Sie ist das blonde Schaf dieser Familie! Sie hat mir zwar damals das Ticket zum Glück gegeben, aber sie war mit David im Bett. Ich hasse jede Frau, die mit ihm im Bett war. Am liebsten würde ich sie alle töten … Also … äh … verdammt, ich schweife ab … Es ist so, wir haben zwei Möglichkeiten: Möglichkeit eins!« Sie hebt einen Zeigefinger. »Du erzählst ihm, dass du schwanger bist. Er wird auf sein Herz hören und muss dir das nächste halbe Jahr hinterherlaufen, damit du ihm sein Aschloch-Verhalten vergibst. Mindestens.

Natürlich wird er dich niemals wieder betrügen, weil ihm ja klar ist, dass er nur noch dich will. Dann gerät er in einen fast tödlichen Unfall. Du merkst, dass du das Glück nehmen musst, solange es da ist, und wie unwichtig dieser ganze Scheiß drum herum ist. Du vergibst ihm, ihr kommt zusammen, das Kind wird geboren und ihr werdet glücklich. Dann sterbt ihr als eines dieser wirklich seltenen Pärchen, die ihr ganzes Leben miteinander verbracht haben und noch die Bedeutung von wahrer Liebe kennen, *oder* …« Sie hebt den anderen Finger ziemlich unheilvoll …

»Du sagst ihm nichts von der Schwangerschaft, gehst mit mir … und – das ist jetzt überhaupt nicht lustig – er bringt uns alle um!« Ich muss lachen und danke dem Universum dafür, dass es mir diese bewundernswerte, verrückte, aber so liebevolle und gewitzte Frau geschickt hat, die es schafft, mich nur durch ein bisschen Quatschen von allem Übel dieser Welt abzulenken. Wenn ich es genau bedenke, ist sie vielleicht sogar mein Engel.

Kapitel 29

»Wie lange dauert das denn noch?« Elisabeth Porter steht wie die Ungeduld in Person vor der geschlossenen Badtür und ich seufze schwer, während ich über der Schüssel schwebe … und versuche, dieses blöde Glas zu treffen, was ich vermutlich viel zu umständlich zwischen meine Beine halte.

»Ich kann nicht pinkeln, wenn du wie ein Wachhund vor der Tür stehst!«

»Okay, dann setze ich mich eben!«, knurrt sie sarkastisch und ich verdrehe die Augen.

»DANKE!«, rufe ich ihr entgegen und da klappt es auch schon.

Kurz darauf starre einen kurzen Moment wie hypnotisiert auf den Test in meiner Hand. Nur ein winziges Stück Plastik und doch bedeutet es die Welt für mich, denn das Ergebnis kann alles ändern …

Fünf Minuten muss ich jetzt warten, dann zeigt er mir an, ob ich einen Teil von Jesse in mir trage. Allein der Gedanke ist so überwältigend, dass mir Tränen in die Augen treten. Ich lege meine Hand auf meinen Bauch und seufze tief, denn eigentlich weiß ich es schon die ganze Zeit – instinktiv.

Allerdings habe ich keine Ahnung, was ich tun werde, wenn ich hundertprozentig sicher bin. Dafür muss ich erst mit Jesse reden, über meine Gefühle zu ihm, und sehen, ob es noch eine Möglichkeit für uns gibt. Doch er ist bisher nicht wieder aufgekreuzt. Dabei ist heute sein Geburtstag.

Das ganze Haus ist deswegen in hellem Aufruhr. Sogar der überdimensionale Grill wurde schon vorgeheizt und alles dekoriert, nur derjenige, dem alles gilt, ist in der Versenkung verschwunden. Ich mache mir Sorgen um ihn, aber als ich Elisabeth darauf ansprach, meinte sie nur, dass es unnötig sei. Er könne schon allein auf sich aufpassen.

Ich atme noch einmal tief durch und gehe in sein/mein Zimmer. Dort sitzt sie, bereits in ihrem dunkelblauen Zwanzigerjahre Kleid, welches sie auch für die Party anziehen wird, und blickt mich gespannt an. Sofort springt sie auf. »Und?«

»Wir müssen noch fünf Minuten warten …«, verkünde ich so ruhig wie möglich und setze mich auf das Bett. Sie gesellt sich zu mir … und dann sitzen wir da und starren das nervenaufreibend langsame Ticken des Zeigers der Uhr auf dem Nachttisch an. Irgendwie scheint er sich nicht nach vorne zu bewegen. Noch niemals davor kamen mir fünf Minuten länger vor als jetzt und die allgegenwärtige Übelkeit nimmt mit jeder Sekunde zu. Nach drei Minuten halte ich es nicht mehr aus und drücke Liz den Test in die Hand.

»Bitte schau du drauf und sag es mir!«

»Okay!«, meint sie grinsend und nimmt ihren Blick nicht mehr von dem Plastikstreifen, was mich zum Kichern bringt. Nach fünf Sekunden macht sie »Ohhhhhh …« und ihre Augen werden größer, was mich in den Wahnsinn treibt, sodass ich ihr das Ding wieder aus der Hand reiße.

»WAS DENN?« Doch da ist nach wie vor nur ein Streifen zu erkennen und ein winziges Gefühl der Enttäuschung zieht meine Mundwinkel nach unten.

»Ich dachte, ich hätte da einen Funken von einem zweiten Streifen gesehen, jetzt gib her!« Wieder zupft sie ihn mir aus den Händen und blickt gebannt darauf, während ich seufze und mich zurück auf das Bett fallen lasse. Von dort aus starre ich die gesamte letzte Minute auf diesen elendigen Zeiger.

»Oh Gott …«, meint sie plötzlich nach dreiunddreißig Sekunden. Ich schieße wieder nach oben und reiße ihr den Test aus den Fingern, da sieht sie mich schon mit tränenden Augen an, und ich kann gar nicht auf den Plastikstreifen gucken, weil sie mich im nächsten Moment anfällt und sich um meinen Hals hängt. »Herzlichen Glückwunsch, es wird ein kleines Arschloch!« Mit einer Hand umarme ich sie, mit der anderen hebe ich den Test, der über mein weiteres Leben entscheidet. Zwei rosa Striche heben sich deutlich ab und verändern alles.

Mir wird ganz warm …

Schluchzend schließe ich meine Lider und ein Lächeln überzieht mein Gesicht. Ich bin nicht mehr allein, ich werde nie wieder allein sein … denn ich habe einen Teil von Jesse in mir …

***

Ich trage ein strahlend weißes trägerloses Kleid. Meine Locken lasse ich ungebändigt, sodass sie über meine Schultern fallen, und Liz hat mich geschminkt. Nur etwas Wimperntusche und Kajal. Laut ihrer Aussage sei bei einer Schönheit wie mir nicht mehr nötig.

Außerdem hat sie mir eine weiße Blume ins Haar gesteckt und mir dann versichert, dass er sterben wird, wenn er mich sieht.

Das hoffe ich nicht!

Denn ich muss ihn immer noch fragen, ob er es wirklich ernst meinte, als er mir gesagt hat, dass er mich liebt. Sollte es tatsächlich wahr sein, geht mein größter Wunsch in Erfüllung. Schließlich bin ich dann nicht nur sein Besitz oder eine Belastung, sondern das, was er auch für mich ist – nämlich alles. Und dann können wir für diese Liebe auch kämpfen, egal wie schwer es wird. Besonders jetzt, wo ich weiß, dass ich dieses kleine Wunder in mir trage …

Als ich die Treppen hinunterkomme, werde ich fast erschlagen von den vielen Stimmen und Menschen, die sich hier eingefunden haben. Offenbar ist die gesamte Stadt hier! Inklusive unzähliger, aufgetakelter Frauen, die versuchen, mich mit Blicken zu töten.

Doch Elisabeth tritt an meine Seite und schiebt eine Blondine mit einem »Muhhhhh!« aus dem Weg. Auf meinen verwirrten Blick antwortet sie: »Ich rede lediglich in der Sprache, die sie auch verstehen …«, worauf ich lachen muss, während sie für uns einen Weg in die Küche bahnt.

Dort ist es etwas ruhiger. Bis auf seine Mutter, die wild herumrennt und Marie herumkommandiert, sind wir allein. Als mich die ältere Frau sieht, verengen sich ihre Augen sofort, sie bleibt auf der Stelle stehen und starrt mich an. Dann deutet sie auf mich mit ihrem Kochlöffel.

»Da haben wir sie ja!« Wie eine kleine dampfende Lokomotive kommt sie auf mich zu, stemmt die Hände in die Hüften und sieht funkelnd zu mir hoch, und das mit wirklich eindrucksvoll blitzenden Augen. »So! Jetzt reden wir doch mal

Tacheles!« Innerlich mache ich mich ganz klein, doch Liz an meiner Seite runzelt die Stirn und tritt vor.

»Was meinst du?«

»Dass sie sich ins gemachte Nest setzt! Dass sie faul ist und den Männern den Kopf verdreht! Vor allem meinem Sohn! Das Spiel, das sie mit ihm spielt. Was willst du damit bezwecken?« Erst mit dem letzten Satz wendet sie sich direkt an mich.

»Spiel?«

»JA! Heiß und kalt! Du machst ihn völlig wahnsinnig damit! Du wirfst ihn aus der Bahn! Er kann nicht mehr klar denken! So habe ich ihn noch nie erlebt!«

»Was?« Ich kann es nicht glauben! Es ist doch genau andersherum!

Ihre Anschuldigungen sind so gemein und abwegig, dass mir davon die Tränen in die Augen steigen! Das passiert leider immer, wenn ich mich ungerecht behandelt fühle. Außerdem ist es so entwürdigend, dass ich mich einfach NIE vernünftig verteidigen kann. Also wähle ich den feigesten Weg, um mich dieser Situation zu entziehen. Ich flüchte … einfach nur raus hier, direkt in den Stall!

Lizzi

»Agatha! Jetzt hör mir mal zu!«, melde ich mich zu Wort, sobald Adriana davongestürmt ist. Das hat sie einfach nicht verdient und ich kann es nicht mehr ertragen, dass meine Freundin so ungerecht behandelt wird!

Mich hat die alte Porter-Frau mit offenen Armen empfangen und ihr macht sie das Leben so schwer! Wieso? »Ich glaube … du siehst Adriana in einem völlig falschen Licht.

Weißt du eigentlich, wofür sie Jesse mit hierhergenommen hat? Damit sie ihm das Bett wärmt!«

»Ja, natürlich … sie hat ihm ja auch völlig den Kopf verdreht, mit diesen riesigen Augen und dem perfekten Körper!« Ich lache humorlos auf.

»Nein! Sicher nicht … Sie ist vor ihrem Leben geflüchtet, denn ob du es glaubst oder nicht – ihr seid beide Kämpferinnen, auch wenn die Lebensumstände andere sind.« Sie schnaubt abfällig und mustert mich skeptisch.

»Wovor sollte das Funkeläugchen denn schon fliehen?«

»Öffne deine Augen und sieh nicht nur das, was du sehen willst! Sie kam völlig verstört hier an. Glaubst du, dafür gab es keinen Grund? Glaubst du, die Narben kommen von Geisterhand? Sie hatte keinen anderen Ausweg, als mit ihm zu gehen! Sonst hätte ihr Mann sie umgebracht! Es war ihre letzte Chance, um aus einem unvorstellbaren Leben voller Gewalt zu fliehen! Sag mir … hättest du den Mut dazu gehabt?« Sie antwortet nicht … Das ist schon mal gut! »Doch mit einer Sache hat Jesse nicht gerechnet, dass sie nicht eine dieser Schlampen ist, mit denen er sich sonst abgibt … dass sie anders ist und dass er sich in sie verliebt! Denn ja, dein Sohn liebt sie und sie liebt deinen Sohn!«

»Dass er sie liebt, weiß ich schon seit dem ersten Tag«, murmelt sie düster und starrt aus dem Fenster.

»Ja, und das ist auch gut so! Oder willst du, dass er ewig alleine bleibt?« Ganz automatisch bin ich etwas lauter geworden, weil mich so viel Egoismus einfach ankotzt! Und ich bin froh, dass nur Marie hier ist, die den Teig wie wild knetet und ansonsten so tut, als wären wir gar nicht da.

»Natürlich soll er eine Frau finden und mich verlassen, so wie alle anderen mich verlassen haben!«, schreit seine Mutter jetzt plötzlich und ihre Stimme tropft vor Sarkasmus. Ich muss eingreifen, denn bei ihren Worten bricht mir das Herz.

»Nein, Agatha …«, flüstere ich. »Er … er würde dich und diese Ranch nie verlassen … er würde ALLES für dich tun. Auch deswegen hat er Adriana mitgenommen … damit sie dir hier hilft …«

»Ha … und dann gefällt es ihr hier nicht mehr und sie zwitschert: *Komm Jesse, gehen wir*! Und er wird gehen, weil er alles für *SIE* tun würde. Was dann? Ich bin diejenige, die allein zurückbleibt, die vergessen wird. Ich weiß doch, wie es bei meinen anderen Söhnen war! Er ist alles, was mir noch geblieben ist!« Ich schüttle traurig lächelnd den Kopf und lege eine Hand auf ihre Schulter. »Sie wird gehen, wenn du dich weiter so verhältst, und er wird ihr folgen. Damit hast du recht. Aber jetzt im Ernst … sie ist doch nicht wirklich faul, oder?« Die ältere Frau schüttelt unwirsch den Kopf, sieht mich aber nicht an. Ich lächle leicht. »Na also … sie hilft dir wirklich … und ich denke, es gibt keinen Ort, an dem sie lieber wäre als hier, wenn du es ihr nur ein bisschen leichter machen würdest.«

»Hmpf.« Doch sie protestiert nicht weiter.

»Geh und sprich mit ihr, ehrlich. Frag sie, was sie vorhat. Gib ihr die Chance, die du mir sofort gegeben hast.«

»David war vor dir für mich praktisch verloren! Aber du hast ihn mir zurückgebracht! Außerdem warst du ganz anders als sie – offener und ehrlicher.«

»Sie wird ehrlich zu dir sein, wenn sie dir traut! Bitte, sprich mit ihr … zeig ihr, dass du ein gutes Herz hast. Sie hat es schon schwer genug.«

Und tatsächlich:

Resignierend zuckt sie mit den Schultern, murrt etwas vor sich hin, reißt ihre Schürze runter und stapft aus der Küche. Ich sehe ihr lächelnd nach und weiß, dass alles gut werden wird …

Adriana

Als die ältere Frau mit dem blau geblümten Kleid um die Ecke biegt, schieße ich sofort aus der Pferdebox auf die Beine und wische die Tränen unter meinen Augen weg. Niemals hätte ich gedacht, dass sie mir nachkommt. Wahrscheinlich ist sie hier, um mich noch nachträglich für die *blöde Kuh* zu feuern. Das habe ich verdient! So etwas sagt man zu einer älteren Person einfach nicht. Ich will bereits anfangen, mich zu entschuldigen, als sie vor mir stehen bleibt und fordert: »Nein! Sei still!«

Ich verstumme, während sie mich von unten bis oben mustert. »Abgesehen … von mir. Fühlst du dich hier wohl?«, fragt sie und ich bin wieder mal baff, doch irgendetwas in ihren Augen, die Jesse so sehr gleichen, bringt mich dazu, offen und ehrlich zu antworten.

»Es gibt keinen Ort, an dem ich lieber mein Leben verbringen würde als hier. Keinen Ort, an dem ich so glücklich war wie hier, Ma'am.« Sie seufzt und setzt sich auf das kleine Holzbänkchen hinter dem Stall, dann klopft sie auf die Stelle neben sich und ich komme ihrer Einladung so schnell wie möglich nach. Während sie über das weite Land schaut, spricht sie leise …

»Du wirkst immer so, als wärst du lieber überall sonst, nur nicht hier!«

»Weil ich Angst habe …« Das lässt sie stocken … ehrlich stocken. Sie sieht mich kurz an, dann wieder in die Ferne und dann wispert sie kaum hörbar mit ihrer Raucherstimme:

»Ich habe auch Angst!« Bei dieser Offenbarung treten mir neue Tränen in die Augen. Ich kann nicht anders und streichle unbeholfen ihren Arm – berühre einen anderen Menschen freiwillig. Ihre Haut ist erstaunlich zart für so eine raue Person.

»Angst zu haben, ist doch auch in Ordnung. Jeder Mensch ist voll von Ängsten, die von außen betrachtet völlig abwegig, aber für einen selber absolut logisch sind. Es kommt nur darauf an, wie man mit dieser Angst umgeht … Glauben Sie mir, ich habe Erfahrung mit Angst und ich weiß, sie wird immer größer, wenn man versucht, sie zu verdrängen oder gar vor ihr davonzulaufen. Man muss sich ihr stellen und dann ist es meist gar nicht so schlimm, wie man es sich immer ausgemalt hat.« Sie sieht meine Hand schief an und ich ziehe sie zurück, streiche mir unsicher eine Strähne hinters Ohr und blicke zu Boden. Jetzt habe ich mich zu weit aus dem Fenster gelehnt, habe zu viel gesagt … jetzt habe ich es versaut.

»Du liebst meinen Sohn, nicht wahr?« Sofort sehe ich sie wieder an und bei meiner Antwort rinnt eine Träne über meine Wange.

»Von ganzem Herzen …« Sie seufzt.

»Und dieses Kind, ist nicht nur Mittel zum Zweck?« Ich werde kreidebleich.

»Sie wissen, dass ich schwanger bin?«

»Ich habe drei Kinder bekommen, ich habe es vom ersten Tag an gewusst …«

»Anscheinend wusste wirklich JEDER vor mir, dass ich schwanger bin!«, grummle ich düster.

»Du hast ja auch damit keine Erfahrung oder jemanden an deiner Seite, der sich damit auskennt und dir hilft!«

Agatha Porter streckt ihre kleine, dicke Hand aus und tätschelt damit unbeholfen meine. »Wenn du so gerne hier bist, bin ich die Letzte, die zulässt, dass du gehst und mir meinen wunderschönen Enkel nimmst. Und jetzt hör auf zu weinen, Kindchen, es gibt schlimmere Gründe für Tränen … Wir gehen jetzt rein, ich mach dir erst mal einen grünen Tee und dann stelle ich dir alle vor …«

Das ist der Moment, in dem ich mich in diese Frau genauso verliebe wie in ihren Sohn. Das ist der Moment, in dem wir anfangen, uns gegenseitig zu verstehen und zu respektieren. Der Moment, in dem jegliche Vorurteile über Borde geworfen und die Wahrheit erkannt wird. Der Moment … der so vieles ändert.

Kapitel 30

Ich sitze völlig allein auf einer Bank auf der Veranda. Mich umgeben sicher hundert Personen, aber ich fühle mich, als wäre ich der letzte Mensch auf diesem Planeten. Denn dieser eine, den ich brauche wie die Luft zum Atmen, kommt einfach nicht … und kommt nicht … und kommt auch nicht, als es schon dunkel wird und die Sterne anfangen über den Köpfen der Feiernden zu funkeln.

Alles, was mir bleibt, ist meinen Bauch zu streicheln und hier zu sitzen … Elisabeth tanzt etwas abseits mit ihrem Mann langsam und genüsslich zu den Takten einer Liveband. Sie flüstern und knutschen und flüstern noch ein bisschen mehr … Sie lachen und lieben sich sichtbar. Die beiden sind so süß zusammen, dass mir alleine vom Ansehen Tränen in die Augen schießen. Ich freue mich ehrlich für sie, doch gleichzeitig keimt diese Sehnsucht in mir auf …

Diese Sehnsucht nach dem einen, um nicht mehr allein auf dieser Welt zu sein. Etwas weiter befinden sich auch Geoffrey mit seiner Mary und ihrem kleinen Jungen, der schon auf strammen Beinchen durch die Partymenge rennt und von jedem geknufft, hochgehoben oder mit Süßigkeiten gefüttert wird.

Alle haben gefunden, was sie wollen und brauchen.

Das Universum hat ihnen den Weg aufgezeigt. Nur ich sitze hier allein und frage mich, ob ich vielleicht nur zu dumm bin, um ihn zu erkennen, oder ob Jesse recht hat. Vielleicht ist Liebe tatsächlich nicht genug … und mein Weg führt mich gar nicht zu ihm.

Jemand in klimpernden Cowboystiefeln tritt vor mich und mein Herz setzt für einen Moment aus. ENDLICH ist er gekommen. Mein Blick gleitet an männlichen, in Jeans steckenden Beinen hoch, über ein schwarzes einfaches Muskelshirt … und strandet kurz an einem Kinn, das mit viel zu viel Stoppeln eines dunklen Bartes bedeckt ist. Die Augen sind auch eher blaugrau – eiskalt – und die kurzen Haare pechschwarz. Das ist nicht Jesse, der spöttisch grinsend vor mir steht. Ein widerliches Gefühl macht sich langsam, aber sicher in meinem Magen breit.

»Hi!«, grüßt er mich locker, mit tiefer angenehmer Stimme, die aber eine Gänsehaut auf meinem Nacken auslöst.

»Hi …«, erwidere ich lang gezogen und leise. Ich sehe mich um. Keiner achtet auf uns, jeder ist beschäftigt, also wird mich keiner aus dieser unangenehmen Situation retten. Mist!

»Ich bin Clive … und du bist wahnsinnig schön …« Was soll ich denn bitte darauf antworten? Was würde Liz sagen?

»Ist registriert«, gebe ich knapp zurück und drehe mich demonstrativ von ihm weg. Das hat mir gerade noch gefehlt! Doch er lässt sich nicht so einfach abwimmeln, denn kurz darauf setzt er sich neben mich und ich rutsche an den äußersten Rand der Bank. Ich spüre, wie mir Schweiß langsam und widerlich aus jeder meiner Poren dringt. Leichte Panik macht sich in mir breit, also atme ich tief durch und schließe kurz die Augen.

»Hey … keine Sorge, Süße! Ich weiß schon, wo meine Grenzen sind! Ich erledige hier nur meinen Auftrag. Jesse hat mich geschickt …«

Jesse?

»Wo ist er?« Ich drehe mich wieder zu ihm und lasse meinen Blick aufgeregt durch die Menge schweifen.

»Ach … er hat gestern ein bisschen viel gesoffen … ist ein wenig abgestürzt, hat wirres Zeug über irgendeine Nixe gelabert, die er ja so sehr liebt und die ihn vor dem Ertrinken retten muss … und so … Er wartet jetzt bei den Ställen auf dich.«

Endlich!

Sofort springe ich auf. Nur ein Ziel vor Augen laufe ich los! »Wo genau ist er?«

»Warte, ich zeige es dir!« Er folgt mir auf dem Fuß durch die Partymenge, ums Haus herum und den Kiesweg entlang, zu den etwas abgelegenen Ställen, die friedlich vom Mond erhellt werden. Nur das Schnauben der Pferde ist zu hören, denn die Musik und das Stimmengewirr dringen nicht bis hierher. Ich betrete den langen Gang des Stalles, gleichzeitig dreht sich mein Magen um. Doch ich unterdrücke das schlechte Gefühl in mir, unterdrücke meine Instinkte, die sagen: *LAUF!* Stattdessen rufe ich: »Jesse?«, und gehe weiter … »Jesse, wo bist du?«

Nur Pferde stecken ihre Köpfe aus ihren Boxen und mustern mich neugierig, aber Jesse antwortet mir nicht.

Vielleicht schläft er. Wenn er wirklich so betrunken war, dann kann ich mir das gut vorstellen.

»Wo ist er? Er…«, frage ich, während ich über meine Schulter zurücksehe, doch ich kann den Satz nicht beenden, denn bei dem Anblick von Clive, wie er reglos mitten im Gang steht und mich düster anstarrt, wird mir RICHTIG übel.

Da ist die Bestie! Eine richtige Bestie! Bereit, mich zu zerfleischen – absolut skrupellos und von einer dunklen, bedrohlichen Aura umgeben.

Automatisch spanne ich mich am gesamten Körper an und lasse ihn nicht aus den Augen, als ich mich langsam komplett zu ihm umdrehe. Vorsichtig entferne ich mich einen Schritt von ihm. Dabei lege ich schützend die Hände auf meinen Bauch, während sich eine Erkenntnis in mir verfestigt. Ja … ich stehe wieder einer Bestie wie meinem Mann gegenüber, aber das ist auch das Einzige, was noch genauso ist wie damals. Denn jetzt kämpfe ich nicht nur für mich alleine! Ich kämpfe auch für mein kleines Wunder, und so klingt meine Stimme ungewohnt fest, als ich frage: »Was soll das?«

»Was?«, entgegnet er locker und setzt sich in Bewegung. Einem riesigen Schatten gleichend kommt er auf mich zu. Es gibt kein Entrinnen, meine Kehle wird ganz eng, aber ich versuche, es zu ignorieren. »Ach, du meinst das hier?« Er deutet auf mich und sich und seine Zähne blitzen auf, weil er unheilvoll grinst. »Ich habe schon ewig nach dem wunden Punkt von Jesse Porter gesucht und jetzt habe ich ihn endlich gefunden. Sein großes Geheimnis, der Grund, wieso er keins der Weiber mehr flachlegt und sich die Abende lieber mit Saufen und Pöbeln vertreibt … Das Einzige, was ihm wirklich etwas bedeutet … und das Einzige, was ihn zerstören wird, wenn ich es zerstöre.«

»W… wieso willst du ihm so was antun?« Nein! Ich weiche nicht weiter zurück, je näher er mir kommt, aber ich sehe mich schon einmal nach einer Waffe um, nach etwas, mit dem ich mich verteidigen kann. Nur leider liegt weit und breit nichts, was ich nutzen könnte – gar nichts! Mittlerweile bin ich nass geschwitzt und meine Kehle wird noch enger.

»Weil er ein provokantes Arschloch ist, das denkt, es sei der Beste …«

»Das ist doch nicht alles …« Vielleicht kann ich ihn auch irgendwie mit Worten abhalten, irgendwie zu ihm durchdringen …

»Ist es auch nicht!«, verkündet er knapp. »Aber ich werde es sicher nicht irgendeiner dahergelaufenen Latina-Schlampe auf die Nase binden!« Verdammt! »Ich werde dich jetzt einfach in diesem Stall ficken und dann hier liegen lassen … eine SMS an ihn … und dann die Vorstellung genießen, was für ein Gesicht er macht, wenn er dich vorfindet. Das ist alles, was ich will.«

NEIN! Ganz sicher nicht! Nicht noch einmal! Die Flammen in mir lodern so hoch, dass alles hinter meinen Augen förmlich rot wird, meine Muskeln spannen sich an. Innerhalb von Sekunden habe ich eine Entscheidung getroffen – und zwar die zu kämpfen! Ich werde nicht mehr davonlaufen und mich meinem Schicksal ergeben! Jesse würde es so wollen! Ein leises Schnauben zu meiner rechten fordert meine Aufmerksamkeit und mir wird klar, vor wessen Box ich stehe. Da winkt das Universum aber ganz schön gewaltig!

Kurz sehe ich dorthin, direkt in die vertrauten braunen Augen des Hengstes, der aufgeregt mit dem Huf scharrend die Ohren anlegt. Unbändige Ruhe macht sich in mir breit. Ich schaffe es sogar zu grinsen, während ich mich langsam der Box nähere.

»Hmmm … ich frage mich, ob einer, der so etwas nötig hat, überhaupt einen hochbekommt …« Er stockt tatsächlich in seinen Schritten und seine Augen verengen sich zu Schlitzen.

»Du hast ein Mundwerk, das wahrlich nur seine Schlampe haben kann!«

»Danke!«, erwidere ich sarkastisch und zwinge mich dazu stehen zu bleiben, auch wenn er mir mittlerweile fast so nah ist, dass er nach mir greifen kann. Noch zwei Schritte … noch einer … Ich spanne mich an … und springe genau in dem Moment zu der Box, als er nach mir greift. Er erwischt mich am Arm und zieht mich zurück, denn ich war etwas zu langsam, aber ich gebe nicht auf!

NEIN!

Mit voller Wucht lasse ich meinen Kopf nach hinten krachen, fühle, wie ich seine Nase treffe, worauf er mir ins Ohr brüllt. Diesen Augenblick nutze ich, um mich von ihm zu befreien, das Gatter zu Venoms Box zu öffnen, hineinzuschlüpfen und hinter mir zu schließen. Das alles geschieht so schnell, dass ich mich nicht halten kann und weich im Heu lande.

JETZT ist der Kerl erst wirklich sauer! So richtig! Mit einem Brüllen reißt er das Gatter auf, doch darauf hat der schwarze Hengst, hinter den ich mich kauere, nur gewartet …

Er will gerade losstürmen, da reißt jemand den Wahnsinnigen am Kragen zurück.

»DAS war der größte Fehler, denn du jemals begangen hast, Hamington!«, zischt Jesse eiskalt. Dann schubst er ihn mit dem Gesicht gegen die Gitterstäbe, die mit seiner Nase kollidieren, worauf sie endgültig bricht. Blut schießt hervor, Clive flucht. Venom legt die Ohren nach hinten, stoppt aber und beobachtet alles, während Jesse den Mann wieder am Kragen zurückzieht und in die Mitte des Ganges schleudert. Weg von mir.

Die Geräusche, wie eine stahlharte Faust immer wieder auf nachgebendes Fleisch trifft, und das Stöhnen des Untergebenen erfüllen den Stall. Ich springe auf, will eingreifen, weil ich Jesse noch nie so außer sich erlebt habe, aber sobald ich mich aufrichte, wird mir schwindlig …

Nichts könnte ihn stoppen, als er seinem Kontrahenten mit einem Brüllen einen Headnut verpasst und dann anfängt, auf ihn einzutreten, sobald dieser blutend und wimmernd am Boden liegt.
Der Schwarzhaarige hat keine Chance … nicht gegen diese geballte Ladung an Hass, die ihm da entgegenschlägt, während ich mich fühle, als würde ich an diesen negativen Emotionen ersticken, die zu mir rüberwabern. Ich fühle mich mit einem Mal … als würde ich am Boden liegen und als würde Miguel vor mir stehen … und wie so oft auf mich eintreten.

Oh Gott … Weil mir schwarz vor Augen wird, greife ich nach rechts und halte mich an dem Hengst fest, mit der anderen Hand fasse ich an meine Stirn. Übelkeit wallt so heftig in mir auf, dass ich würgen muss.

»Adriana … fuck!« Das ist sein erschrockener Aufruf, bevor seine Hände mich davon abhalten, ungeschützt in diese bodenlosen Tiefen zu fallen und mich auffangen …

Er hat tatsächlich von ihm abgelassen – für mich.

Kapitel 31

»Adriana!« Ich knie in Venoms Box, der die Gelegenheit genutzt hat, um draußen zu grasen, Hamington hat sich zum Glück auch davongeschleppt, halte die Frau im Arm, die ich liebe … und sie rührt sich einfach nicht. »Verdammt, Baby! Wach auf!«

Meine Hände beben wie verrückt, meine Stimme klingt verzweifelt und viel zu hoch, außerdem vollführt mein Herz einen richtigen Marathon, während ich an ihren Hals fasse, um ihren Puls zu fühlen. Er geht ruhig und langsam und ich atme etwas auf. »Was tust du nur mit mir? Verdammt!« Ich beuge mich vor, lehne meine Stirn an ihre, rieche an ihr – sauge diesen wunderbaren zarten Duft in mich auf, der mich jedes Mal mit einem Hochgefühl erfüllt, wenn ich ihn wahrnehme –, streiche über ihre zarte Wange … und weiß, ich kann sie einfach nicht gehen lassen! Was, wenn so etwas noch einmal passiert, irgendwo in einer dunklen Gasse Manhattans? Was, wenn es da kein Teufelspferd gibt und ich auch nicht da bin?

NEIN! Ihre Lider flattern, als hätte sie meine schreienden Gedanken gehört. Sie atmet tief durch, runzelt die Stirn … öffnet diese wunderbaren Augen und sieht mich an. Ich halte die Luft an, starre nur, während ich sie mit einem Arm unter dem Rücken stütze.

»Wow …«, murmelt sie, sobald sie mich erblickt, hebt die Hand und streicht mit den Fingerspitzen über meine unrasierte Wange. »Du bist wirklich mein Engel …«

»Und du bist meine Nixe, ohne die ich ertrinke!«, stoße ich aus, hebe sie hoch und presse sie so fest an mich, dass die Gefahr besteht, dass ich sie zerdrücke. Aber ich kann einfach nicht anders. Sie schien so schwach, so kaputt … so … *tot* … wie sie in sich zusammenfiel und ich sie noch im letzten Moment auffangen konnte. So will ich sie nie wieder sehen. Erleichtert, dass sie zu sich gekommen ist, will ich sie nie wieder loslassen. Mit der gleichen Kraft wie ich umklammert sie meinen Nacken und vergräbt ihr Gesicht an meinem Hals.

»Jesse …«, schluchzt sie dort und es fühlt sich an wie eine Absolution, während sich ihre kleinen Fäuste in den Kragen meines Button-Down-Hemdes krallen. »Ich liebe dich auch … bitte … bitte … lass mich bei dir bleiben … ich … weiß, ich bin vielleicht nicht genug für dich, aber ich werde es versuchen…«

»Shhhh!« Bevor sie es weiter ausführen kann, habe ich sie etwas zurückgezogen und meine Lippen auf ihre gedrückt. Sie schmeckt salzig, aber auch süß und keucht schockiert in meinen Mund, als ich sie ins Heu zurückdrücke. Aber Tatsache ist, ich halte es keine Sekunde mehr ohne sie aus. Vor allem nicht nach diesen drei Worten, die mein Inneres mit so einer Wärme erfüllen wie ein lauschiger Kamin in einer Winternacht.

»Warte!«, keucht sie jedoch und schiebt mich an der Brust zurück. Und während ich auf sie herabsehe, fällt mir wieder fast schmerzlich auf, wie wunderschön sie ist – mit ihren dunklen, wild gelockten, glänzenden Haaren, der weißen Blume darin, dem weißen unschuldigen Kleid und ihrer

perfekten, gebräunten Haut. Mit diesen faszinierenden türkisfarbenen Augen und diesen vollen, weiblichen Blaselippen … Oh fuck!
Forschend mustert sie mich, stößt mich aber nicht von sich, sondern hebt ihre Hand, um mit ihrem Zeigefinger langsam die Konturen meiner Oberlippe nachzufahren.

»Ich will die Einzige sein, die diesen Mund küsst!« Ihre Stimme klingt dabei erstaunlich sanft.

»Du *bist* die Einzige …!«, verkünde ich und beginne vorsichtig, die drei vorderen Knöpfe ihres Kleides zu lösen. »Ich habe mit keiner einzigen Frau geschlafen, seitdem du mit mir hergekommen bist …« Ihr Finger stockt und sie zieht ihn zurück.

»Aber die beiden in deinem Bett!«

»Lagen da ganz gut, nicht wahr? Aber Tatsache ist, ich konnte sie am Abend davor nicht ficken … Stattdessen rannte ich aufs Klo und musste kotzen …« Bei dieser Offenbarung werde ich nicht mal rot, denn ich bin verdammt froh darüber! Grinsend beuge ich mich vor und überhäufe ihr Dekolleté, das ich gerade freigelegt habe, mit hauchzarten Küssen. Natürlich lacht sie mich nach ein paar Sekunden der Irritation leise aus, während ihre Finger den Weg in mein Haar finden und sie mich hochzieht. Direkt an meinen Lippen haucht sie: »Ist das wahr? Du hast *nie* mit einer anderen geschlafen?«

»Es ist wahr!«

»OH GOTT!« Sie kreischt wild auf und küsst mich, auch wenn sie so was von keine Ahnung hat, was sie tut … Denn ich bin stinkig und noch ein wenig angeheitert, die Nacht habe ich im Auto geschlafen, weil ich beim besten Willen nicht mehr heimfahren konnte, und alles tut mir weh. Aber das ist alles zweitrangig, weil ich weiß, dass sie mich nicht nur will.

Sie braucht mich, genau so, wie ich sie brauche! Weil sie mich liebt, so, wie ich sie liebe!

Ganz einfach!

»Es gibt nur dich, seitdem ich dich das erste Mal in den Wellen sah … nur deine Küsse, deine Hände und … vor allem …« Ich stöhne, weil sie ihr Becken hebt und an mir reibt.

»Ich weiß, Jesse Porter … bitte schlaf mit mir! So, als wäre es unser erstes Mal!«

»Aber …«

»SOFORT!«

»Oh wow …«, murmle ich nur und muss leise lachen, während ich meine Küsse an ihrem Hals herabgleiten lasse. »Da ist aber jemand ungeduldig!« Gleichzeitig streiche ich über einen ihrer samtigen Innenschenkel und lege meine Hand auf ihr dünnes, triefend nasses und total heißes Höschen. Verdammt … es könnte passieren, dass ich in meine Hose komme, wenn ich sie ohne dieses nervige Stück Stoff zwischen uns berühre, aber nichts auf dieser Welt könnte mich jetzt noch aufhalten! GAR NICHTS! Außer ihr natürlich.

»Oh fuck …«, murmle ich direkt an ihren bereits jetzt geschwollenen Lippen, sobald ich von oben in ihr Höschen schlüpfe und anfange sanft zu reiben. Sie fühlt sich so wunderbar und gleichzeitig so zerbrechlich an. Und sie gehört MIR! Mir ganz allein!

»Jesse …«, seufzt sie genau in diesem Moment und alles, was mir einfällt, ist: »Was, Baby? Ich tu alles, was du willst; ich gehöre ganz dir …«

»Bitte …«, keucht sie nur, packt mich am Kragen und zieht mich an ihren Mund … Dann hebt sie wieder ihr Becken und reibt sich an mir. Ich muss ihn verlagern, weil ich sonst wirklich jede Sekunde komme.

»Okay!«, stöhne ich, bevor sie sich weiter so verdammt sexy an mir rumwindet. »OKAY, WARTE! NUR KURZ!« Damit weiche ich zurück und streife ihr Höschen ab, genieße dabei, wie vertrauensvoll sie zu mir aufsieht und sich voller Begehren auf die Unterlippe beißt. Mit einem kleinen einladenden Lächeln spreizt sie auch noch ihre wunderbaren Beine für mich … Sie ist SO feucht … und bereit für mich! Oh Herrgott im Himmel … Sie jetzt zu vögeln, werde ich nicht überleben, also gibt es nur eine einzige Chance! Ich springe auf und ihre Augen werden groß.

»Warte! Genau hier! Rühr dich nicht vom Fleck!« Mit ausgestreckter Hand halte ich sie davon ab, sich aufzurichten und ignoriere ihr verwundertes Gesicht, als ich aus der Box laufe.

Wie ein Irrer stürme ich durch den Stall, bin dabei froh, dass das Arschloch tatsächlich verschwunden ist, renne raus, biege um die Ecke … und finde die Regentonne an ihrem gewohnten Platz. Ein zweites Mal innerhalb von zwei Tagen versenke ich dort meinen Kopf wegen ihr, kühle mich ab, versuche, mich zu sammeln, dann tauche ich keuchend wieder auf und laufe pitschnass zurück. Erst auf dem Rückweg merke ich, dass ich die ganze Zeit ihr unschuldiges weißes Höschen in einer Hand halte … und ehe ich mich versehe, habe ich meine Nase darin vergraben, um tief ihren Geruch in mich zu saugen. Verdammt!

Ich überlege, gleich noch einmal die Tonne zu bemühen, aber ich kann nicht länger warten und stürme atemlos zurück in die Box, in der meine Traumfrau immer noch im Heu liegt und mich ansieht, als wäre ich verrückt – nur ganz leicht.

»W… wieso bist du nass?« Ich falle vor ihr auf die Knie und knöpfe bereits mein Hemd auf.

»Ich habe meinen Kopf in die Regentonne gesteckt …« Sie lacht … und mir fällt auf, wie sehr ich diesen Laut doch liebe, während ich meinen Oberkörper entblöße.

»Und wieso hast du mein Höschen dabei?«

»Warum ich dein Höschen bei mir habe? Weil du mir gehörst!« Mit diesen Worten beuge ich mich vor und küsse sie erneut.

»ALLES AN DIR GEHÖRT MIR! Deine Lippen!« Ich beiße sanft hinein und ziehe sie lang. Sie kichert, schlingt aber ihre Arme um meinen pitschnassen Hals und küsst mich zurück. Dieses Mal gemächlicher als zuvor. Durch leichten Druck mache ich ihr verständlich, was ich will und sie lässt sich wieder zurück in das Heu fallen, gibt sich mir völlig hin und schließt ergeben die Augen, als ich mit meinen Lippen über ihren Kiefer gleite und mit meinem Handrücken über ihren Hals, »Dein Körper …«, bis zu ihren Brüsten, »dein Herz!«, wo ich das Kleid endlich ganz zur Seite schiebe und mich langsam daranmache, sie an diesen einen Punkt zu führen. Was sie dazu bringt, zu stöhnen und den Rücken durchzubeugen. »Und vor allem … deine Lust!«, hauche ich in ihr Ohr und streiche ihr Ohrläppchen mit der Zunge nach.

Es geht nur um sie.

Nichts anderes zählt.

Nichts anderes hat sie verdient.

Ihr leises Stöhnen und begehrendes Winden ist bereits Belohnung genug, aber dazu keucht sie auch noch sehnsüchtig meinen Namen und ich versuche, weiterhin cool zu bleiben und mir Zeit zu lassen, auch wenn alles in mir nach Eile schreit. Denn dies soll endlich der Sex werden, den sie verdient hat! Schon vom ersten Mal an!

Kapitel 32

SIE

Ich kann diesen glühenden Blick einfach nicht mehr ertragen! Er geht zu tief, macht mich ganz wirr im Kopf und lässt mich keinen klaren Gedanken fassen, zumal meine Emotionen auch völlig verrücktspielen! Also schiebe ich ihn an der Brust zurück, während ich die Augen schließe.

»Was?« Oh Gott … wie rau er klingt.

»Ich … ich kann nicht denken … wenn du mich so ansiehst …«, murmle ich meinem Traummann, der über mir schwebt, heiser zu und linse mit einem Auge zu ihm hoch. Er runzelt verärgert die Stirn.

»Du sollst auch nicht denken, Adriana!« Mit diesem Knurren greift er nach hinten in seine Hosentasche und holt sein schwarzes Halstuch hervor. Er setzt sich neben mich und verdeckt mit dem Stoff seine Augen.

Hinter seinem Kopf hält er es für mich zusammen, damit ich es zubinde, während ich ihn wieder mal leicht irritiert mustere.

»So siehst du nicht, wie verdammt heiß ich auf dich bin«, meint er locker.

Traue ich mich das? Die Führung zu übernehmen? Ich lege den Kopf schief, sehe ihn überlegend an. *Ich traue mich nicht nur! Ich will es sogar!*

Grinsend zucke ich mit den Schultern und knie mich hinter ihn … höre genau sein Keuchen, als ich mit meinen steifen Brustwarzen, die aus dem Kleid herausschauen, seinen tätowierten Rücken berühre, und flüstere in sein Ohr.

»Wie du willst, mein heißer Engel.« Dann binde ich das Tuch zu und küsse seinen wunderbar duftenden Nacken, fahre mit der Nase mit einem genüsslichen »Mhmmm« bis zu seiner breiten, muskulösen Schulter und … genieße das wunderbare Gefühl, das mich dabei durchströmt.

Zum ersten Mal in meinem Leben ist mir ein Mensch völlig schutzlos ausgeliefert – das, was ich immer war. Ich könnte jetzt alles mit ihm tun; ich DARF alles mit diesem wunderbaren starken Mann tun … Er gehört völlig mir, alles an ihm. Er gehört mir mit Leib und Seele. Und das löst in mir ein Gefühl der Macht aus. Durch meine Adern rauschen Liebe und Verlangen für ihn und ich weiß, es wird niemals aufhören.

Es ist wahnsinnig gut.

Probeweise packe ich seine vollen Haare und ziehe seinen Kopf zurück. Er keucht schockiert, aber er wispert nur: »Wow …«, und wehrt sich nicht, hält einfach atemlos still und wartet … Ich senke von hinten meinen Mund auf seinen und küsse ihn – lange und verzehrend. Genieße seine weichen Lippen, sein Stöhnen, seine seidige Zunge und seinen Geschmack in vollen Zügen. Ausgiebig küsse ich ihn, bis wir beide absolut atemlos sind. Sanft knabbere ich noch an seinem wundervollen Mund, bis er leise stöhnt. Erst dann stehe ich auf. Langsam umrunde ich ihn, nehme seinen Anblick in mich auf und bleibe direkt vor ihm stehen, während er sich auf die Arme hinter sich abstützt und den Kopf schief legt. Er runzelt seine Stirn.

»Was machst du?«

»Ich ziehe mich aus … und du siehst es nicht«, verkünde ich immer noch grinsend.
»Ich wusste schon immer, dass du es faustdick hinter den Ohren hast!«, knurrt er düster und ich lache leise, streife mein Kleid über den Kopf, sodass ich komplett nackt bin, und habe keine Angst. In mir existieren nur noch Aufregung, Begehren, Lust … während ich genau spüre, wie die warme Luft meinen feuchten Intimbereich streichelt.

»Ach ja?« Zwischen seinen Beinen gehe ich auf die Knie, nehme seine Hand und lege sie auf meine Brust … »Du bist ja ein ganz Schlauer!« Gleichzeitig beuge ich mich vor und fahre die sinnliche Form seiner Lippen mit meiner Zunge nach …

»Fuck!«, stöhnt er halb und lässt den Kopf nach hinten fallen, während er meine Brust leicht knetet. »Dein Herz … es rast.«

»Wegen dir …«, flüstere ich und verteile hauchzarte Küsse an seinem männlichen, stoppligen Kiefer, während ich seine Hand gemächlich weiter nach unten führe. »Und du … machst auch das mit mir …« Wir gleiten über meinen Venushügel und er presst die Zähne aufeinander, als wir zwischen meinen Beinen ankommen. »Es fühlt sich so gut an, wenn du mich hier mit deinen schönen, langen Fingern berührst … So unglaublich … *gut*!« Beim letzten Wort führe ich einen seiner Finger in mich ein, lasse jetzt selber meinen Kopf nach hinten fallen und stütze mich an seiner starken Schulter ab, während er seinen Finger vor- und zurückbewegt, was ein schmatzendes Geräusch verursacht. Doch das macht mich nur heißer …

»Ich kann es nicht erwarten … richtig in dir zu sein … deine Muskeln … um meinen Schwanz zu fühlen … Fuck …«

Wie aus Reflex spanne ich mich innerlich an und er nimmt einen zweiten Finger dazu, verwöhnt mich gemächlich und konzentriert. Ich kann es nicht stoppen, instinktiv kreise ich mit meinen Hüften, beiße mir auf die Unterlippe und fühle, wie mir der Schweiß aus jeder Pore bricht.

»Oh Gott … Jesse!«

»Ich weiß, Baby …«, gibt er verbissen zurück. »Wenn du dich weiter so an meinen Fingern heißmachst … dann komme ich in meine Hose, so wahr mir Gott helfe!«

»Nein!« Sofort nehme ich seine Hand und ziehe ihn aus mir zurück. Er schmollt wunderbar mit seinen vollen Schmolllippen.

Bei diesem einladenden Anblick kann ich nicht anders, beuge mich wieder vor und küsse ihn. Dann lasse ich meine Lippen an seinem Körper herabgleiten … seinem muskulösen Hals, mit dem rasenden Puls, seine Brust … Währenddessen mache ich mich klimpernd an seinem Gürtel zu schaffen.

Er hält die Luft an, besonders als ich flüstere: »Leg dich hin …«

Doch er gehorcht sofort und ich öffne mit wild schlagendem Herzen auch den Knopf und den Reißverschluss.

»Bist du sicher? Du…«

»Sei ruhig, Jesse!«, meine ich nur leise und greife in seine Hose, umfasse *ihn*, was ihn zum Keuchen bringt und dazu, den Rücken durchzubeugen und dabei so wahnsinnig sexy auszusehen! »Ich liebe dich … also liebe ich alles an dir …«, murmle ich an seinen Lippen und befreie ihn aus der Jeans, streiche ein paar Mal genüsslich an ihm hoch und runter. Genieße das Gefühl, wie er härter in meiner Hand wird, weil ich ihm Lust beschere – wahre Lust.

Dieselbe Lust, die gerade auch durch meine Adern strömt. Ich befürchte, allein zu kommen, wenn er weiter so stöhnt und so wunderbar sein Gesicht verzieht, ohne dass er mich wirklich berührt hat, deswegen gehe ich schnell zum nächsten Programmpunkt über. Zu etwas … was ich unbedingt ausprobieren will! Also rutsche ich neben seinem Körper etwas weiter nach unten und nehme ihn ohne Vorwarnung tief in meinen Mund. »FUCK!« Sofort schießt seine Hand nach unten, vergräbt sich in meinen Haaren und er zieht mich von sich weg. »Spinnst du?!«, keucht er wild und ich runzle verwirrt die Stirn.

»Willst du es doch nicht?«

»NATÜRLICH! Aber du kannst doch nicht einfach so ohne Vorwarnung deinen perfekten Blasemund um meinen Schwanz stülpen! Der schießt gleich los!« Ich lache, weil er so verzweifelt klingt und mich immer noch festhält.

»Beruhige dich, Brauner … ich mach langsam …« Ich tätschele seinen Bauch und löse seine Finger aus meinen Haaren. Dann beuge ich mich grinsend vor und puste ihn an. Sein leiser Fluch lässt mich breiter grinsen … und ich lecke mit meiner Zunge über seine glatt rasierten Hoden hinauf … bis zu seiner Eichel, wobei er die Zähne zusammenbeißt und ein Gebet spricht. Oben lutsche ich leicht an ihm wie an einem übergroßen Lutscher.

»Du willst mich töten, gib's zu!«

»Nichts würde mir ferner liegen!«, antworte ich fröhlich, schließe die Augen und genieße … genieße seine Geräusche, seinen Geschmack, das Gefühl, wie er NOCH härter wird und leicht zuckt, woraufhin die Streiche meiner Zunge sanfter werden – spielerischer, neckischer –, und er seine Hüften ungeduldig unter mir windet.

Ich will ihn in mir, genau in diesem Moment, denn ich bin so feucht, dass es mittlerweile schon an meinen Schenkeln hinabrinnt, aber es ist zu köstlich, ihn mit dieser süßen Folter zu quälen. Noch ungefähr zwei Minuten lang … dann halte ich dieses brennende Ziehen zwischen meinen Beinen nicht mehr aus, lehne meine Stirn an seinen Unterbauch und presse die Lider zusammen.

»Jesse?«

»Hmmm …«, brummt er.

»Ich brauche dich in mir! Jetzt! Bitte!«

»DANN SPRING AUF!« Er knurrt fast, ist halb wahnsinnig und ich muss kichern.

Ein bisschen massiere ich ihn noch langsam mit meiner Hand und versuche, mich zu fangen, die Lust noch etwas zurückzudrängen, denn ich will nicht sofort explodieren, sobald er sich in mich schiebt. »Komm schon, Baby … ich bin bereit, um von dir zugeritten zu werden … du weißt ja, wie es geht!«

Ich lache, dann gehe ich etwas zurück und sehe ihn forschend an, wie er hier vor mir im Heu liegt, mit offener Jeans und steinharter Erektion, die herausschaut.

Er ist wirklich nicht gerade klein, geradezu Furcht einflößend groß.

Das Lachen vergeht mir.

»Soll … soll ich mich auf dich setzen?«

»JA!«

»Aber ich … ich war so noch nie auf einem Mann.«

»Dann wird's Zeit. Komm her, es ist ganz einfach!« Er hält mir seine Hand entgegen und ich ergreife sie voller Vertrauen. Vorsichtig zieht er mich so über sich, dass ich über ihm knie und hält seinen Penis mit der anderen Hand fest, sodass er meinen Eingang berührt, was uns beide zum Keuchen bringt. »Lass dich runter, aber langsam, Baby. So ist es tief …« Leicht drückt er mich hinab, aber ich rufe aus: »Warte!«, dann beuge ich mich vor und streife ihm die Binde ab.

»Ich will dir dabei in die Augen sehen«, murmle ich und versinke in seinem grünen, glühenden Blick. Jetzt muss ich nämlich nicht mehr denken, jetzt muss ich nur noch fühlen.

»Okay«, wispert er und umfängt meinen Hinterkopf, während ich mich langsam, in Zeitlupe, auf ihn hinablasse und ihn in mir spüre.

»Oh Gott …«, stöhne ich und schließe die Lider, lehne meine Stirn an seine und fühle seinen heftigen Atem, der auf mein Gesicht trifft.

»Weiter …«, murmelt er und lässt seinen Penis in dem Moment los, als ich ihn ganz in mich aufnehme.

»OH GOTT!«, keuche ich inbrünstiger, genau in sein Gesicht.

»Halt still! Gewöhne dich an mich in dir … und atme, Baby!« Ich atme lautstark aus und beiße auf meine Unterlippe.

»Es ist ganz einfach, wenn du dich von deinen Instinkten leiten lässt«, wispert er heiser. Seine Hände halten meine Hüften still, doch dann fängt er langsam an, mich zu führen … und ich richte mich auf, wobei es sich noch tiefer anfühlt, bevor ich den Kopf nach hinten fallen lasse und mich ganz seinen wissenden Händen hingebe.

Zu spüren, wie er sich in mir bewegt, bringt mich fast um den Verstand. Ich muss mein Becken kreisen lassen, denn ich halte es einfach nicht mehr aus und wir finden völlig instinktiv einen gemeinsamen, gemächlichen Rhythmus.

»Yeah … genau DAS ist es …«, wispert er rau.

Als ich die Augen wieder öffne und ihn ansehe wie ein drittes Weltwunder, weil ich nie gedacht hätte, dass es so wundervoll sein könnte, auf ihm zu sein und ihn in mir zu haben, betrachtet er mich wie eine Göttin. Wie eine Erleuchtung … so voller Hingabe … und als würde er es keine Minute mehr länger aushalten.

Ich lache leise, weil der Schweiß ihm auf der Stirn steht und jeder einzelne Muskel an seinem imposanten Körper angespannt ist, dann beuge ich mich vor, umfange seinen Kiefer mit einer Hand und murmle: »Bereit?«

»Mein Leben lang!«, presst er hervor und ich gehe einmal nach oben, schließe dabei genüsslich die Lider und küsse ihn, bevor ich mich schnell auf ihn hinablasse, was uns beide dazu bringt, den Namen des jeweils anderen zu stöhnen.

Genau vier Mal wiederhole ich diese Bewegung.

Dann gibt es für uns beide kein Halten mehr … und wir fliegen wieder zusammen …

Kapitel 33

Völlig ausgepowert liegen wir am nächsten Morgen im Heu, nachdem wir durch nicht nur einen heftigen Orgasmus auseinandergerissen und wieder zusammengefügt wurden. Mein Kopf ruht auf seiner Brust, er hält mich – ganz nah –, streichelt meine Schulter und wir genießen die Stille. Fühlen nur den Schweiß sowie die Wärme des anderen und wie unsere Herzen im Einklang schlagen. Nichts hat sich je besser angefühlt! Mit dem Zeigefinger fahre ich seine Tätowierungen nach. Den Adler, der nun mich zu beobachten scheint, ebenso wie die zwei Colts … und denke darüber nach, wie schön das Leben doch sein kann, wenn man in den Armen des Menschen liegt, den man liebt. Und ich weiß, es gibt da noch eine Sache, die ich ansprechen muss, nur habe ich keine Ahnung, wie … Am besten geradeheraus … Nur glaube ich, dass die Botschaft bei ihm nicht so toll ankommen und alles wieder zerstören könnte. Trotzdem räuspere ich mich und schließe die Augen.

»Du, Jesse … sag mal …«

»Mal!« Ich verdrehe die Augen, kann ihn aber immer noch nicht ansehen, als ich frage: »Was würdest du eigentlich denken, wenn ich dir mitteilen würde, dass ich den Rest meines Lebens mit dir verbringen will?« Er zieht mich sofort fester an sich und küsst meine Haare.

»Ich würde mir denken, was für ein glücklicher Bastard ich doch bin!« Ich lächle schwach.

»Und was würdest du denken, wenn ich dir sage … dass wir nicht allein wären … Also … dass ich schwanger bin?« Jetzt passiert gar nichts mehr! Sofort stellt er das Atmen ein und ich fühle regelrecht, wie sich sein gesamter Körper verspannt. Eiseskälte überzieht mich von Kopf bis Fuß und auch ich wage es nicht mehr, Luft zu holen.

»Was meinst du damit?« Seine Stimme ist nicht mehr so weich und verträumt wie gerade eben. Sie klingt hart und abweisend.

»Ich …« Ich richte mich auf, und als ich ihn ansehe, macht das alles nur noch schlimmer! Fast schon … *vernichtend* starrt er mich an, so als wäre ich ein Insekt. Und wenn Jesse Porter eins kann, dann das!

»Sag jetzt nicht, dass du von mir schwanger bist, Adriana!«, knurrt er und steht auf, dann steigt er mit abgehackten Bewegungen in seine Jeans und schließt sie. Er brodelt – sichtbar … Zwar verstehe ich seine unbändige Wut nicht, aber ich weiche instinktiv vor ihr zurück. Die Box ist zu klein und seine Muskeln zu angespannt. Seine Größe zu einschüchternd, auch wenn ich weiß, dass er mir nie etwas antun würde.

»Aber …«, murmle ich und fühle, wie die Tränen in meine Augen steigen.

Gleichzeitig umfange ich mit beiden Händen schützend meinen Bauch! Er liebt mein kleines Wunder nicht! Er *hasst* es! Sein Blick spricht Bände! Er könnte mich jetzt treten, es wäre weniger schlimm als diese Erkenntnis.

»Wieso ist das denn so schlimm?«, wispere ich mit zitternder Stimme, da werden seine Augen größer und sein

Gesicht kreidebleich. Völlig blank sieht er mich einige Sekunden an, dann brüllt er »FUUUUUUUUUUUUUCK!« und ich zucke wieder zusammen. Besonders, weil er dabei gegen die Holzwand boxt, die er mit nur einem Hieb durchbricht! AUA! Das muss wehtun, doch er scheint die Splitter, die sich in seine Hand bohren, gar nicht zu bemerken! Ohne mich noch eines Blickes zu würdigen, fegt er blutend an mir vorbei und verschwindet nach draußen.

Seine Flucht wird von einem aufgeregten Wiehern der Pferde begleitet. Ich lege meine Hand auf meine Brust, versuche meinen Herzschlag zu beruhigen, und starre fassungslos an die Stelle, wo er gerade eben noch stand. DAS war eindeutig … und so vernichtend, dass ich zwei Sekunden darauf in bittere Tränen ausbreche.

ER

Nach einem kleinen Abstecher zur Regentonne taumel ich ins Haus, in mein Zimmer hoch, direkt in mein Bad, und wasche das verschissene Blut von meiner Hand. Holzsplitter stecken tief in der Haut und es tut tierisch weh, aber das kommt mir gerade recht. Ein wenig lenkt es mich von ihren Worten unten im Stall ab und von der Tatsache, dass sie anscheinend ein Kind von mir im Bauch trägt! MEIN BALG!
Ich wollte niemals Kinder!

Deswegen sagte ich schon zum verzweifelten Geoffrey, als er mich fragte, NEIN, obwohl er mein Bruder ist und ich für meine Familie so ziemlich alles tun würde. Immer habe ich darauf geachtet zu verhüten, aber sie hat mir so sehr den Kopf verdreht, dass ich an diesem einen Abend gar nicht daran dachte, und der soll jetzt unser Leben zerstören?

Und vor allem das Leben des Kindes? Wie soll denn bitte so ein Arschloch wie ich ein Kind erziehen? Wie soll ich ihm die richtigen Werte vermitteln? Wie soll ich dafür sorgen, dass sein Leben nicht völlig verkorkst wird, so wie ich eben bin?

Ich weiß doch gar nicht, wie die Nummer mit der Verantwortung läuft! Bisher musste ich nur für mich verantwortlich sein und selbst das fiel mir ziemlich schwer. Also wie soll ich bitte Verantwortung für *sie und ein Kind* übernehmen? *Fuck!*

Meine Brust ist so eng, dass ich kaum atmen kann. Mir ist gleichzeitig heiß und kalt. Außerdem kann ich mich kaum noch auf den Beinen halten, sodass ich mich an der Badwand hinabgleiten lasse und mich schließlich aufs Scheißhaus setze.

Mir ist schwindlig, und als ich die Lider aufeinanderpresse, tanzen Sterne in der ansonsten undurchdringlichen Schwärze.

Wenn das keine ausgewachsene Panikattacke ist, dann weiß ich auch nicht weiter. Und weil das alles noch nicht reicht, macht sich Übelkeit in meinem leeren Magen breit.

Als ich meine verletzte Hand in meine Haare krallen will, zische ich, weil sie ein stechender Schmerz durchzieht. Aber ich ignoriere es, vergrabe beide Hände in meinen wirren Strähnen und versuche, mich wieder zu fangen. Langsam und tief atme ich aus und ein … und bin froh, als der Sauerstoff wieder ungehindert in meine Lungen dringt und die Sterne aufhören zu tanzen. Atmen kann ja so befreiend sein. Die Luft scheint meine chaotischen Gedankengänge zu klären. Gleich einem Meer, dessen Wellengang sich beruhigt, so entknotet sich der Wirrwarr in meinem Kopf. Je mehr es sich lichtet, desto drängender sticht eine Frage hervor: Kann ich mir ein Leben ohne Adriana vorstellen?

Der Gedanke ohne sie zu sein, nicht mehr jeden Tag in die

Tiefe ihrer Augen zu schauen, hinterlässt ein Gefühl der Leere in mir. Nie wieder ihr zaghaftes Kichern oder ihr herzhaftes Lachen zu hören, zu sehen, wie sie unter meinem Schutz regelrecht aufblüht, wie eine Pflanze die kurz vor dem Vertrocknen ist, der sich aber doch jemand annimmt … Nie wieder ihre Finger zu fühlen, die schüchtern, aber doch so begehrlich über meine Muskeln streichen, sich in meine Haare krallen … ihr Stöhnen nicht mehr zu hören oder ihre wunderbare Stimme, mit dem sexy Akzent … Das würde eine tiefe, unheilbare Wunde in mir hinterlassen. Nie ist mir eine Antwort leichter gefallen. NEIN! Wenn ich Adriana verliere, verliere ich mich selbst. Ich kann und werde das nicht zulassen, denn ich bin nicht ganz so selbstzerstörerisch, wie ich dachte.

SIE

Leise schniefend hieve ich meine Tasche in den wirklich vollgepackten Kofferraum von Davids Auto. Skeptisch mustere ich das Desaster, denn es könnte etwas eng werden mit dem Schließen der Klappe. Doch Liz schießt mit einem »Ach! Das geht schon!« an mir vorbei und drückt die Klappe runter, dann setzt sie sich breit grinsend mit verschränkten Armen darauf, während ich sie kopfschüttelnd beobachte. Ein wenig wackelt sie mit ihren Hüften, bis sich das Teil ergibt und endlich einrastet. Ich bin froh, dass ich keine zerbrechlichen Gegenstände dabeihabe, und lächle sie an – zumindest versuche ich es. Woraufhin sie ihr Gesicht verzieht.

»Süße, bist du dir wirklich…«

»JA!«, verkünde ich nur und drehe mich noch einmal zu der Ranch um – zu diesem weißen Holzhaus, das das erste Mal in meinem Leben ein sicheres Heim für mich war.

Zu dem Ort, an dem ich die schönsten Stunden meines Lebens verbracht habe, an dem ich erfahren durfte, wie es ist, eine richtige Frau zu sein … und geliebt und geehrt zu werden. Ich werde es vermissen, ich werde alles hier vermissen.

Seine Mutter tritt aus der mit einem Fliegengitter versehenen Tür und hat ein Körbchen in der Hand. Damit geht sie auf mich zu und reicht es mir unwirsch.

»Für die Reise!«, blafft sie, dreht sich um und verschwindet wieder im Haus. Ich sehe ihr mit dem Korb in der Hand verloren hinterher. Zu gern würde ich ihr den Traum erfüllen, die nächste Generation hier aufwachsen zu sehen, aber es hat nicht sollen sein. Ihr Leid darüber, gemischt mit meinem eigenen, lässt meine Brust enger werden, sodass mir das Atmen schwerfällt. Ich fühle mich, als hätte ich sie verraten, gerade als sie anfing, mir zu vertrauen. Noch einen Tag zuvor habe ich gesagt, dass ich bleibe und nun macht es den Anschein, als könnte ich es überhaupt nicht erwarten, von hier wegzukommen. Zwar will ich ihr ihren Enkel nicht nehmen, aber wie soll ich denn bitte unter diesen Umständen mein Kind hier großziehen und jeden Tag diesen Hass in seinen Augen sehen? Das ertrage ich nicht! Nicht, wenn er *so* mein Kind ansieht! Dann werde ich irgendwann auch Jesse hassen und das will ich unter keinen Umständen! Also steige ich ein. Während der Nebel der Nacht über den Boden wabert und die Sonne noch nicht einmal aufgegangen ist, setze mich auf die Rückbank und verlasse ihn …

Etwas anderes bleibt mir nicht übrig, auch wenn dabei mein Herz in zwei Teile zerbricht und ich nicht aufhören kann, leise zu schniefen. Ich habe mir vorgenommen, nicht zu weinen, aber es ist unmöglich. Es tut zu sehr weh …

David steigt auch ein und ignoriert mich genauso wie Liz.

Es ist gut, dass sie mir diese Zeit geben. Die Vorstellung, ohne ihn zu sein, nimmt mir komplett den Atem, macht mich völlig wirr im Kopf, und ich könnte sowieso keinen klaren Gedanken fassen oder mich gar mit jemandem unterhalten. Stattdessen ertrinke ich in einem See aus Kummer und gebe mich ihm hin, lasse mich treiben … Ich lehne meine Stirn gegen die Scheibe und sehe nach draußen, während ich ein Taschentuch auf meinen Mund presse, um wenigstens die Lautstärke meiner Schluchzer zu dämmen. Die Koppeln und Zäune streifen an mir vorbei, während wir die Kiesausfahrt runterfahren. Die Pferde, die bereits rausgelassen wurden, heben neugierig ihre Köpfe und mein Herz bricht noch ein bisschen mehr, denn sie erinnern mich an Venom. Schließlich kann ich nur noch nach hinten aus dem Auto direkt zum Haus sehen und mir wünschen, dass ich bleiben könnte, wünschen, dass er uns will, und wünschen, er würde …

Meine Gedanken werden unterbrochen, als um die Ecke des Hauses, was ich immer noch im Blick habe, ein schwarzes Pferd mit einem Mann auf dem Rücken schießt. Er trägt lediglich eine Weste und vermutlich Jeans mit Chaps darüber sowie einen Hut. Als er näherkommt, erkenne ich Jesse auf Venom, der wie die Perfektion eines Cowboys aussieht. Meine Augen werden groß, als er dem Auto hinterherrast und den Kies hinter sich aufwirbelt, weit nach vorne gelehnt. Das kann doch nicht sein …

Ich blinzle, schließe die Lider und öffne sie wieder, aber er ist immer noch da und reitet uns in einem Heidentempo nach. »Ähhm …« Es ist David, der verwirrt in den Rückspiegel sieht. »Soll ich stehen bleiben?«

»NEIN!«, ruft Liz aus, grinsend und mit funkelnden Augen. »Lass ihn sich anstrengen! Fahr weiter!«

»Du kleines Biest!«, murmelt er ihr zu, während ich es immer noch nicht glauben kann! Er reitet mir hinterher! MIR! Und das Bild davon brennt sich für immer in mein Gedächtnis.

Mein Herz fängt sofort wieder an zu schlagen wie verrückt; ich kann es förmlich in meinem Kopf fühlen, trotzdem merke ich, dass David unauffällig das Tempo drosselt.

»Haben wir Popcorn dabei?«, fragt seine Frau ihn auch noch und er verdreht nur die Augen. »Cola?« Er antwortet nicht und fährt stattdessen noch ein bisschen langsamer.

Jesse ist nun so nah hinter uns, dass ich seinen Gesichtsausdruck erkennen kann, und der ist verdammt entschlossen. Er holt so weit auf, dass er neben uns reiten kann, Venom immer noch im gestreckten Galopp haltend, was einfach nur wahnsinnig kraftvoll und umwerfend aussieht, und brüllt etwas. Elisabeth steckt grinsend den Kopf aus ihrem Fenster und schreit:

»WIR können dich nicht hören!«

Er mahlt förmlich mit seinen Zähnen und brüllt zurück.

»Sag ihr, sie soll das Fenster aufmachen!«

»WAS?«

»Elisabeth!«, zischt David und sie verdreht die Augen, wendet sich dann an mich und sieht mich an.

»Willst du wirklich diesen Verrückten da?« Mit dem Daumen deutet sie auf Jesse.

Mir kommen die Tränen, denn ich bin völlig überwältigt und kann nur nicken. Sie lächelt und lässt meine Scheibe runtersurren. Er kommt gefährlich nahe, was einiges an Vertrauen in das Tier abverlangt, aber Venom bleibt völlig ruhig. Sie sind eine Einheit und haben eine Mission.

»ADRIANA!«, brüllt mir Jesse zu und ich strecke meinen Kopf etwas raus, sodass meine Haare mir ins Gesicht fliegen, damit ich ihn besser hören kann. »ICH HABE GESAGT, DU GEHÖRST MIR! WAS SOLL DAS?«

»JESSE!«, kreische ich zurück. »ICH WILL DICH DOCH GAR NICHT VERLASSEN! ES BRINGT MICH UM, ZU GEHEN!«

»DANN GEH NICHT! VERDAMMT!«

»Gib ein bisschen Gas …«, flüstert Liz schadenfroh, aber David knurrt nur »NEIN!« und steigt auf die Bremse. Der Wagen ist noch nicht stehen geblieben, da hechte ich schon aus dem Auto, während er sich von Venom schwingt.

Mit zwei Schritten lande ich in seinen starken Armen, vergrabe mein Gesicht an seiner Brust und spüre, wie sehr sein Herz rast.

Es rast für mich … und es wird immer so sein.

Während die Sonne klischeemäßig hinter uns aufgeht, sehe ich hoch in seine Augen, sehe die Liebe darin und das sanfte Lächeln, das nur mir gehört, während er mir meine Tränen mit dem Daumen von der Wange wischt.

Mir ist bewusst, dass wir noch einiges zu klären haben, dass er mich nicht immer wieder von sich stoßen kann, wenn ihn etwas überfordert, aber ich bin mir sicher, dass wir unsere Dämonen der Vergangenheit bekämpfen können, um endlich glücklich zu werden. Nur ist jetzt gerade nicht der passende Zeitpunkt.

Jetzt genieße ich es, in seinen Armen zu sein, ihm über die Wange zu streichen und jede Regung seines Gesichtes in mich aufzunehmen, in dem sich seine Emotionen noch nie deutlicher spiegelten.

»Jesse, ich …«

»Shhh …«, wispert er, beugt sich herab und küsst mich.

Ja, Worte sind überflüssig!

Sein Kuss spricht für sich! Und er macht mir eins klar.

Es gibt diese eine Sache, für die es sich zu leben lohnt, wofür man kämpfen und alles geben muss und wovor man auf keinen Fall aus Angst davonlaufen oder sich verschließen darf!

Denn sonst entgeht einem vielleicht das Beste in diesem kurzen Leben: die einzig wahre Liebe … Und ich weiß ganz genau, wir werden eins dieser seltenen Pärchen, bei denen diese Liebe bis in alle Ewigkeit währt.

Jede große Liebe hat eine große Geschichte – das hier war unsere.

Ende

VORSCHAU

Auf den

kommenden

Teil.

Kapitel 1

Zärtlich reibt sie mit einer Hand über meinen Schritt, ihre Lippen liegen an meinem Ohr und sie flüstert: »Ich weiß, dass du ihn hasst … und ich weiß auch, wie du ihn zerstören kannst. Ein für alle Mal … Wie du ihn dazu bringen kannst, dass er bricht. Ist das nicht dein innigster Wunsch?« Mir entkommt ein heiseres Stöhnen, während ich an der Bar sitze und sie ihre weichen, wundervollen Brüste an meinen Rücken drückt. Ihre Zunge fährt über mein Ohrläppchen.

»Hör auf!«, wispere ich, doch sie reagiert gar nicht darauf.

»Er hat immer auf dich herabgesehen, hat gedacht, dass er was Besseres ist. Das hat er sogar gesagt, während er mich fickte … Nicht nur einmal war er so tief in mir wie kein anderer jemals davor.« Fuck! Diese Worte aus ihrem Mund sind mein Untergang. Sie ist eine Schlampe. Ein kleines hinterhältiges, berechnendes Miststück; das weiß ich. Aber dennoch bin ich verloren. Denn ich liebe sie seit Jahren … Doch sie hat nur Augen für diesen Bastard – außer in solchen Momenten wie jetzt. Geschlagen schließe ich die Lider und knurre. Sie lacht heiser in mein Ohr, spürt, wie er in meiner Hose als Antwort zuckt.

»Oh, macht es dich etwa nicht nur sauer, sondern auch heiß, wenn du daran denkst, wie er in mich stößt – immer und immer wieder?« Meine Hand auf dem Tresen, hinter dem ich normalerweise stehe, balle ich zur Faust. So sehr, dass meine Tätowierungen auf meinem Unterarm beben.

»Hör auf, Jessica!«, knurre ich diesmal mit deutlich erhobener Stimme und unterdrücke den Impuls, mich umzudrehen und ihr klarzumachen, wer sie zu ficken hat!

»Ich werde aufhören – ich verspreche es –, aber erst wenn du mir bewiesen hast, dass du ein wahrer Mann bist.« Das lässt mich stocken, und ich drehe mich nun doch zu ihr um, sehe sie mit hochgezogener Augenbraue an. Sie lächelt, zeigt mir ihre strahlend weißen Zähne, während ihre wunderschönen tiefblauen Augen funkeln.

Dann kommt sie einen kleinen Schritt näher, sodass sie zwischen meinen Beinen steht, und beugt sich etwas nach vorne, jedoch ohne den Blick von mir abzuwenden, präsentiert mir ihren Ausschnitt und ihre wunderbaren runden Brüste, von denen ich kaum meine Hände lassen kann. »Ich werde nicht mehr mit ihm ficken … wenn du dir seine kleine Schlampe vornimmst. Dann …« Sie geht auf die Zehenspitzen und ihr süßer Duft trifft mich, vernebelt mir die sowieso schon besoffenen Sinne. » ... wirst nur noch du der Einzige für mich sein.«

Ich kann es nicht mehr kontrollieren, meine Hand schießt nach oben, greift in ihre verdammt rot gefärbten Locken. Früher war sie einmal blond und wunderschön, aber für ihn hat sie sich entstellt, obwohl ich ihr helles Haar liebte.

Sie erinnerte mich an einen Engel, aber er hat aus ihr einen Teufel gemacht. Er hat sie zerstört und sie mir genommen – immer und immer wieder.

»Verarsch mich nicht! Ich warne dich, du kleines Miststück!« Streng halte ich sie fest und sehe in ihr wunderschönes Gesicht. Sie blickt mit großen Augen zurück.
»Das tue ich nicht!«, flüstert sie und starrt mich wie gebannt und reglos an. Ich drücke meinen Mund auf ihren und es ist beschlossene Sache. War es wohl schon immer. Denn für diese Frau würde ich alles tun.

***

Es klappte nicht ganz so wie ursprünglich geplant. Blutüberströmt kann ich mich gerade noch zu dem einzigen Ort schleppen, an dem ich sein will. Verdammt! Ich habe ja nicht wissen können, dass der Pisser persönlich auftaucht und erst recht nicht mit seinem Zorn, den er ausstrahlte. Wäre ich nicht so betrunken und überrumpelt gewesen, hätte das ein fairer Kampf sein können, aber so nicht.

Ich habe diese Adriana Flores nicht einmal in die Finger gekriegt, da kollidierte mein Gesicht schon unliebsam mit einem hölzernen Pfosten. Ich sah Sternchen, versuchte noch, mich zu wehren, aber fuck, der war so wütend … ich hatte keine Chance. Zwar habe ich versagt, aber es zumindest probiert und damit mein Wort gehalten. Jetzt ist es an ihr, ihr Wort zu halten. Sie wird nur noch mir gehören – endlich. Das, worauf ich ungefähr zehn Jahre meines Lebens gehofft und hingearbeitet habe, trifft nun ein.
Von jetzt an wird sie sich nur noch von mir ficken lassen und

von keinem anderen; sie wird nur noch mir gehören und vielleicht einmal vergleichbare Gefühle für mich entwickeln wie ich für sie. All der Wahnsinn hier macht nur Sinn, wenn ich sie an meiner Seite und in meinem Bett habe.

Meine Nase ist gebrochen, genauso wie ein paar Rippen, und ich kann mich kaum auf den Beinen halten, weil immer wieder alles verschwimmt. Ich keuche, schwitze und stöhne vor Schmerzen, aber schließlich biege ich um die Ecke der verlassenen nächtlichen Straße und erkenne ihr heruntergekommenes Haus.

Dort hat sie eine Ein-Zimmer-Wohnung angemietet – weit unter ihrer Würde und dem, was ihr zusteht –, aber ich werde sie da rausholen. Ich werde ihr endlich das Leben bieten, das sie verdient. Zwar habe ich selber nicht viel, doch das soll alles ihr gehören.

Das Atmen fällt mir schwer und ich habe Schwierigkeiten, die Klingel zu sehen. Als ich nach einigen Versuchen die richtige treffe, lehne ich mich schwer keuchend in den Türrahmen und schließe die Augen.

Dabei wanke ich gefährlich hin und her und bin verdammt froh, als sie mir endlich öffnet. Mit schreckgeweiteten Augen flüstert sie meinen Namen, ehe sie mich ins Innere des Hauses zieht. Miss Peterson, die Vermieterin, öffnet natürlich sofort ihre Tür im untersten Stockwerk und motzt über den angeblichen Lärm, den wir machen. so wie immer.

Aber Jessi lässt sich nichts gefallen und motzt zurück, während ihre Hand sicher die meine hält und sie mich die knarzenden Stufen hoch in ihre winzige Wohnung führt.

Ich kann kaum noch stehen, doch das muss ich auch nicht. Im nächsten Moment schubst sie mich auf ihr Bett – ihr wundervolles, duftendes Bett – und ich schließe geschlagen die Lider. Ich drifte ab in eine Welt, in der alles schwarz ist, wache allerdings immer wieder auf … Sie berührt mich sanft, das tut sie sonst nie. Alles, was sie mir normalerweise gibt, ist harter, schneller Sex, und ich nehme ihn – natürlich. Aber das hier ist völlig anders. Es erschüttert mich, obwohl ich es gleichzeitig nicht richtig erfassen kann, weil ich wie durch dichten Nebel schwebe. Ich glaube, sie weint, dabei habe ich sie noch nie weinen gesehen, nicht einmal als ihre Mutter starb. Mit sanfter, zärtlicher Stimme flüstert sie mir etwas zu, was ich nicht verstehen kann, lehnt ihre Stirn an meine und küsst mich vorsichtig.

Dann verarztet sie meine Wunden, wäscht mir das Blut vom Körper, das ich ihretwegen vergossen habe, und ich komme mir trotz gelegentlicher stechender Schmerzen vor wie im Himmel. Anschließend steckt sie mir eine Tablette in den Mund, hält ein Glas Wasser an meinen Mund, aus dem ich trinke und mühsam schlucke. Als sie mir kurze Zeit später über die Stirn streicht, drifte ich wieder ab … in warme, wohltuende Schwärze.

***

Ihre Finger um meinen Schwanz sind das Erste, was mich aus der Bewusstlosigkeit reißt. Ich stöhne heiser, als sich ihre Lippen um ihn schließen und sie meine Eichel mit ihrer Zunge umkreist. Diese Frau kann blasen, das ist der pure Wahnsinn. Träge blinzle ich an meinem Körper hinab, wo sie auf mir kniet. Sie lächelt, als ich noch einmal stöhne, und ich will eine

Hand heben, sie in ihren vollen Locken vergraben, doch sie ist zu schwer. Mich nur ein kleines bisschen zu rühren, erscheint unmöglich. »Beweg dich nicht, Baby! Lass mich machen«, murmelt sie und nimmt ihn tiefer in den Mund, krault dabei meine Eier, bevor sie sich aufrichtet und ihr Mund verschwindet. Unter schweren Lidern beobachte ich jetzt, wie sie sich über meinen Unterleib kniet, völlig nackt und feucht – vermutlich vom Duschen. Ihr Körper ist göttlich, ihr Schlitz rasiert, mit dem sie sich gerade an meinem harten Ständer reibt. Ein ungeduldiges Knurren entkommt mir, worauf sie leise kichert. Ich liebe diesen Laut. Schon lässt sie sich auf mich nieder, nimmt mich tief in ihrer feuchten, engen Höhle auf und ich beiße die Zähne zusammen. Schließe die Lider und kralle meine Fäuste in die Laken neben mir. »Ich liebe das hier … du hast keine Ahnung wie sehr … Clive Hamington. Ich liebe es, deinen perfekten Schwanz tief in mir zu fühlen.« Ich weiß nicht, ob ich mir diese Worte einbilde, aber ihre sanften Bewegungen sind echt. Sie fickt mich fast zärtlich und träge, nicht schnell und hart. Sinnlich. Sie beugt sich vor, küsst mich innig, ihre Finger krallen sich in meine Wangen und sie stöhnt in meinen Mund. Ihr nasses Haar umgibt uns, hüllt uns mit ihrem wunderbaren Duft ein. Ich bin wirklich im Himmel, dafür haben sich die Prügel, die ich für sie einstecken musste, gelohnt, auch wenn diese abgefuckte Scheiße von einem Plan nicht funktioniert hat, was ich ihr aber sicher nicht jetzt auf die Nase binden werde. Jetzt heißt es einfach nur genießen.

Da ich mich nicht bewegen muss, weil sie die ganze Arbeit macht, habe ich keine Schmerzen.

Quälend langsam geht sie an meiner gesamten Länge nach oben und nach unten, stützt sich hinter sich mit den Armen ab. Der verwischte Anblick von ihren wackelnden Brüsten, während sie mich selbstvergessen reitet und sich so offenherzig zeigt, ist fast zu viel des Guten. Ich beiße die Zähne zusammen, versuche mich zu kontrollieren, doch sie stöhnt: »Komm, Baby! Spritz einfach in mich!« Ohne ihrem Dirty Talk etwas entgegensetzen zu können, katapultiert mich das über den Rand. Ich komme tief in mir, während ich fühle, wie auch ihre Muskeln sich ruckartig zusammenziehen und sie explodiert.

Danach geht sie nicht, so wie sonst immer, eine rauchen. Nein, ganz im Gegenteil … sie schmiegt sich völlig nackt in meine Arme und schläft ein. Tief und selig, genau wie ich.

Wow …

Kapitel 2

Jessi

Ich kann einfach nicht widerstehen, denn er hat einen wirklich unsagbar schönen Körper. Trainiert und tätowiert, mit Narben, Ecken und Kanten. Er sieht aus wie ein wahrer Bad Boy, und das ist er auch. Mein Bad Boy, meine heimliche Affäre, mein dreckiges, kleines Geheimnis. Schon seit gefühlten Ewigkeiten haben wir diese Fickbeziehung, aber nicht mehr.

Was soll ich auch sonst mit ihm? Er kann mir nichts bieten oder mich aus diesem Leben befreien, in dem ich schon seit Kindesbeinen an gefangen bin. Diesem Leben in Armut, mit einem alkoholkranken Vater und einer Mutter, die aus lauter Verzweiflung Selbstmord begangen hat, als ich vierzehn war, obwohl ich sie so sehr gebraucht hätte.

Immer musste ich für mich selber kämpfen, für mich selber einstehen, und fühlte mich stets wie der Zuschauer in der zweiten Reihe, als meine Freundinnen ihre tollen Sachen und Geschenke präsentierten, später dann die begehrtesten Kerle und perfekten Ehemänner bekamen. Nur ich blieb auf der Strecke, und so setzte ich meine ganze Hoffnung in Jesse Porter.

Ich hoffte, ihn für mich zu gewinnen, wenn ich ihm zu Willen war und mit ihm schlief, wann immer er Lust auf mich hatte. Mit allen Mitteln umgarnte ich ihn, denn in ihm sah ich meine Fahrkarte aus diesem tristen Leben und die Erlösung von meinem Job an der Kasse des kleinen Supermarktes um die Ecke. Doch dann kam Adriana Flores, diese kleine Schlampe, und nahm mir meine letzte Chance.

Clive Hamington im Gegenzug würde alles für mich tun, weil er mich ehrlich liebt. Bei mir wird seine harte Schale weich – nur bei mir –, und ich wusste, dass er der Einzige war, der mir noch helfen konnte. Also setzte ich ihn auf diese Adriana an, um sie zu zerstören oder auf irgendeine Art und Weise dazu zu bringen, Jesse zu verlassen; einfach um dieses Problem zu eliminieren. Clive war niemals mehr als ein Mittel zum Zweck für mich, im Grunde wie alle Männer. Für ihn hege ich keinerlei Gefühle. Diese habe ich zeit meines Lebens gut unter Verschluss gehalten und gedenke, es dabei zu belassen. Denn andernfalls mache ich mich nur angreifbar. Wenn du keine Gefühle zulässt können sie auch nicht verletzt werden.

Allerdings ist Clive unbeschreiblich sexy und einer der wenigen, die wissen, was sie mit ihrem Schwanz und ihren Händen tun sollen. Dazu besitzt er einen traumhaften Körper, hat grandiose Ideen beim Sex, grenzenlose Fantasie, und er braucht die harte Tour, genau wie ich. Blümchensex gibt es bei uns nicht; wir mögen uns ja nicht einmal besonders. Aber wir sind durch den anderen in der Lage zu vergessen und nur noch zu fühlen. Er ist ein gewissenloser Bastard, so wie ich ein manipulatives Miststück bin. In der Hinsicht passen wir perfekt zueinander. Zumindest, was das Bett betrifft …

Jetzt liegt er vor mir, verletzt wegen mir, und in meinem Bauch bildet sich ein undefinierbarer Klumpen.

Ein Moment der Schwäche, den ich mir normalerweise die zugestehen würde. Aber jetzt, wo er bewusstlos ist, wage ich es, denn er wird es nie erfahren.

Zaghaft, das erste Mal in meinem Leben, streiche über seine hohen Wangen, über seine markanten Gesichtszüge, den harten stoppligen Kiefer und diese vollen rosa Lippen, die so verboten gut küssen können. Die mich sogar allein schon durch ihre Küsse zum Orgasmus gebracht haben – betrunken auf einer Party. Über seine scharf geschnittenen schwarzen Augenbrauen und über die genauso schwarzen verwuschelten Strähnen auf seinem Kopf. Clive hat keine Ahnung, wie schön er ist. Besonders, wenn er schläft. Denn dann verlassen all die Kühle, all der Hass und die brodelnde Wut seine Gesichtszüge. Zurück bleibt dann nur er – entspannt, friedlich –, so wie ihn sonst niemand zu sehen bekommt.

Lächelnd streiche ich die Tätowierung an seinem Hals nach, genau wie die an seiner muskulösen glatten Brust. Er fühlt sich so perfekt an; in diesem Moment fühlen wir uns perfekt an.

Ich gleite weiter über sein Sixpack bis zu seiner schwarzen Shorts, von der ich weiß, was für ein schöner Schwanz sich dahinter versteckt.

Und ja … ich finde Schwänze sehr wohl attraktiv, aber nur wenige. Clives Schwanz ist schier perfekt, genau genommen richtig schön. Er ist gerade, beschnitten und nicht zu dünn – immer bereit, um mir die größtmögliche Befriedigung zu bescheren.

Ich beiße mir auf die Unterlippe, aber diesen Mann halbnackt im Bett liegen zu haben und ihn nicht zu ficken, wäre die reine Verschwendung, also ziehe ich, wie schon so oft davor, seine Shorts einfach herab, während er weiterschläft, und umrunde seinen Ansatz mit dem Zeigefinger, lächle, als er zuckt, und sehe schließlich in sein Gesicht. Er runzelt die Stirn, doch er schläft weiter; seine Lippen öffnen sich einen Spalt, er keucht ganz leise. Grinsend klettere ich über seine Knie, beuge mich vor und küsse seinen Bauch. Ich liebe sein V, also streiche ich es mit der Zunge nach und nehme seinen Schwanz in die Hand, der spürbar pochend zum Leben erwacht und immer härter wird, sodass ich ihn mit den Fingern kaum noch umspannen kann. In meinem Unterleib fühle ich bereits die Dehnung, als würde er gerade in mich eindringen.

Mit einem »Mhmmm« kann ich nicht widerstehen und nehme ihn in den Mund, lecke über seine Eichel, genieße seinen Geschmack und höre ihn leise stöhnen. Nun ist er wach, doch er würde mich nie aufhalten. Und das tut er auch jetzt nicht …

Nur einmal in meinem beschissenen Leben kuschele ich mich danach in seine starken Arme und … entspanne mich. In diesem Moment ist er mein und diese Erkenntnis lässt mich wohlig erschaudern.

Kapitel 3

Clive

Sie liegt tatsächlich am nächsten Morgen immer noch in meinen Armen, döst vor sich hin und schmatzt genüsslich. Ich traue mich nicht, mich zu bewegen, aus Angst, sie zu verschrecken, aber ich muss wirklich dringend aufs Klo, deswegen löse ich mich vorsichtig von ihr und … keuche erst mal auf. Fuck! Meine Rippen tun ziemlich weh, aber ich beiße die Zähne zusammen, schlüpfe aus dem Bett und gehe ins Bad. Dort lehne ich mich mit einem Arm an die Wand, erledige mein Geschäft, versuche dabei nicht vor Schmerzen zu sterben und riskiere einen Blick in den Spiegel. Ich sehe aus wie ein verdammter blau angemalter Clown, außerdem habe ich einen Riss in der Augenbraue, aber zum Glück sind meine Lippen heil geblieben. Mit diesen werde ich sie auch gleich wachküssen und eine nächste Runde fordern.

Ich, ganz allein. Endlich habe ich sie so weit. Sie gehört nur mir. Doch als ich aus dem Bad komme, schläft sie nicht etwa, nein, sie ist wach und hat auch bereits ihre einfache schwarze Unterwäsche angezogen. »Hey …«, begrüße ich sie und lehne mich grinsend in den Türrahmen. Ganz nebenbei versuche ich, mir nicht anmerken zu lassen, wie verdammt weh es tut, als sie sich zu mir umdreht.

Ihre Augen scannen meinen Körper, sie beißt sich auf die Unterlippe und grinst mich schließlich an.

»Und?«, fragt sie und schlendert auf diesen wunderbaren Beinen, mit diesem Traumkörper auf mich zu. Verdammt, ich habe gewusst, dass die Frage irgendwann kommen wird. Vorerst schweige ich. Direkt vor mir bleibt sie stehen und streicht mit ihrem Zeigefinger über die Prellungen, die sich in sämtlichen Schattierungen diverser Farben über meinen Rippenbogen ziehen. »Wie ich sehe, hast du ganz schön was abbekommen. War er das?«

Ich nicke verbissen. »Aber du hast deinen Auftrag natürlich dennoch erfüllt …«, wispert sie und gleitet weiter herab, über meine Bauchmuskeln … zum Rand meiner Shorts.

»Nicht wirklich«, gebe ich zu. Sofort verharrt ihr Finger in der Bewegung; sie runzelt die Stirn und tritt einen Schritt zurück.

»Was?«

»Oh! Hallo, Superzicke, ich hab dich schon vermisst!«

»Clive, was meinst du damit? Du hast es nicht getan?«

»Nope …«, antworte ich leichthin und ihre Augen werden groß.

»WAS?«

»Oh Baby …« Ich schüttle den Kopf und schlendere zu meiner Jeans, hole mir dort meine Kippen raus und zünde mir eine an. »Glaubst du etwa wirklich, ich würde eine unschuldige Frau für dich zerstören? Wir sind hier in keinem verdammten Film!«

»Aber…«

»Nichts aber! Er ist für dich verloren, er liebt sie und er wird dich nie wieder anfassen! Komm damit klar, dass du ab jetzt nur noch mich hast! Ich meine, andere würden dafür

töten, um an deiner Stelle zu sein …« Locker ziehe ich an meiner Kippe, lehne mich mit der Schulter an die Wand neben dem Fenster und lege den Kopf schief.
»Oder stehst du nicht zu deinem Wort?«

Einige Sekunden starrt sie mich blicklos an, doch dann presst sie die Lippen aufeinander, sieht aus dem Fenster und dann wieder zu mir. Eiskalt.

»Natürlich nicht …«, haucht sie und ich verenge die Lider. »Was ist schon ein Wort, das ich einem kleinen, mittellosen Barkeeper gebe? Einem Kerl, der mich nicht einmal zum Essen ausführen könnte, weil er dafür kein Geld hat? Einem Kerl, der es nötig hat, mir jahrelang hinterherzulaufen? Glaubst du etwa, ich kann so einen Mann jemals respektieren?«

Mir bleibt die Spucke weg. Ich weiß, dass sie ein berechnendes Miststück ist, aber niemals hätte ich gedacht, dass sie so skrupellos ist.

In dem Moment fallen all meine Träume und Hoffnungen wie ein Kartenhaus in sich zusammen.

Es fühlt sich an, als hätte sie mir in den Bauch geboxt und ich habe Mühe nicht vornüber zu kippen.

Doch ich bin es gewohnt, ein Pokerface aufzusetzen – jahrelanges Training –, und so schaffe ich es auch jetzt, mir nichts anmerken zu lassen

»Du hattest nie vor, dein Wort zu halten, nicht wahr?«
»Oh wow, du bist schlauer, als ich dachte …« Sie kichert hinterhältig, tänzelt anschließend ins Bad und lässt mich einfach so allein in diesem abgefuckten Zimmer zurück. »Du weißt, wo die Tür ist, Clive. Wir sehen uns am Samstag!«

Ja, Samstag ist eigentlich immer unser Ficktag, aber in diesem Moment weiß ich eines: Es hat sich ausgefickt.

Endgültig.

»Ist es wirklich das, was du willst?«, presse ich durch meine zusammengebissenen Zähne hervor.

»Du hast keine Ahnung von dem, was ich will! Es geht nicht darum, was ich will, sondern darum, was ich brauche. Und du, Clive, bist ein Nichts, ein Niemand und ich brauche dich nicht!«

Egal, wie sehr ich sie liebe; egal, wie wichtig sie mir ist. Ich kann sie vor allem Möglichen retten und beschützen, aber nicht vor ihrem Zerfall, nicht vor dieser miesen Seite, die sie an den Tag legt.

Nicht vor sich selbst.

Also gebe ich auf …

Sie.

Mich.

Alles.

Und verlasse wortlos ihre Wohnung, ohne noch einmal zurückzublicken, denn das hat wirklich gesessen. Doch gleichzeitig ist mir klar, dass ich das nicht auf mir sitzen lassen werde. Oh nein … dieses Miststück wird sich noch wünschen, sie hätte mir gerade nicht das Herz gebrochen.

Danksagung:

Frikadellenbraten … ich sage euch … die heißesten Sexszenen sind hier entstanden, während meine Nicole Frikadellen angebraten hat … Ich weiß nicht, was passiert, wenn sie mal Schnitzel oder Schweinsbraten macht! Auf jeden Fall gilt mein erster Dank dir!!!! Und es ist mir völlig egal, dass du mir schon tausendmal gesacht hast, ich soll mich nicht bedanken! Ich tue es trotzdem! SO! Auch ein Danke an den A.P.P. Verlag – meine Familie! Danke an Bella! Danke an Mandy! Und danke an Babels natürlich! Ich hoffe, dieser Teil der Dark Love-Reihe hat euch genauso gefallen wie die Vorgänger. Ich dachte ja, Liz und David schlägt nichts … aber Jesse und Adriana haben sich ganz tief in mein Herz gegraben, so sehr wie nur wenige Charaktere davor. Es war eine wahre Achterbahnfahrt, dieses Buch zu schreiben, aber ich hoffe, es wird für euch genauso emotional, es zu lesen, wie es für mich war, es aufs Papier zu bringen! Mal sehen was ihr zum nächsten Pärchen sagen werdet: Clive und Jessi … Ich weiß nur so viel … es wird richtig, richtig krass! Grenzwertig und abgefuckt … aber auch etwas Besonderes, noch nie da gewesenes …

Ich freu mich schon wahnsinnig auf die beiden, bin gespannt, in welche erotischen Tiefen sie mich führen werden …

Natürlich auch ein dickes DANKE an die besten Leser dieser Welt! Ihr gebt mir so viel, dass ich mich frage, womit ich das verdient habe! Ich kann es nicht oft genug sagen: Ich liebe euch dafür, dass ihr meine Geschichten liebt! Und ich verbleibe mit herzlichem Gedrücke und Geknutsche und Geknuddel! Mir egal, wenn ihr das nicht wollt! Die Menschheit braucht dringend mehr Liebe und diese irgendwie zu verteilen ist mein Auftrag!

Over und aus!

Eure Bethy ;)

12477011R00148

Printed in Poland
by Amazon Fulfillment
Poland Sp. z o.o., Wrocław